KB177791

천강에 비친 달

천강에 비친 달

세종과 신미 대사의 한글 창제 비밀 이야기

초판 1쇄 발행일 2014년 9월 30일
초판 3쇄 발행일 2015년 1월 30일
지은이 정찬주 | **펴낸이** 박진숙 | **펴낸곳** 작가정신
편집 김종숙, 황민지 | **디자인** 정인호
마케팅 김미숙, 박성신 | **디지털 콘텐츠** 김영란 | **재무** 윤서현
인쇄·제본 한영문화사
주소 413-120 경기도 파주시 문발로 207 2층
전화 031 955 6230 | **팩스** 031 944 2858 | **이메일** editor@jakka.co.kr
홈페이지 www.jakka.co.kr | **출판등록** 1987년 11월 14일 제1-537호

ISBN 978-89-7288-546-7 (03810)

이 도서의 국립중앙도서관 출판시도서목록(CIP)은 서지정보유통지원시스템 홈페이지(http://seoji.nl.go.kr)와 국가자료공동목록시스템(http://www.nl.go.kr/kolisnet)에서 이용하실 수 있습니다.
(CIP제어번호 : CIP2014025850)

정찬주 장편소설

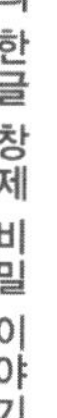

세종과 신미 대사의 한글 창제 비밀 이야기

작가정신

추천의 말 1

한글이 불교 사상의 한 유산이라는 해석은 우리 삶의 미래에 찬란한 이정표를 제시해준다.

- 소설가 한승원

우리들 사는 세상을 늘 연꽃 색깔로 칠해온 구도의 작가 정찬주가 소설 『천강에 비친 달』을 통해, 한글 창제 전후의 역사 굽이굽이를 바르게 펴고 깊이 읽어내고 있는 것은 하나의 큰 놀라움이다. 세종대왕의 왕사로 활동한 신미 대사에 의해 한글이 비밀리에 창제됐다는 역사적인 사실을 밝혀내고 있는 것이 그것이다. 작가는 집현전 학사들이 세종을 도와 한글이 창제되었다는 설을 뒤엎고 있다. 세종의 명을 받은 신미 대사가 비밀리에 주도적으로 한글 창제에 간여했고, 불교 사상을 받아들인 수양대군과 안평대군, 정의공주 등이 동조했다고, 야사 아닌 정사를 통해 서술하고 있다.

훈민정음의 서문 '어리석은 백성이 쉽게 익히고 날마다 씀에 편안하게 할 따름이니라.'에 들어 있는 정신은 불교적인 인간 존중과 평등사상과 자비심일 터이다. 천강에 비친 달빛 너울 그 자체인 한글, 한문 문화에 억눌려 있던 우매한 민초들의 삶을 해방시키고 자유와 문명의 찬란한 꽃을 피우게 한 위대한 자산인 우리 한글이 불교 사상의 한 유산이라는 해석은 우리 삶의 미래에 찬란한 이정표를 제시해준다.

추천의 말 2

작가는 소설의 존재 이유를 새롭게 확대시키는 동시에 지적 감동에 취하게 하는 큰일을 해냈다.

- 소설가 조정래

한글이 없었다면 우리 민족의 정체성과 자존심은 어떻게 됐을까. 한글이 없었다면 우리 국가의 정통성과 위신은 어떻게 됐을까. 지금까지도 다른 나라의 문자를 쓰고 있다면 어떻게 됐을까. 우리에게 오늘날의 당당함과 떳떳함과 꿋꿋함을 갖게 해준 것이 한글이 아니고 무엇이랴. 그러므로 세종대왕은 세종로 넓은 길에서 드높이 칭송받아 마땅하다.

세계 언어학자들이 제일로 꼽는 문자 한글을 창제한 것이 위대한 업적인 만큼 그 과정은 풀 길 없는 수수께끼가 많다. 그런데 이번에 그 큰 수수께끼 하나가 풀렸다.

정찬주 작가는 『천강에 비친 달』을 통해 범어를 통달한 수암 신미대사가 세종을 도와 훈민정음을 탄생시켰음을 보여준다. 이는 소설적 허구가 아니라 『세종실록』에 근거한 역사적 진실의 올곧은 복원이다. 작가는 소설의 존재 이유를 새롭게 확대시키는 동시에 지적 감동에 취하게 하는 큰일을 해냈다.

이 소설이야말로 한글 창제의 진실을 밝히는 영원한 횃불이다.

- 시인 정호승

『천강에 비친 달』은 읽으면 읽을수록 흥미진진하다. 집현전 학사들이 세종을 도와 한글을 창제했다는 정설을 『조선왕조실록』과 역사적 근거에 의해 뒤집는 놀라운 소설이 아닐 수 없다. 세종이 훈민정음을 반포하기 팔 년 전에 이미 『원각선종석보』 언해본을 간행한 신미 대사는 누구인가? 세자(문종)와 수양대군, 그리고 안평대군과 정의공주에게 귀의를 받아 궁궐을 자유롭게 드나들었던 그는 왜, 그리고 어떤 과정을 거쳐 세종의 지시를 받아 한글 창제에 뛰어들었을까? 역사 저편으로 사라질 뻔했던 낯선 신미 대사의 실존은 우리들의 상상력을 한껏 자극한다.

소설이 허구를 통해 진실을 밝히는 등불이라면 이 소설이야말로 한글 창제의 진실을 밝히는 영원한 횃불이다. 한글 창제의 역사 정신은 분열과 고통의 시대를 사는 우리에게 국민을 위해서는 무엇이 가장 중요한지, 어떻게 국민을 사랑해야 하는지 불교적 영성의 큰 가르침을 준다.

차례

4장

5장

1장

솔향이 그윽한 신미 대사 부도

만남

세종 2년(1420) 8월 6일.

홍천사 경내는 이른 새벽부터 백여 명의 스님들로 붐볐다. 사미승은 물론 동자승들까지 경내를 바삐 오가며 법당에 올릴 재물을 두 손으로 받쳐 들고 공양간을 들락거렸다. 노비들은 빗자루를 들고 산문 앞 사하촌의 고샅길부터 쓸었고, 여종들은 법당 마룻바닥은 물론 기둥까지 마른 천으로 닦았다.

처마 그늘에 선 벼슬아치들도 땀을 바질바질 흘렸다. 원경왕후의 4재를 감독하기 위해 의정부에서 나온 벼슬아치들이었다. 태종의 비(妃)인 원경왕후 여흥 민씨는 양녕, 효령, 충녕(세종), 성녕 등 4대군과 정순 등 4공주의 어머니였다. 늙은 당상관까지 나와 재(齋) 준비를 감독하고 있는 것은 세종이 특별히 홍천사로 거둥한다고 알렸기 때문이었다.

아침부터 불볕더위가 기승을 부렸다. 가까운 숲에서 다람쥐처럼 내려오는 바람도 법당 기왓장에 난반사하는 햇살의 위세에 자취를 감추었다. 홍천사 전각들은 가부좌를 튼 듯 꿈쩍 않고 있었지만 절 대중들은 한시도 가만있지 못했다. 임금이 친히 재에 참석한다고 하니 놀라기도 했거니와 크게 긴장하지 않을 수 없었다.

제철을 만난 매미가 자지러지게 울었다. 귀가 따가울 만큼 날카로운 소리를 냈다. 팽나무와 느티나무 등걸에 붙어 날갯짓하는 매미들이었다. 그러나 그루터기 그늘의 반석에 앉아 『아미타경』을 중얼거리고 있는 어린 중은 매미들의 울음소리를 듣지 못하고 있었다. 독경 삼매에 빠져 있기 때문이었다. 키는 다 자란 성인처럼 컸지만 앳된 얼굴에는 솜털이 보송보송했다. 풀 먹인 장삼을 입은 모습으로 보아 사미승을 막 벗어난 듯했고 사뭇 중물이 들어 보였다. 이따금 서너 마디씩 소리를 낼 때의 목소리는 동굴에서 공명하는 울림처럼 우렁우렁했다.

청년티를 내기 시작한 열여덟 살의 풋중은 사십 대 중반의 스님이 옆에 와 헛기침을 하자, 그제야 『아미타경』을 덮으며 일어나 합장했다.

"신미야, 아직도 경을 외우지 못했느냐?"

"스님, 어젯밤에 다 외우긴 했지만 혹시 실수할까 봐 속독을 하고 있습니다."

"『아미타경』을 며칠 만에 다 외워버린 중은 네가 처음이다."

"스님, 저에게 왜 『아미타경』을 외우라고 분부하셨는지 궁금합니다."

"나는 오늘을 기다렸다."

"무슨 말씀이신지요?"

"너는 오늘 상감마마 앞에서 『아미타경』을 독경하기로 뽑혔다. 젊은 네 목소리가 우렁차고 기운이 좋아서다. 경을 보지 않고 외운다면 너는 반드시 상감마마의 눈에 들 것이다."

"중이 임금님 눈에 들어서 무엇합니까? 저는 벼슬을 얻어 출세할 마음도 없고 상을 받아 부를 쌓을 마음도 없습니다. 다만 은사님 문하에서 불도를 닦아 성불하고 싶을 뿐입니다."

"좁은 소견을 버려야 한다. 인연을 따르는 수연행(隨緣行)을 닦는 것이 도(道)에 가장 빨리 드는 길이다. 성불하겠다는 집착마저 내려놓아야 마침내 진승(眞僧)이 될 수 있느니라. 알겠느냐?"

앳된 중을 이리저리 다독거리고 있는 스님의 당호는 함허(涵虛), 법호는 득통(得通), 법명은 기화(己和)였다. 사 년 전 한 겨울이었다. 속리산에 며칠째 폭설이 내린 뒤 눈보라가 산허리의 소나무, 잣나무 가지들을 뒤흔들어대는 날이었다. 회암사에서 복천사로 내려와 잠시 머물던 스님은 거지 행색의 소년에게 아랫목이 설설 끓는 죽석이 깔린 방을 내준 분이었다.

함허는 소년을 처음 보았을 때의 몰골을 잊지 못했다. 몸집이 큰 소년은 곧 동사할 것 같았다. 꼬질꼬질한 무명 저고리와 찢어진 홑바지를 입고 있었고, 짚신은 다 닳아 이미 멍든 것처럼 얼기 시작한 맨발이 드러나 있었다. 눈 쌓인 산자락 길을 쫓기는 짐승처럼 달려왔음이 분명했다. 해 질 무렵이었다. 공양주 보살은 주지가 출타하고 없자 함허를 다급하게 불렀다.

"스님, 사람이 쓰러져 있습니다."

"중인가?"

폭설이 내리면 복천사는 인적이 끊어지기 때문에 공양주 보살의 말은 뜬금없었다.

"죽은 것 같지는 않습니다. 헛소리를 하고 있는데, 몰골이 거지와 같습니다."

함허는 공양주 보살을 따라 소년이 쓰러져 있는 수각으로 갔다. 배가 고프니까 찬물이라도 한 그릇 마시고 싶었던 모양이었다.

"큰절에서 받아주지 않으니까 예까지 올라온 것 같습니다."

"절을 찾아왔으니 거둬줘야지."

공양주 보살의 짐작은 정확했다. 소년은 법주사를 찾아갔지만 마침 말 붙일 대중을 만나지 못하고 계곡물이 흐르는 오솔길을 따라 복천사까지 올라왔던 것이다. 한겨울이 되면 오갈 데 없는 거지들이 큰 절인 법주사를 찾아와 다짜고짜 드러누워 버틸 때가 더러 있었다. 굶다가 동사하느니 따뜻한 절밥 한 그릇 먹어보는 게 거지들의 소원이었던 것이다.

"처사를 불러 따뜻한 방으로 저 사람을 옮기게. 국물을 데워서 식은 밥이라도 먹이면 곧 일어날 것이니 너무 걱정 말게. 저 사람이 정신을 차리면 내 방으로 데리고 오게."

함허는 어느 절에서건 찾아오는 사람은 누구나 다 받아주었다. 산문 밖으로 내친 적이 단 한 번도 없었다. 폭설이 내려 먹을 것이 떨어지면 산짐승들이 절로 내려오는 것처럼 저잣거리에서 버림받은 사람들도 마찬가지였다. 산적이든 도둑이든 거지이든 마지막으로 의지하는 데가 절인 까닭이었다.

함허가 묵고 있는 거처는 나한전 앞에 있었다. 금세 무너질 것 같은 방 한 칸의 작은 토담집이었다. 거처는 눈보라가 방문을 열어젖힐 만큼 부실했다. 그러나 함허는 누추한 토담집을 탓하지 않았다. 선정에 들면 자신이 세상의 주인공으로 바뀌었고, 꼿꼿이 앉아 있는 그 자리가 광대무변한 우주의 한 자락이 되었다. 결코 남루한 공간이 아니었다.

"스님, 젊은 처사를 데리고 왔습니다."

"들어오너라."

"큰스님, 죄송합니다."

정신을 차린 소년이 합장하며 공양주 보살을 뒤따라 들어왔다. 기운을 낸 때문인지 행색이 비루한 거지 같지는 않았다. 조신한 걸음걸이나 말투가 양반집 자식 같았다. 함허가 눈짓을 한번 하자 공양주 보살이 나갔다.

"이 자리에는 너와 나 둘뿐이다. 무슨 얘기를 해도 허물을 묻지 않을 테니 두려워하지 말거라."

"큰스님, 고맙습니다."

"무슨 일이 있어 복천사에 올라왔느냐?"

"보시다시피 전 가족이 없는 천애 고아입니다. 배고픈 것 말고는 알거지에게 무슨 일이 있겠습니까?"

"그렇다면 지금 복천사를 떠나거라."

"큰스님, 저를 쫓아내지 마십시오."

"배고픈 것이 해결되었으니 하는 말이다."

"아닙니다. 저는 복천사를 떠나지 않겠습니다."

"왜 복천사에 남겠다는 것이냐?"

"따뜻한 밥이 있는 이곳이 저에게는 극락입니다. 그러니 저는 떠나지 않고 중이 되고 싶습니다."

"허허허."

함허는 크게 만족했다. 소년에 대한 자신의 추측이 틀리지 않을 것 같았다.

"나는 참선하러 잠시 복천사에 들른 객승일 뿐이니 주지스님이 오거든 그때 허락을 받아라."

"전 반드시 큰스님의 제자가 되고 싶습니다."

"해가 졌다. 나는 이제 네게 볼일이 없으니 어서 나가거라."

소년은 함허에게 큰절을 한 번 하고 일어났다. 눈보라가 또다시 방문을 잡아당기는 듯 덜컹하고 소리를 냈다. 함허가 정색을 하고 말했다.

"네겐 가족이 있다. 그것도 지체가 높은 집안이다."

"……."

"내 말이 틀렸느냐? 중이 되려면 거짓말을 하지 않는 불망언(不妄言)의 계율을 지켜야 한다."

함허의 날카로운 한마디에 소년이 무릎을 꿇고 빌었다.

"저는 김수성(金守省)이라 합니다. 부친께서 죄를 지어 폐고(廢錮)된 것을 부끄럽게 여기고 몰래 도망해 이곳에 이르렀습니다."

폐고란 가족 중에 누군가가 죄를 지으면 공동으로 책임을 지는 일종의 연좌제 형벌로서 나라에서 관리가 될 수 있는 자격을 박탈하는 조치를 뜻했다.

"부친의 존함을 알려줄 수 있느냐?"

"훈(訓) 자입니다."

"무슨 죄를 지었다는 것이냐?"

"벼슬아치로서 불효, 불충의 죄를 입었습니다."

"알았다. 주지스님이 올 때까지 이곳에서 머물며 언행을 바르게 하고 있거라."

소년이 문고리를 잡으려는 순간 눈보라가 기어코 방문을 열어젖혔다. 달려드는 눈보라가 함허의 얼굴을 때렸다. 어두워진 속리산 계곡에서 히잉히잉 하고 말달리는 소리가 났다. 눈보라가 이 산자락, 저 산자락을 헤매는 소리였다. 눈보라에 시달리고 있던 소나무, 잣나무 가지들이 우우우 하고 울었다.

함허는 중얼거리며 문을 닫았다.

'너는 저 눈보라 속에서도 꺾이지 않는 소나무가 되어야 한다.'

며칠 후, 함허는 복천사 주지로부터 소년의 아버지 김훈에 대한 이야기를 자세히 들었다. 무예가 뛰어났던 김훈은 정종 원년에 문과에 급제하여 벼슬아치가 되었는데, 불효를 저지른 죄도 분명 컸지만 정종과 태종 간에 벌어졌던 미묘한 세력 다툼으로 희생된 사람이었다. 태종은 정종을 따르는 김훈을 처벌하자는 신하들의 주청을 허락했던 것이다.

김훈은 조모 상을 당했으나 빈소를 지키지 않고 마음대로 상경했으며, 정종의 거처인 인덕궁(仁德宮)으로 기생첩 벽단단(碧團團)을 데리고 들어가 잔치에 끼어 놀았다. 이는 불효, 불충의 죄에 해당되었다. 태종에게 왕위를 물려주고 상왕의 자리로 밀려난 정종은 자신의 외로운 처지를 위로해주는 김훈의 처사가 고마워 귀한 의복을 하사했다. 그러나 태종에게 아부하는 신하들은 김훈을 처벌하자고 나섰다. 사헌부 관원들이 먼저 "김훈의 직첩(職牒)을 거두고 국문하여 율문에 의거하여 죄를 논하소서."라고 탄핵했다. 태종은 바로 상소를 받아들였다. 옥구진병마사(沃溝鎭兵馬使)로 내려가 있던 김훈에게 곤장

백 대를 친 뒤 전라도 내상(內廂, 현 광주광역시 송정동)으로 귀양 보냈던 것이다.

태종의 환심을 사려고 사헌부에 이어 사간원에서도 김훈을 극형으로 다스려야 한다고 탄핵했다. 그러나 태종은 형인 정종의 마음을 상하게 하지 않기 위해 받아들이지 않았다. 태종은 사헌부 신하들에게 다음과 같이 지시했다.

"상왕(정종)이 나의 궁으로 오면 나도 또한 상왕전(上王殿)으로 나아가 서로 기뻐하고 화합하였다. 김훈은 사리를 아는 자인데도 기생을 데리고 몰래 출입하였으니 그의 불초함을 어찌 말로 다할 수 있겠는가? 국문하는 것은 마땅하지만 전내 별감과 소친시(小親侍)의 말이 상왕전에 미칠 터인즉 상왕의 마음을 동요하게 하지 말라."

함허는 정월 보름날 소년을 따로 만나지 않고 복천사를 떠났다. 결국 소년도 주지에게 더부룩한 머리를 밀었다. 그날 주지에게 받은 소년의 법명은 신미(信眉)였다.

기쁜 비

신미는 복천사에서 일 년 반을 보냈다. 마침내 승복을 입을 수 있는 사미승이 되었고, 주지는 불경을 더 공부하고 싶다면 함허가 주석하고 있는 가평 현등사로 떠나라고 일렀다. 주지 머릿속에는 공양간 양식이 떨어져 입을 하나 덜자는 속셈도 있었다. 신미는 주지의 속내를 잘 알고 있었기 때문에 지체하지 않고 속리산 복천사를 떠났다. 사미승이 되고 나서도 공양주 보살 옆에서 반찬거리를 장만하는 채공(菜供)이 되어 누구보다도 곤궁한 공양간 살림을 훤히 아는 신미였던 것이다.

승려들이 매우(梅雨)라고 부르는 장마가 물러난 초여름 문턱이었다. 문장대에서 한 방울의 물로 시작했을 복천사 계곡물이 콸콸 소리치며 흘렀다. 신미는 화두를 들듯 오로지 함허만을 머릿속에 붙잡고 걸었다. 초여름의 햇살은 목덜미를 따갑게 파고들었다. 그래도 산등성이 너머에서 마파람이 간간이 불어와 땀이 마르곤 했다. 신미는 풀 먹인 승복을 펄럭거리며 산길을 탔다. 탁발을 잘하여 배가 부르면 두 팔을 휘휘 저으며 걷기도 했다.

그런데 아직 산중의 일교차는 심했다. 산짐승 소리가 나는 밤이 되면 으슬으슬 추웠다. 갑자기 쏟아지는 장대비를 대비해서 동굴이나 큰 바위 밑을 찾아 웅크리고 잤다. 길을 나서기 전, 복천사 주지가 몇 가지 요령을 알려주었는데 쓸모가 많았다.

"여름철에 노숙할 때는 물가를 피해야 한다. 잠자리는 동굴이나 바위 밑이 좋다. 여름철에는 소나기가 자주 내리기 때문이다. 이 새끼줄을 꼭 걸망에 넣고 다녀라. 맹수가 출몰하는 산에서는 나무 위로 올라가 이 새끼줄로 네 몸을 꽁꽁 동여매고 자거라. 목숨을 지킬 수 있을 것이다."

가장 편안하고 안전한 방법은 절을 찾아가 하룻밤 신세를 지는 것이었다. 절에 들면 탁발할 필요도 없고 잠자리 걱정도 사라졌다. 그래도 신미는 깊은 산중에 있는 절을 찾지 않았다. 탁발한 주먹밥으로 끼니를 때우며 지름길을 물어 현등사로 향했다. 사람들을 만나면 현등사로 가는 지름길만 물을 뿐이었다. 마을을 발견하지 못해 탁발하지 못한 날은 개울물로 배를 채우며 잰걸음으로 나아갔다. 함허를 만나기 위해 촌음을 금싸라기처럼 아꼈다. 자나 깨나 귓가에는 복천사 주지의 말이 맴돌았다.

"우리 조선에서 함허 스님만큼 『금강경』의 대의를 꿰뚫은 선승이 없다. 함허 스님은 한자는 물론 천축의 지공 대사가 가지고 들어온 범자(梵字)로 쓰인 『범자대장경』까지 줄줄 외우는 분이다. 그러니 『금강경』 하면 중국에서는 덕산 스님이 으뜸이고, 조선에서는 함허 스님이라고 할 수 있다."

주지의 말이 사실이라고 한다면 『금강경』에 관한 한 중국의 덕산보다 함허의 경지가 더 높다고 봐야 옳았다. 함허는 부처의 육성에 가까운 범자로 된 『범자금강경』을 보았기 때문이었다. 아무리 『범자금강경』을 잘 한역했다고 해도 그것은 원본과 비슷한 근사치일 뿐이었다. 덕산이 본 『금강경』은 원본이 아닌 한역이었을 터였다.

천축의 글인 범자는 고려 말에 입국한 천축 승려 지공이 나옹에게, 나옹이 무학에게, 무학이 함허에게 전해줄 수밖에 없었다. 지공이 천축에서 가지고 들어온 『범자대장경』을 공부하려면 반드시 범자를 배울 수밖에 없기 때문이었다. 그러니 훗날 신미가 스승인 함허에게 『범자대장경』을 배우고 익혀 달통했음은 너무도 당연한 일이었다.

신미는 과천 봉은사에서 하룻밤을 잤다. 그런 뒤 다시 장삿배를 타고 한강을 거슬러 올라갔다. 장돌뱅이들이 장삿배를 양주나루터에 묶자, 거기서부터는 북한강 샛길을 이용해 또다시 걸었다.

이슥고 신미는 강가 절벽 밑에서 걸음을 멈추었다. 북한강에 홍시빛깔 같은 노을이 떨어지고 있었다. 이제는 더 어두워지기 전에 잠자리를 정해야 했다. 절벽 아래로는 손금 같은 오솔길이 희미하게 나 있었다. 시루떡을 쌓아놓은 것 같은 절벽은 성벽처럼 몹시 높았다. 바위들이 층층이 포개져 거대한 절벽을 이루고 있었다. 신미는 절벽 밑인 움푹 들어간 곳으로 갔다. 동굴이라기보다는 몸 하나 겨우 들어갈 만한 공간이었다. 앉아보니 붉은 노을이 치맛자락처럼 펼쳐진 북한강이 한눈에 들어왔다. 잠자리를 찾는 한 무리의 새들이 마지막 날빛으로 밝아진 허공에 점점이 날고 있었다.

신미는 아침부터 한 끼도 먹지 못했으므로 허기가 졌다. 그래도 신심 하나로 견딜 만했다. 현등사를 지척에 두고 있는 것이었다. 눈을 붙였다가 동이 틀 무렵에는 걸음을 재촉할 요량이었다. 현등사가 있는 가평 운악산까지는 넉넉잡아 한 나절 한 식경이면 갈 수 있는 거리였다. 신미는 보득솔 밑에서 마른 솔가리를 두 손으로 긁어모았다. 보득솔 생가지는 하나도 꺾지 않았다. 한 아름 구해 온 솔가리를 펼쳐서 부들방석처럼 자리를 깔았다.

사위는 금세 어둑어둑해지고 있었다. 강물이 출렁이는 소리가 낮과 달리 차가웠다. 그때였다. 길을 가던 처녀가 신미를 발견하고는 흠칫 놀랐다.

"스님, 강바람이 차갑습니다. 여기서 주무시려는 것입니까?"

"처자, 걱정하지 마시오."

"저희 집은 절벽 뒤 산자락에 있습니다. 스님을 뵙지 않았더라면 모르겠지만 그냥 지나칠 수 없습니다."

처녀가 완강하게 말했지만 신미는 그녀를 따라나설 마음이 조금도 없었다. 그러자 처녀가 신미를 안심시켰다.

"저희 아버지도 스님입니다."

"처자, 아버지가 스님이라고 했소?"

그제야 신미는 자리를 털고 일어나 처녀의 얼굴을 자세히 보았다. 댕기 머리를 하고 있지만 처녀는 시집갈 나이가 다 되어 보였다. 발그레한 볼이 둥근 박처럼 토실했고, 변성기를 맞이하고 있는지 목소리는 선머슴 같았다.

"어머니는 절 일을 보고 있습니다."

"처자가 나를 걱정하는 까닭을 이해하겠소. 허나 처자는 수행자인 내 입장을 생각해서 어서 가시오."

"스님, 여기서 주무시다가 병이라도 나면 큰일입니다. 그러니 오늘 밤은 저희 집에서 묵고 가셔야 합니다."

"정말로 그러시다면 아버지가 계시는 절이 어디요? 그곳으로 가겠소."

"관음사입니다. 여기서는 나룻배 타고 강을 건너야 하고 밤길을 한참 걸어야 합니다. 더구나 지금은 나룻배가 끊어졌습니다."

결국 신미는 선머슴 같은 처녀를 따라나섰다. 처녀가 사는 오두막은 절벽을 돌아서 자드락길을 오르자 바로 나타났다. 오두막은 다랑논과 밭뙈기들 한쪽에 산자락을 등지고 있었다. 신미는 처녀가 혼자 외딴 집에서 산다는 게 괴이했다.

"스님, 공양은 하셨습니까?"

"오늘은 한 끼도 못했소."

"마루에서 찬밥이라도 먼저 드셔야겠습니다."

신미는 귀신에게 홀린 듯한 기분이 들었다. 부엌으로 들어간 처녀가 금세 개다리소반에 잡곡밥과 반찬을 올려 내왔다. 신미는 밥을 물에 말아 단숨에 먹어치웠다. 그러자 처녀가 부엌으로 다시 들어가 그릇에 찬밥을 한가득 담아 들고 나왔다. 신미는 두 그릇째 밥은 더덕무침과 씁쓰름한 머윗잎 산채 반찬을 곁들여 먹었다. 신미는 앉은 채 예를 갖추어 합장하며 한마디 했다.

"깨달음을 주어서 고맙소."

"스님, 제가 깨달음을 드렸다니 말도 안 됩니다."

"밥을 주었으니 하는 말이오."

"밥이 어떻게 깨달음이 된단 말입니까?"

"주린 자에게는 한 그릇의 밥이야말로 관세음보살님이 아니겠소?

밥을 준 처자가 내게 준 깨달음이오."

초승달이 산등성이 너머로 떠올라 달빛을 뿌렸다. 처녀가 먼저 방으로 들어가 관솔불을 켰다. 죽석을 깐 방 안은 관솔불의 그을음으로 온통 검은 칠을 한 것 같았다. 드러난 서까래와 기둥들이 새카맣게 변해 있었다.

"처자, 어찌 이런 곳에서 살고 있소?"

"우리 가족 모두가 관노로 살고 있을 때보다는 더없이 안락합니다."

신미는 움찔했다. 신미의 가족도 하마터면 관노가 되어 뿔뿔이 흩어지고 말았을 뻔했던 것이다. 사간원 관원들은 아버지가 불효, 불충의 죄를 저질렀으므로 극형으로 다스려야 한다고 탄핵했다. 만약 태종이 이들의 주청을 받아들였다면 아버지는 죽음을 면치 못했을 것이고, 가족들은 관노가 되었을 것이 틀림없었다. 다행히 아버지가 극형이 아닌 유배형을 받아 가족들은 그나마 무사했던 것이다.

"면천(免賤)이 되었다니 불행 중 다행이오."

"아버지는 제가 어렸을 때 집에서 불경을 읽고 불당을 다니셨던 가평 현감이셨습니다. 가평향교 교생들이 임금님께 상소를 올려 가족 모두가 관노가 된 것입니다."

성리학을 추종하는 유생들의 상소대로 억불 정책을 적극적으로 폈던 임금은 태종이었다. 그러나 세종은 아버지와 달랐다. 상왕이 된 태종이 병권을 쥔 채 군림하는 동안에는 눈치를 보았지만 그가 죽은 즉위 4년 이후부터는 재위 기간 내내 수양과 안평, 정의공주 등 자식들과 함께 불교를 가까이했다.

"새 임금님께서 면천의 성은(聖恩)을 주시어 신분이 양인(良人)으로 바뀐 아버지는 스님이 되시고 어머니는 공양주를 하고 계십니다."

"면천이 되었으니 다시 관으로 나아갈 수 있을 것이오."

"아버지는 다시 세상 밖으로 나가지 않고 불도(佛道)를 닦으시겠다고 합니다."

신미는 자신의 법명을 밝혔다.

"소승은 신미라 하오."

"소녀는 희우(喜雨)라 합니다."

"기쁜 비라고 하니 덩달아 나도 흐뭇해지오."

"아버지께서 횡성 현감으로 계실 때 불당(佛堂)에서 기우제를 지냈는데, 비 온 뒤 저를 낳았다 하여 소녀의 이름을 희우라고 지었답니다."

처녀는 신미가 하품을 하자, 곧 부엌에 딸린 골방으로 물러갔다. 발바닥에 물집이 잡힐 만큼 하루 종일 걸어 고단한 데다 식곤증이 몰려왔다. 신미는 드러눕자마자 코를 골았다.

다음 날 새벽, 신미는 처녀에게 자신의 행선지를 밝히지 않고 살그머니 오두막을 빠져나왔다. 아침 공양까지 신세를 지고 싶지 않았을뿐더러 문득 처녀의 집에서 하룻밤 묵었다는 사실이 부끄러워서였다.

'인연이 있다면 희우 처자를 또 만날 날이 있겠지.'

신미는 한걸음에 북한강을 벗어나 북한강으로 흘러드는 조종천을 따라 올라갔다. 서북쪽에 솟은 운악산과 명지산에서 발원한 개울물이 합수하여 흐르는 강이 조종천이었다. 복천사를 떠날 때 주지에게 가평의 지형을 자세하게 들은 바 있으므로 낯익은 길처럼 들어섰다.

그런데 정오 무렵 십여 호의 산간 마을로 들어서서 탁발하던 중에

발이 묶이고 말았다. 마을은 텅 비어 있었다. 고샅길에 누렁이 한 마리도 보이지 않았다. 허리가 구부러진 한 명의 상노인과 서너 명의 노파들이 논에 들어가 피를 뽑고 있을 뿐이었다. 마을의 젊은 사내들은 곡식 창고인 가평 현창(縣倉)의 사역에 며칠째 동원되어 나가고 없었다. 하는 수 없이 신미는 점심 공양을 받은 대가로 갈 길을 접은 채 늙은이들과 함께 김매기를 했다.

불 속에 핀 연꽃

신미는 조종천의 물길이 두 갈래로 갈라지는 산모퉁이에서 오른편 산길로 들어섰다. 걸음이 저절로 빨라졌다. 해 지기 전에 현등사에 도착해야 한다는 마음뿐이었다. 마음이 급해지면 입안에 침이 마르고 목이 타는 법이었다. 신미는 물 한 모금으로 목을 축이기 위해 개울로 내려갔다. 두 손을 개울물에 담그려는 순간 궁상맞은 자신의 얼굴이 비쳤다. 처용무를 출 때 얼굴을 가리는 둥근 탈바가지 같았다. 복천사 수각에 비친 달을 보고 있던 그에게 주지가 "신미야, 중은 저 달과 같아야 한다."라고 한 말이 떠올랐다. 주지는 불학(佛學)이 깊지는 않았지만 남송 시대의 선승 야보 도천(冶父道川)의 시만은 곧잘 멋들어지게 읊조렸다.

대나무 그림자 섬돌을 쓸어도

티끌 하나 움직이지 않고

달빛이 연못을 깊이 뚫어도

물에는 흔적 하나 없네.

竹影掃階塵不動

月穿潭底水無痕

섬돌에 미련을 두지 않는 대나무 그림자나 연못에 자신의 흔적을 새기려 하지 않는 달빛이야말로 시비와 집착을 초월하여 속리산 깊은 산중을 떠나지 않겠다는 주지의 마음이었다. 풋중 신미도 주지가 염불하듯 외던 시가 가슴을 적시어 그때 단 한 번 들었는데도 잊히지 않았다.

신미는 다시 잰걸음으로 달리다시피 걸었다. 산중의 어둠은 물러서는 날빛을 야금야금 삼켰다. 땅거미가 지는 순간부터 먹물 같은 어둠이 한 자락 한 자락 포개졌다. 그때 신미는 본능적으로 억새풀 숲에 몸을 숨겼다. 지근거리에서 수군거리는 사람 소리가 났다. 누리끼리한 무명 두루마기를 입은 서너 명의 사내들이 산길을 내려오고 있었다. 산중에서는 짐승보다 낯선 산인(山人)과 마주치는 일이 더 고약했다. 도적 떼나 산적을 만나 목숨을 잃는 경우가 더러 있었던 것이다. 신미는 사내들이 사라져 보이지 않을 때까지 엎드려 있다가 일어났다. 거친 억새풀잎에 베인 손바닥에서 피가 났다. 순간 불길한 예감이 머릿속을 스쳤다. 좀 전에 만났던 노인들 말로는 현등사가 지척이라고 했는데 여태 나타나지 않고 있기 때문이었다.

'산길을 잘못 든 것은 아닐까?'

그래도 신미는 다시 마을로 되돌아가고 싶지는 않았다. 그것은 시간을 낭비하는 뒷걸음치는 일이었다. 산길을 잘못 들었다면 고목나무 아래나 바위 밑에서 노숙하면 될 일이었다. 어둠이 밀물처럼 시나브로 차오르고 있었지만 산죽 사이로 난 산길은 아직 또렷했다. 계곡물에는 사람의 정성이 느껴지는 동글동글한 징검다리가 놓여 있었다. 산길이 끝나는 어딘가에 마을이나 절이 있다는 증거였다. 완만한 능선을 하나 넘자, 바위들이 병풍처럼 둘러선 산자락 하나가 드러났다. 그런데 뜻밖에도 산자락이 동틀 무렵처럼 훤했다. 바위를 등진 집이 불타고 있었다. 분명 산불은 아니었다. 산자락으로 번지지 않은 채 불길만 활활 치솟았기 때문이다. 화전민이 사는 오두막이 불타는 것도 아니었다. 밭뙈기나 다랑논 같은 경작지가 들어설 터도 아니었던 것이다. 산길을 조금 더 오르고 나서야 신미는 절이 불타고 있음을 알았다. 붓처럼 뾰쪽한 입석에는 만(卍) 자가 크게 새겨져 있었다.

'현등사가 불타고 있다니 이 일을 어찌하나!'

신미는 가슴이 덜컥 내려앉았다. 함허가 주석하고 있는 현등사가 화마에 휩싸여 있다니 눈앞이 캄캄했다. 신미는 다리가 후들거려 잠시 비틀거렸다. 그러나 낙심만 하고 있을 수는 없었다. 스승이 될 함허를 구해야 했다. 신미는 가팔라지는 산길이었지만 후닥닥 뛰었다. 걸망이 돌덩어리를 넣은 듯 무거웠다. 걸망을 산길에 벗어놓고 달렸다. 불길 때문에 산문 초입이 훤했다. 산발한 노파가 주저앉아서 통곡하고 있었다.

"스님! 스님!"

절의 승려가 불길 속에서 미처 나오지 못한 모양이었다. 노파가 신미의 바짓가랑이를 붙잡고 말했다.

"우리 주지스님이 불 속에 계십니다. 스님, 어서 주지스님을 꺼내 주시오."

"함허 스님께서 저기 계신다는 말입니까?"

노파는 대답하지 않고 도리질만 했다. 이미 넋이 나간 듯했다. 신미는 노파를 붙들고 흔들었다.

"보살님, 보살님."

노파는 신미가 중이라는 것을 확인하고는 바로 혼절했다. 신미는 노파를 업고 돌담 옆 느티나무 등걸에 뉘였다. 화마가 돌담을 넘어오지는 못했다. 불타고 있는 건물은 법당이었다. 불길은 기세등등했다. 신미는 뜨거운 열기 때문에 다가서지 못하고 지켜보기만 했다. 불길은 문짝들을 내팽개치며 타올랐다. 잠시 후에는 굉음이 들려왔다. 기왓장이 와르르 무너지면서 지붕 한쪽이 힘없이 주저앉아 버렸다. 이윽고 거칠 것 없이 치솟던 불길은 기세가 조금 꺾였다. 지붕의 기왓장과 흙더미가 불길을 눌러버린 것이었다.

비로소 신미는 법당으로 오르는 돌계단까지 다가갔다. 그러나 대들보와 기둥들은 숯이 되어 벌건 잉걸불을 달고 있었다. 불 속에 있는 주지를 찾으려고 했지만 턱도 없는 일이었다. 불상도 화마에 녹아 버렸는지 보이지 않았다. 신미는 한 걸음 더 다가섰다가 잉걸불이 내뿜는 열기로 화상을 입을 것 같았으므로 물러서고 말았다.

주지가 되살아 나온다는 것은 불가능한 일이었다. 신미는 얼굴에 눈물 콧물 범벅이 된 노파가 깨어나기를 기다렸다. 어쩌면 노파는 주지의 어머니인 줄도 몰랐다. 출가한 승려가 오갈 데 없는 속가의 어머니와 함께 사는 일이 오래전부터 있어왔던 것이다. 이윽고 노파가 정신이 드는지 웅얼거렸다.

'스님…….'

신미는 불 속에서 죽은 스님이 함허는 아니라고 단정했다. 함허가 속가의 어머니를 절에 불러들여 살고 있다는 이야기를 들어본 적이 없었던 것이다. 그제야 신미는 산길을 잘못 탔다고 생각했다. 실제로 신미는 운악산으로 가는 산길을 놓친 채 봉우리를 마주보고 있는 명성산으로 들어와 있었다. 노파가 신미를 보더니 눈물을 흘리며 하소연했다.

"스님, 우리 스님이 불쌍합니다."

"보살님, 절에 불을 지른 도적은 어디로 갔습니까?"

"향교 교생들이 불을 놓고 내려갔어요."

신미는 아까 보았던 사내들이 떠올랐다. 산중에서 본 사람은 그들뿐이었다. 그렇다면 그들이 향교 교생이고 방화범들이었다.

"보살님, 향교 교생들이 분명합니까?"

"우리 스님에게 여러 해 전부터 행패를 부렸어요."

"가평에도 현감이 계신데 어떻게 무법천지란 말입니까?"

"모두 한통속인데 고발하면 뭐합니까? 교생을 모함했다며 곤장이나 맞지 않고 돌아오면 다행이지요."

노파는 신미에게 억울함을 토했다. 수년 전부터 향교 교생들이 그들에게 당장 절을 내놓지 않으면 불을 지르겠다고 협박해왔다는 것이었다. 향교 교생들의 행패는 극악무도했다. 불공을 올리고 재를 지내면 죽어서 극락에 간다며 아녀자들을 끊임없이 절로 끌어들이는 데다, 세상이 바뀌었는데도 무위도식하는 승려들이 활개를 치고 있으니 그들을 모두 환속시켜야 한다는 것이 향교 교생들의 주장이었다.

그런데 이곳 주지는 향교 교생들의 협박에 굴하지 않고 절을 지켜왔던 것이 틀림없었다. 급기야 오늘 낮에는 향교 교생 몇 명이 몰려와 주지에게 당장 절을 불태우겠다고 겁박하다가 끝내 불을 붙이자, 법당에 뛰어들어 불단의 부처님을 업고 나오다가 목숨을 잃은 모양이었다.

산중 절이나 암자를 불태운 사건이 비단 경기도에서만 일어난 일은 아니었다. 방화는 성리학을 추종하는 지방 관원들의 묵인 아래 전국 방방곡곡에서 일어났다. 세종이 왕실의 대군, 공주들과 더불어 불교를 감싸고 있는데도 왕명을 비웃듯 방화 사건은 해를 거듭하며 터졌다. 전라도 능성의 교생 양회(梁淮) 등이 능성 현령 최추(崔湫)에게 보고한 뒤 현에 산재한 암자 열한 곳을 불태워버린 사건이 대표적이었다. 세종은 승지의 보고를 받자마자 늦은 밤인 삼경(三更)이었지만 의금부 부진무(副賑撫) 강맹경(姜孟卿)을 불러 능성으로 내려가 방화 연루자들을 모두 잡아들여 국문하라고 명했다. 세종은 유생들이 왕권에 도전하는 상황으로 받아들였던 것이다. 궐내에서 숙직하던 신하들은 모두 군사적인 화급한 일이 아닌데도 임금이 한밤중에 명을 내린다며 의아해했다.

돈의문(敦義門)을 나선 강맹경은 능성으로 내려가 방화 사건을 조사하고 방화범들을 하옥시킨 뒤 달포 만에 궁으로 돌아와 세종에게 보고했다. 결국 세종은 그들에게 참형 아래의 형량인 중형으로 처벌했다. 사람이 사는 집을 고의로 불 지른 자는 율에 따라 참형의 벌을 내린다고 했지만, 세종은 최추와 양회 등 9인에게 일 등(一等)을 감형하여 곤장 백 대를 치고 삼천 리 밖으로 유배를 보냈던 것이다.

"우리 주지스님은 불 속에서 부처님을 업고 나오다가 변을 당했습니다."

"보살님, 주지스님은 소신공양하여 부처님과 하나가 되셨으니 성불하신 것입니다. 그러니 너무 슬퍼하지 마십시오."

"스님, 정말입니까? 스님이 성불하셨다면 이 늙은것이 더 바랄 게 뭐 있겠습니까?"

신미는 어금니를 물었다. 노파를 위로하기 위해 말은 그렇게 하고 있었지만 분노가 솟구쳐 치가 떨렸다.

"스님, 좀 더 일찍 뵙지 못한 것이 한이 됩니다."

"아닙니다. 저는 아무것도 알지 못하는 풋중일 뿐입니다."

"이 무식한 늙은것이 어찌 우리 주지스님의 성불을 보았겠습니까? 그것도 모르고 밤낮으로 애통해하며 살아갈 뻔했습니다."

"화중생련(火中生蓮)이라는 말을 들은 적이 있습니다. 부처님을 업은 주지스님의 마음이야말로 불 속에서 피어난 연꽃입니다."

노파는 신미에게 합장하더니 엎드렸다.

"스님, 이제야 이 늙은것이 소원을 풀었습니다."

"보살님의 원은 무엇이었습니까?"

"출가한 아들이 성불하는 것이었습니다."

이번에는 신미가 노파에게 엎드려 절을 했다.

"보살님, 감사합니다. 보살님의 아드님이기도 한 주지스님께서 부처님을 어떻게 받들어야 하는지를 오늘 저에게 가르쳐주셨습니다. 부처님을 위해서라면 불구덩이 속이라도 뛰어드는 신심도 없이 어찌 부처님의 진실한 제자라고 할 수 있겠습니까?"

"고맙습니다. 스님은 어느 절에 계십니까?"

"현등사로 가려다 산길을 잘못 들었습니다. 하지만 산길을 잘못 들어 보살님을 뵌 것도 큰 인연입니다."

"현등사는 여기서 한 나절 거리도 못 됩니다."

"눈앞이 길이라 했는데 장님처럼 찾지 못했습니다."

"스님, 지금 산길을 내려가시겠습니까?"

"아닙니다. 날이 밝으면 주지스님의 유골을 수습한 뒤 염불하고 떠나겠습니다."

명성산 골짜기를 타고 밤바람이 불자 열기가 돌담 너머까지 끼쳐왔다. 불길은 잦아들었지만 이따금 숯덩이가 된 기둥들이 땅바닥에 나뒹굴면서 불티들이 어둠 속에서 명멸했다. 시커멓게 숯덩이로 변한 법당은 불교의 참혹한 현실을 절감케 했다. 유생들은 산중의 절들을 방화하고 승려들은 이유 없이 절에서 쫓겨났다. 신미는 눈앞이 캄캄했다. 자기들 세상이 왔다며 날뛰는 유생들의 만행을 어떻게 견뎌내야 할지, 왕명까지 비웃는 유생들의 패악질 속에서 어떻게 중노릇을 해야 할지 앞길이 막막했다. 중생의 눈물을 닦아주는 것이 중노릇이라는 이야기를 들어왔지만 당장 자신의 발등에 떨어진 현실은 그것을 허락하지 않았다. 마음속의 분노부터 다스리는 일이 급했다.

'지금 당장 나에게는 부처님을 안고 죽을 신심도 없고, 시비와 악행을 일삼는 유생들을 제도할 힘도 없다. 함허 스님은 속 시원하게 알고 계시겠지. 그래, 함허 스님께 엎드려 절하고 길을 묻자. 지혜를 구하자.'

신미는 피가 나도록 입술을 세게 깨물었다.

한 잔의 차, 한 조각 마음

현등사의 대중은 평소에는 열 명도 못 되었다. 함허가 지도하는 경전 반이 개설되면 열댓 명으로 늘었다가 강의하지 않을 때는 대여섯 명으로 줄었다. 『반야심경』 등 경전 반이 개설되면 전국의 승려들이 그 소식을 듣고 모였다가 흩어지곤 했다. 울울한 숲에 둘러싸인 현등사는 대중의 수와는 상관없이 늘 한적하고 적막했다.

승려들이 주고받는 말이나 발소리도 새들이 우짖는 소리에 묻혔다. 해인사나 송광사, 봉암사는 계곡물 소리가 경내에 가득하지만 현등사는 텃새와 철새들이 오가는 새들의 왕국이었다.

함허는 철새들의 소리를 듣고 흘러가는 세월을 느꼈다. 봄이 오고 있음을 가장 먼저 알려주는 새는 휘파람새였다. 후이이 후이이. 새벽 예불을 하고 있으면 휘파람새가 컴컴한 숲에서 한동안 길게 울었다. 초여름이 완연히 다가왔음을 실감 나게 해주는 새는 꾀꼬리였다. 청명한 날에 꾀꼬리 소리를 듣고 있으면 마음속까지 상쾌한 울림이 전해졌다. 뻐꾸기는 한여름쯤 나타나 멀리서 아득한 소리로 울었다.

신미는 돌샘에서 찻물을 긷다 말고 멈추었다. 딱따구리가 참나무 껍질을 쪼고 있었다. 찻물을 뜨러 올 때쯤이면 꼭 긴 부리로 참나무 껍질을 쪼았다. 딱따구리로서는 아침 공양거리를 마련하고 있는 셈이었다. 현등사에서 신미가 하는 소임은 함허를 시봉하는 일이었다. 수시로 벼루를 갈거나 찻물을 길어 끓이기도 하고, 아침저녁으로 함허가 기거하는 방을 청소했다.

함허는 신미에게 아직 아무것도 가르쳐주지 않았다. 자잘한 허드렛일만 시킬 뿐이었다. 신미에게 말을 길게 하지도 않았다. 용건만 짧게 말하고는 물리쳤다. 복천사에서 만났을 때와는 판이하게 달랐다. 당분간 신미를 지켜보겠다는 태도인 것도 같았다. 그러나 신미는 하고 싶은 말이 목구멍까지 차올라 있는 상태였다. 현등사로 오기 전에 경험했던 충격적인 사건을 가슴에 묻어둘 수만은 없었다. 향교 교생들의 방화로 주지가 죽고 절이 불에 타고 말았던, 차마 눈뜨고는 볼 수 없었던 사건이었기 때문이었다.

'딱따구리는 먹이를 구하기 위해 부리가 으깨질 정도로 나무를 쪼지 않는가. 구하지 않는다면 무엇을 얻을 수 있겠는가. 그래, 오늘은 묻고 말 테다.'

신미는 뜨거운 찻물을 들고 함허의 방으로 들어갔다. 솔방울을 태워 끓인 찻물이었다. 방 안은 늘 묵향이 가득했다. 윗목에는 붓글씨를 쓴 한지가 수북했다. 함허는 며칠째 무언가를 집필 중이었다. 함허는 방에 굴러다니는 종이를 단 한 장도 버리지 말라고 신미에게 엄명해둔 터였다.

"거기 앉아라."

신미의 마음을 간파하고 있는 함허가 말했다.

"이 차를 한 잔 마시고 나가거라."

"고맙습니다."

"신미야, 네 눈을 보니 내게 하고 싶은 말이 많은 것 같구나."

함허는 이미 신미의 눈을 통해 무언가를 알고 싶어 한다는 것을 읽고 있었다. 그러나 신미는 자신의 마음과 달리 엉뚱하게 대답했다.

"스님, 무슨 책을 쓰고 계신지요? 몹시 궁금합니다."

"알고 싶은 게 그것뿐이냐?"

신미가 잠시 주저하자 함허가 다시 말했다.

"스승이란 제자가 묻는 것에 답하는 사람이다. 답해줄 능력도 없으면서 시봉을 받는 것은 죄를 짓는 일이다."

"무슨 책을 쓰고 계신지 그것부터 말씀해주시면 제가 정말 알고자 한 것을 말씀드리겠습니다."

"허허허, 『금강경오가해(金剛經五家解)』란 책이 있지. 거기에다 내가 사족을 붙이고 있다."

사족이란 말은 함허의 겸손한 표현이었다. 일가를 이룬 다섯 명이 『금강경』을 선해(禪解)한 『금강경오가해』에다 함허의 설의(說誼)가 보태져 뒷사람들은 『금강경오가해 설의』를 『금강경육가해(金剛經六家解)』라고 부르기도 했던 것이다. 그런데 신미는 아직 함허가 집필하고 있는 『금강경오가해 설의』에 대한 깊이와 내용을 모르고 있었으므로 무심코 들었다.

"저도 공부할 수 있는 책입니까?"

"너는 부처님께서 말씀하신 범자로 된 『금강경』을 구해서 읽어보아야 한다. 그래야 부처님의 말씀을 생생하게 들을 수 있을 것이다. 세상 사람들은 내가 범자로 된 『금강경』을 읽었다고 하지만 그것은 와전된 얘기다. 아쉬운 일이지만 나 역시도 『범자금강경』을 아직까지 구해 보지 못했다."

"스님께서는 한자 경전과 범자 경전을 다 보실 수 있다는 말씀으로 들립니다."

"두 가지를 다 읽을 수 있지."

"차이가 있습니까?"

"한역 경전도 더없이 훌륭하다. 하지만 부처님의 육성을 듣고 싶다면 범자 경전을 읽을 수 있어야 한다."

"스님, 저에게도 범자를 가르쳐주십시오. 반드시 배워 부처님께서 하신 말씀으로 경을 익히고 싶습니다."

"좋다. 오늘 당장 가르쳐주겠다. 수행자에게 내일이란 없다. 지나간 과거도 없다. 오직 현재만이 있을 뿐이다. 지금을 전부 껴안지 않고 과거나 미래에 얽매여 사는 수행자가 있다면 그는 가사만 걸친 가승(假僧)이다. 원오 극근 선사는 '온몸으로 살고 온몸으로 죽어라'라고 말했다. 명심하거라."

함허는 손짓으로 신미를 다탁 가까이 오게 했다. 함허는 차를 권할 때마다 자신이 쓴 다시(茶詩)를 읊조렸다. 술꾼에게 권주가(勸酒歌)가 있다면, 함허가 중얼거리는 시는 권다시(勸茶詩)였다.

한 잔의 차는 한 조각 마음에서 나왔으니

한 조각 마음은 한 잔의 차에 담겼어라

마땅히 이 차 한 번 맛보시게

한 번 맛보시면 한없는 즐거움이 솟아난다네.

一椀茶出一片心

一片心在一椀茶

當用一椀茶一嘗

一嘗應生無量樂

신미는 함허가 따라주는 작설차를 공손하게 받아 마셨다. 복천사에서 황토 빛깔의 무말랭이 차를 마셔보기는 했지만 작설차를 음미하기는 처음이었다. 한 잔의 차가 부드럽게 목을 타고 넘어갔지만 차향은 입안에 그대로 남았다. 두 번째 잔은 차향이 몸속 깊이 파고드는 것 같았다. 죽을 마신 뒤끝의 식곤증과 아침나절의 나른한 이완감이 순식간에 사라졌다. 정신이 산뜻하게 맑아지는 동안 저절로 허리가 꼿꼿하게 펴졌다. 어깨마저 가벼워지고 있었다. 좌선하면 그대로 삼매에 들 것 같은 기분이 들었다.

"차를 마실 때는 차만 마셔야 한다. 찻잔에 너의 심신을 풍덩 빠뜨려야 한다. 차 따로 몸 따로인 것은 조주(趙州) 스님의 가풍이 아니다."

신미는 무슨 말인지 몰라 물었다.

"차 마실 때는 이런저런 생각을 말란 말입니까?"

"그렇다. 너와 차를 일치시켜야 한다. 한 잔의 차와 한 조각 마음이 하나가 되어야 한다. 그래야만 차 맛을 온전하게 맛볼 수 있는 것이다. 수행도 마찬가지다. 수행의 궁극은 수행과 자신을 하나로 만드는 것이다."

신미는 함허가 말한 '한 잔의 차와 한 조각 마음'을 이해했다. 그래도 신미는 마음이 흡족한 상태는 아니었다. 신미가 알고 싶은 것은 차가 아니었다. 보름 전에 보았던 불타는 절이 머릿속에서 맴돌았다. 아들을 먼저 보낸 노파의 안부도 궁금했다.

여러 잔의 차가 몸속에 들어가자 이마에 땀이 송알송알 맺혔다. 차의 기운이 온몸에 퍼지는 듯한 느낌이었다. 난생처음으로 심신이 정화되는 것을 느꼈다. 함허가 찻자리를 정리하면서 좀 전에 했던 말을 정리했다.

"신미야, 나는 너에게 범자를 가르쳐줄 것이다. 단, 그날 배운 것은 그날 다 외워 바쳐야 한다."

"네."

"범자는 너에게 행운을 가져다줄 것이다. 반드시."

"스님, 범자를 공부하기에 앞서 알고 싶은 것이 하나 있습니다."

그러나 함허는 신미의 말을 가로막았다.

"네가 무엇을 말하려는지 나는 안다. 원주스님한테 명성산에 있는 절 방화 사건에 관해 상세하게 들었다."

"악몽을 꾼 것 같아 개운치 않습니다."

"중들이 받아야 할 과보다."

"목숨을 잃고 절을 잃었는데도 과보라고 하십니까? 향교 교생들의 무도한 짓이 분명합니다."

"업을 지었으면 누구라도 피해 갈 수는 없다. 속절없이 받아야 한다."

"스님들이 무슨 업을 지은 것입니까?"

"지금도 업을 짓고 있다. 앞으로 그보다 더한 일이 벌어질 것이다."

"피할 길은 없습니까?"

"그럴 수는 없지만 줄일 수는 있다."

"무엇입니까?"

"중생을 위해 정진하는 길이다. 그것밖에 아무 방법이 없다."

"저의 몫도 있는 것입니까?"

"공부하다 보면 길이 보일 것이다. 그 길은 네가 찾아야 한다."

함허의 방을 나온 신미는 돌샘으로 갔다. 머리에 불이 붙은 듯 열이 났다. 목숨과 절을 잃었는데 받아야 할 과보라니 도대체 알 수 없는 일이었다. 승려들의 업이 왜 그런 극단적인 방식으로 나타나는지 이해할 수 없었다. 신미는 표주박으로 물을 떠 들이켰다. 달아오르는 몸을 식히고 싶었던 것이다.

태화루(太和樓) 뒤 산자락 너머에서 뻐꾸기 울음소리가 들려왔다. 뻐꾸기 울음소리는 마치 아버지의 불효, 불충의 죄를 묻는다 하여 집안이 풍비박산 났을 때 들었던 어머니의 흐느낌처럼 들렸다. 신미는 두 눈을 질끈 감았다. 눈물 한두 방울이 눈가에 비어져 나왔다.

구구한 세상 인정

신미는 차츰 현등사의 승려들이 말하기 꺼려하는 불교의 현실을 알게 되었다. 함허는 이따금 태종이 불교를 배척했던 가장 큰 이유 중 하나는 승도들의 타락에 있었다고 탄식했다. 태종은 아버지인 태조, 형인 정종과 달리 드러내놓고 배불 정책을 폈다. 그는 젊은 시절 과거시험에 삼 등으로 급제한 수재로 유학에도 조예가 깊은 사람이었다. 그런 연유로 태종은 임금이 되기 전부터 승려보다는 유학자들과 친교를 맺었던 것이다.

정종 재위 시기만 해도 큰 저잣거리마다 고려시대부터 해오던 경행(經行)이 있었다. 경행이란 수백여 명의 승려들이 수레나 가마에 부처를 모시고 염불을 하면서 저잣거리를 돌아다니는 행사를 일컬었다. 경행은 저잣거리 사찰인 복을 비는 자복사(資福寺)가 주관하기 마련이었다. 바람에 나부끼는 오색의 깃발〔幡〕들이 거리에 내걸리고 소라 껍데기로 만든 나각(螺角) 소리가 요란한 매년 2월과 8월의 경행 날은 수많은 백성들이 거리로 몰려나와 승려들을 뒤따르며 복을 빌었다.

그런데 태종은 백성들이 마음으로 의지하는 자복사들을 의정부 대신들의 주청을 받아들여 없앴다. 유교를 숭상하고자 하는 배불 정책의 일환이었다. 이에 백성들의 불만이 커지자, 무마책으로 마을에서 멀리 떨어진 산중 사찰을 지정하여 자복사의 일을 대신하게 했다. 저잣거리 사찰을 산중으로 추방해버린 셈이었다. 또, 사간원의 상소를 받아들여 승려들이 예부터 지내왔던 각 고을의 풍요를 기원하고 재앙을 물리치고자 지내는 진산(鎭山) 제사도 중지시켰다.

그러면서도 태종은 자식이나 왕족의 복을 비는 일에는 관대하여 대신들을 곤혹스럽게 했다. 자복사나 진산 제사에 대소 신하들에게는 접근을 엄금하면서 자신은 형편에 따라 불교와 유교 사이를 왔다 갔다 했던 것이다. 자식들 중에 가장 애지중지했던 넷째 아들 성녕이 열네 살의 나이로 세상을 떠나자, 진관사에서 수륙재를 베풀고 성녕의 묘 앞에 능찰인 대자암(大慈庵)을 짓기 시작했던 것이다.

특히 수륙재를 지내기에 앞서, 평소에 고기를 먹지 않을 정도로 불도에 심취한 문장가 변계량(卞季良)이 태종의 애끊는 마음을 표현했으니, 동부대언(同副代言) 성엄(成揜)이 명을 받들고 진관사로 가서 읽었던 그 교서의 내용은 다음과 같았다.

아아! 목숨의 길고 짧은 것이 가지런하지 아니함은 천명(天命)이니 바꿀 수 없고, 부자의 지극한 은정(恩情)은 천성이니 그만둘 수가 없다. 이것은 사람이 본래부터 타고난 바이지만 운명에 앞서 정해진 것이다. 생각하건대, 네가 태어난 때는 을유년이었으니 이제 열네 살, 너는 일찍이 하루도 내 곁을 떠난 적이 없었다. 내가 수라를 들고자 하면 네가 반드시 먼저 맛보았고, 내가 활 쏘는 것을 구경하고자 하면 네가 반드시 따라나서 수행하였고, 모든 움직임에 반드시 너와 함께 하였던바, 이제는 그럴 수 없으니 무엇으로 허전한 내 마음을 위로하겠느냐?

아아! 슬프도다. 모습이 단정하고 깨끗하여 아무런 흠결이 없었으며, 네 행동은 총명하고 온아하고 효제(孝悌)함뿐이었고, 때때로 글을 읽어 익히고, 활쏘기를 배워서 자주 과녁을 맞혔느니라. 나는 네게 장가를 들도록 하였고, 대군으로 봉하였으니, 장차 어른이 되어 나의 쇠로(衰老)함을 위로하리라 여겼거늘, 아아! 이제 그럴 수 없으니 어찌해야 한단 말인가?

네가 처음 병들었을 때 어린아이들의 흔한 일이라 생각하였으나 병이 이미 위독해져 비록 후회하였지만 어찌 미칠 수 있었겠느냐? 기도하며 묻노니 내가 소홀하였음인가? 의료(醫療)가 잘못되었음인가? 희디흰 네 얼굴이 항상 눈에 선하고, 낭랑한 네 목소리는 아직도 귓전에 쟁쟁하다.

아아! 슬프도다. 나와 중궁(中宮)이 네 죽음을 두고 통곡하나 또한 이제 그만이로다. 너는 효성으로써 죽음에 임하여서도 어버이를 생각하였으니, 한을 품음이 구천지하(九天地下)에서도 그만둠이 있겠는가? 너는 나의 아들이 되어서 이미 효도하였고 또 재주가 있어서 자식의 직분을 싫어하지 않았다. 목숨의 길고 짧음의 운수는 실로 하늘에서 나오는바 너의 죄는 아니니, 네가 어찌 그것을 한스럽다고 해야 되겠느냐? 나는 네 아비가 되지만 염(斂)에서 옥과 이부자리를 볼 수 없었고, 빈(殯)에서 관을 어루만져 보지 못하였고, 또 광(壙)에 임석할 수도 없었으니 천 필 수레의 군주라고는 하지만 도리어 필부의 자식 사랑함만 같지 못하도다. 내가 정(情)을 잊어서가 아니라 사세(事勢)가 그렇게 만드는 것이니, 내가 한스럽다고 하는 바이지만 그것이 또 어찌 최상의 모습이겠는가?

아아! 슬프도다. 이에 신하에게 명하여 너의 직질(職秩)을 높이고 너에게 시호를 주어 은수(恩數)의 융성함을 상례보다 다르게 하리라. 이제 근신(近臣)을 보내어 진관사에서 수륙재를 베풀어 명복을 빌고, 또 부의(賻儀)를 내리고 술을 따라 말로써 권하여 흠향하게 한다. 아아! 말에는 다함이 있으나 정(情)에는 끝이 없는데, 너는 그것을 아는가? 그것을 알지 못하는가?

태종은 교서를 살펴보다가 반쯤에 이르러 자신도 모르게 흐느껴 울어서 끝까지 읽지도 못한 채 "나의 정의(情意)를 다했도다!"라며 물리쳤다. 예나 지금이나 자식에게는 관대한 것이 아비의 마음인 것이었다.

한편, 불교를 억압하던 시대에도 일부 왕실의 원찰만은 왕권의 비호하에 예외였으니 그곳에는 절의 노비나 사전(寺田), 진귀한 음식과 술, 호화로운 의복 등이 넘쳐났다. 그러나 청빈이 멀어지면 타락이 찾아오는 법이었다.

세종 1년 11월의 일이었다. 마침내 사헌부에서 계를 올렸다.

진관사 중 사익(斯益)이 절의 여종을 간음하였는데 주지 연징(演澄)이 단속하지 못하였으니 모두 불러들여 문초하소서.

사익의 타락은 함허를 비롯한 경기도 사찰의 승려들이 다 알고 있는 씁쓸한 소문이었다. 사헌부의 계가 세종에게 보고된 지 불과 십이 일 만에 사간원에서도 철저하게 암행 조사하여 글을 올렸다. 그만큼 타락한 승려와 여종과의 간음은 공공연한 비밀이었던 것이다.

가만히 생각하건대, 석씨(釋氏, 석가모니 부처님)의 교는 청정을 으뜸으로 삼는 까닭에 고행 걸식하고 안일과 포식을 구하지 않는 것이 그 도입니다. 주지 된 자가 백성에게 얻은 것으로 방자하게 안장 차린 말을 사고 의복과 술, 식비로 쓰고 있으며 도징(道澄), 설연(雪然)과 같이 스승의 가르침을 배반하고 절의 계집종을 간음하여 스스로 계율을 어겼으니 진실로 절의 노비를 혁파하여 불도를 다하게 함이 마땅합니다. 하오나 해마다 쌓여온 폐습을 갑자기 혁파할 수는 없으므로 다만 절을 줄이고 노비의 수를 정하여 십 리 밖에 살게 하되 계집종은 절에 들어가서 일하는 것을 금해야 합니다. 이는 중들이 음욕에 빠지지 않게 하고자 함입니다.

회암사와 진관사는 이름난 절인데도 사익과 성주(省珠)는 절의 계집종과 간음하다가 발각되어서 도망하였고, 정후(正厚)와 신각(信覺), 가휴(可休)도 또한 계집종을 간음하였다고 하니 그 음욕을 자행한 것은 도징과 설연보다 심한 것입니다. 회암사와 진관사가 이러할진대

> 하물며 다른 절의 중은 어떠하겠습니까. 중은 이미 어버이를 이별하고 애정을 끊었으니 비록 부모의 노비라 할지라도 부려서는 안 되는 것입니다. 원컨대 절의 노비를 혁파하고 중들의 노비도 본집으로 돌아가게 하여 그 스승의 청정한 가르침에 부응하게 하소서.

신미는 함허가 왜 서울 도심에 있는 왕실의 원찰로 가지 않고 깊은 산중의 절에만 주석하는지를 깨달았다. 왕실의 지원을 받는 서울의 저잣거리 사찰은 무엇이든 부족한 것이 없을 만큼 넘쳐났지만 한쪽에서는 부패한 냄새가 진동했던 것이다.

함허는 유독 현등사에 주석하면서 많은 시를 남겼다. 영민한 신미는 함허가 산승(山僧)으로 살고자 하는 이유를 시봉한 지 얼마 되지 않아서 간파했다.

> 달빛 밟다 우러르니 산은 첩첩하고
> 바람 좇아 귀 기울이니 물이 차갑다
> 도인의 살림살이 다만 이와 같으니
> 어찌 구구하게 세상 인정 따르리오.
> 步月仰看山疊疊
> 乘風俯耳水冷冷
> 道人活計只如此
> 何用區區順世情

어느 날 신미가 범자 자모를 외워 바치자, 함허가 만족한 듯 미소를 지으며 말했다.

"신미야, 내가 왜 호의호식하는 서울의 절로 가지 않는지 알겠느냐?"

"저도 스님의 길을 따르겠습니다."

"나는 나이고, 너는 너다. 그러니 너의 길이 따로 있다. 중은 혼자 가는 사람이니라."

"스님, 이제 또 어디로 가시렵니까?"

"보조국사께서 계셨던 남쪽 끝에 있는 송광사다."

"저도 따라가 시봉하고 싶습니다."

"방금 내가 뭐라고 했느냐?"

"중은 혼자 가는 사람이라고 했습니다."

"알았으면 됐다."

다음 해, 함허는 신미를 현등사에 남겨두고 떠났다. 함허는 누구보다도 흐트러진 승가를 청정한 구도 집단으로 거듭나게 했던 보조의 가풍을 흠모했다. 현등사로 와 주석한 것도 보조의 자취를 좋아해서였다. 절에는 보조국사가 현등사를 중창하면서 건립한 지진탑이 있었다. 함허가 보조의 가풍을 좇아 송광사로 내려간 것은 너무도 자연스러운 일이었다.

흥천사 천도재

천도재를 지내는 5층 사리전(舍利殿)에는 흥천사 승려들과 왕족들 및 신하 몇몇이 들었다. 세종은 흥천사에서 가장 큰 대중방에 앉자마자 눈을 감았다. 대중방에서도 재 지내는 목탁 소리와 염불 소리가 크게 들려왔다. 세종은 군주의 법도에 따라 대중들과 함께 있지는 못했지만 대중방에 홀로 앉아 애절한 염불 소리를 낱낱이 다 듣고 있었다.

특히 세종은 젊은 승려의 염불 소리에 빠져들었다. 댕그랑댕그랑 하는 요령 소리로 시작한 젊은 승려의 아미타불 염불 소리는 고즈넉하고 청아한 낙숫물 소리처럼 또록또록 가슴을 파고들었다. 그의 염불 소리는 물길을 따라 흘러가는 물이듯, 살랑살랑 불어가는 바람이듯 자연스러웠다.

세종이 잠시 와 머물고 있는 흥천사는 임시 행궁(行宮)이나 다름없었다. 내시들과 한 무리의 궁녀들이 따라와 시중을 들었고, 늙은 호위대장은 대중방 문을 지켰다. 그리고 산문 안팎에는 어영군 병졸들이 궁을 지키듯 빈틈없이 경계를 폈고, 병졸의 우두머리인 어영대장은 산문과 대중방을 수시로 오갔다. 서울의 오위(五衛)를 지키는 군사들도 백여 명이나 차출되어 호군(護軍)의 지시를 받으며 사하촌 언저리까지 올라와 대기하고 있었다. 간밤에 어영청에서 종2품의 어영대장과 정4품의 호군이 만나 흥천사 안팎 경비를 분담해서 맡기로 했던 것이다.

세종은 대중방 불단 앞 법석에 앉아 꼼짝을 안 했다. 낮은 법상(法床)에는 세종이 볼 수 있도록 『아미타경』 한 부가 놓여 있었다. 어쩐 일인지 세종은 『아미타경』을 펼쳐보지 않고 젊은 승려의 염불 소리를 듣기만 했다. 염불 소리가 절절하게 고조되자 괴로운 듯 한동안 미간을 찌푸렸다. 어머니 원경왕후가 친정집의 형제들을 모두 잃고 작은 소리로 흐느끼던 모습이 떠올라 가슴이 답답해져 자신도 모르게 두 눈에 힘을 주었던 것이다.

'아, 어머니의 한이 이 천도재로 말미암아 영영 사라질 수만 있다면 얼마나 좋을까.'

여인답지 않게 담대하고 자존심이 강했던 어머니 원경왕후는 일을 무섭게 추진하는 아버지 태종과 언쟁할 때가 많았다. 두 사람 다 고집이 셌다. 태종은 자기주장을 거칠 것 없이 밖으로 드러냈고, 원경왕후는 고집을 마음속에 담아두고 버텼다. 그러나 원경왕후는 태종이 방심하고 놓친 것들을 뒤에서 잘 챙기기 때문에 크게 도움을 주곤 했다. 태종은 두뇌 회전이 빠르고 재주가 뛰어났지만 대사를 한꺼번에 추진하면서 더러 실수를 저지르곤 했던 것이다. 훗날 세상 사람들이 '왕자의 난'이라 부르는 사건 때도 원경왕후가 없었더라면 결과가 어찌 되었을지 알 수 없는 일이었다. 이른바 '왕자의 난'이 일어나기 열흘 전에 정도전 일파가 왕자들이 거느리고 있던 사병을 혁파하고자 그들의 활과 창을 수거해 불태울 때 원경왕후는 방원(태종)의 무기를 몰래 숨겨두기도 했고, 왕자들이 태조를 병간하며 숙직하고 있는 동안 방원을 따로 불러내어 정도전 일파의 급습 가능성을 알려주고는 사병들에게 무기를 내주어 방원으로 하여금 기선을 제압하도록 했던 것이다.

태종과 원경왕후의 불화는 성격 탓이 컸다. 태종은 이미 세상 사람들을 다스리는 주군이 되었는데도 원경왕후는 태종을 자신의 울타리 속에 가둬놓으려 했다. 그럴수록 태종은 반발하여 원경왕후를 경원하면서 후궁들을 자주 간택하기에 이르렀고, 자존심에 상처를 입은 원경왕후는 고립되어 가는 자신의 처지를 친정과 내통하며 동생들에게 하소연하곤 했다. 특히 태종이 자신의 여종을 후궁으로 맞아들였을 때는 자존심에 큰 상처를 입은 채 "어찌 계집이 없어서 종년을 취하여 후궁으로 삼는다는 말입니까?" 하고 쏘아붙이며 대들었다. 그리하여 엉뚱한 방향으로 비화된 사건이 '민무구(閔無咎)의 옥사(獄事)'였다.

태종이 느닷없이 세자 양녕에게 왕위를 물려주려고 하자, 황희 등 대신들이 모두 만류한바 전위(傳位)를 그만둔 일이 있었다. 그때 모든 대신들은 왕의 복위를 기뻐했으나 원경왕후의 동생인 민무구, 민무질과 몇몇의 신하들만이 슬퍼했다는 상소가 올라왔다. 더 나아가 그들은 세자 양녕을 끼고 권력을 잡으려 했으니 대역의 죄로 물어야 한다고 삼공신(三功臣)들이 논의했다. 당시 세자 양녕은 동궁보다는 외갓집인 원경왕후의 친정집에서 더 많이 살았는데 그때 민무구 형제가 아무것도 모르는 세자를 회유했을 것이라는 탄핵이었다.

이는 불같은 성격의 원경왕후에 대한 불만과 외척의 발호를 막기 위한 태종의 계책이었는데, 삼공신이 태종의 마음을 읽고 앞장서준 것에 불과했다. 양심적인 대사헌 박은은 차마 '왕자의 난' 때 공을 세운 민무구 형제에게 죄를 뒤집어씌울 수가 없어 삼공신이 논의할 때 칭병하며 참여하지 않았다. 다음 해가 되자, 태종은 노하여 민무구 형제에게 죄 주기를 지연시킨 간관을 귀양 보내고 박은의 계급을 내렸는데, 이는 태종의 마음이 어디에 가 있는지 알 수 있는 일이었다. 결국 민무구 형제는 귀양 갔다가 자진(自盡)했고, 나머지 두 동생 무휼과 무회도 원경왕후를 문병 갔다가 중궁에서 양녕을 만나 "우리 형 무구와 무질이 어찌 모반하는 일이 있었겠습니까? 세자께서 우리 집에서 자라셨으니 저희 형제는 세자의 은덕을 입기를 바랍니다." 했는데 이 말이 또 세자 양녕을 회유했다는 식으로 전파되어 그들도 역시 국문을 받고는 멀리 귀양을 간 뒤 사사당하고 말았다. 이때 원경왕후는 집안의 친형제를 모두 잃고서 이름만 중전이지 무간지옥에 떨어져 고통받고 사는 것이나 다름없었다. 그러니 하루라도 빨리 피를 토하며 죽고 싶은 심정뿐이었다.

이것이 '민무구의 옥사'의 전말인데, 훗날 뒷사람들은 이 사건을 두고 다음과 같이 말하며 고개를 저었다.

'무구 등은 원경왕후의 동기(同氣)이다. 방간(芳幹, 태종의 형)의 변에도 공이 많이 있었는데 집안 전체가 화를 당한 것은 무슨 죄로 된 것인지 알 수가 없다. 만일, 역적질을 범했으면 이것으로 끝날 것이 아닐 터이다. 그것이 교만 방자하고 불법한 짓을 한 때문이라면 함께 연좌될 사람이 없을 듯한데, 그 아뢴 것이 자세하지 못하고 뒤에 내려오는 전설도 확실히 믿을 수가 없다. 중국의 당 태종이 장손을 용서치 않은 것은 밝게 결단하는 데서 나온 것이나 세자가 외숙을 대접하는 도리는 박한 데 가깝다.'

결국 원경왕후는 화병을 달고 살았고, 가끔 넋을 놓고 허깨비처럼 살다가 쉰여섯 살의 나이로 고해(苦海) 같은 생을 마치고 말았다. 원경왕후의 생을 지켜본 세종은 어머니의 깊은 한을 알기에 장례(葬禮)를 치르는 동안 누구보다도 슬퍼했다. 수일 동안 식음을 전폐했으며, 때마침 날씨가 덥고 습했으나 평상을 버리고 짚자리에 엎드려 밤낮없이 통곡했다. 신하들이 짚자리 대신 유지(油紙)를 깔았으나 세종이 알고 걷으라고 명했다. 또한 큰비가 와 빈소에 물이 스며들었으나 자리를 옮기지 않았다. 신하들이 굳이 옮기기를 청하니 드디어 다른 곳으로 옮겼다가는 날이 밝자 다시 빈소로 돌아왔다. 이 모두는 어머니의 한을 조금이라도 달래기 위해 고례(古禮)대로 상례를 지킨 것이었다. 이때의 장례만은 원경왕후를 멀리했던 태종의 눈치를 보지 않고 세종은 자신의 뜻대로 치렀다.

세종이 무언가 결심한 듯 눈을 떴다. 그러자 궁중에서만 사는 장번 내시가 법상 앞으로 다가와 말했다.

"전하, 아직 재는 끝나지 않았사옵니다."

"과인의 가슴이 답답하여 견딜 수 없구나. 지금 당장 재를 보아야만 슬픈 마음이 가실 것 같다."

"전하, 모든 사람들이 의아해할 일이옵니다. 그러니 이곳 대중방에 계셔야 하옵니다."

"대비의 영가를 만나고자 하는데 누가 의아해한다는 말이냐?"

"전하의 법도가 아니기에 그렇습니다."

"대비의 영가가 측은해서 그런 것이다. 임금은 어머니의 영가도 위로해주지 못하는 사람이란 말이냐?"

"전하."

대중방을 나서자마자 이번에는 어영대장이 막았다.

"전하, 장번내시의 말이 맞사옵니다."

"어영대장은 과인의 걸음을 막지 말라."

"전하의 마음을 어찌 모르겠사옵니까만 내일이면 당장 간관의 비난이 빗발칠 것이옵니다."

"알았다. 과인이 모두 책임을 질 것이니 그리 알라."

사실, 세종이 흥천사 천도재 현장에 친히 거둥한 것도 비난받을 일이었다. 태상왕(太上王) 태조가 태종의 간청으로 서울로 돌아와 흥천사에서 대장경 불사를 베풀고자 행차한 적은 있었지만 재에 직접 참석한 예는 전무했던 것이다. 세종이 즉위년에 신하들에게 흥천사에서 화엄경 경찬회를 열라고 명을 내렸을 적에도 오지 않았고, 수륙재 같은 재를 지낼 때는 신하들이 교서를 들고 와 읽는 것이 임금의 법도였던 것이다. 그러나 세종은 원경왕후의 한을 조금이라도 풀어주고자 율을 어기고 있었다. 그것도 대중방을 나와 사리전의 어머니 영가 앞에 서겠다는 것은 일찍이 없었던 일이었다.

세종은 재를 방해하지 않기 위해 사리전으로 들어가지는 않았다. 거리를 둔 채 서서 재를 지켜보았다. 내시가 키 큰 세종에게 그늘을 드리우기 위해 일산을 펴서 까치발을 했다. 어느새 붉은색 가사 차림의 주지가 사리전에서 달려 나와 고개를 조아렸다.

"전하, 날씨가 덥사옵니다. 대중방으로 들어가시옵소서."

"과인은 염불 소리를 듣고 마음의 응어리가 풀어졌다. 염불하는 저 중은 누구이더냐?"

"신미라는 젊은 중이옵니다."

"여기서 보니 앉아서 경을 보지 않고 반듯하게 서서 다 외우고 있구나."

"희유한 일이옵니다. 경을 외는데 단 한 자도 틀리지 않았사옵니다."

"대비를 위한 정성이 대단하구나. 과인은 때를 보아 크게 격려를 할 것이다."

함허도 다가와 한마디 했다.

"전하, 소승의 제자이옵니다. 현재는 현등사에 머물며 천축의 글자인 범자를 공부하고 있사옵니다."

"그 스승에 그 제자이구나. 과인은 대사의 명성을 익히 들어 알고 있소. 말썽을 일으키는 중들이 많지만 대사나 홍천사 대중들은 과인을 기쁘게 하고 있소."

세종의 격려를 받은 주지는 감읍하여 엎드려 절을 했다. 임금과 인연을 맺는다는 것은 무너지고 허물어지는 절을 중창하는 데 결정적이었다. 그렇지 않아도 태조가 건립한 사리전 지붕이 기울고 비가 오면 샜던 것이다.

재가 끝나자 세종은 바로 홍천사를 떠나려고 채비했다. 그러고는 임금이 타는 가마인 연(輦)을 잰걸음으로 뒤따라오는 주지를 보더니 선물하듯 말했다.

"사리전은 태조께서 창건하신 전각인데 기울어져 위태하다고 하므로 과인이 원을 세워 수리할 수 있도록 할 것이니라."

세종이 홍천사 가람들 중에서 특히 사리전에 관심을 가졌던 것은 상왕이 된 태종의 말이 문득 생각나서였다. 장마가 오기 전 어느 날 태종이 충녕(세종)에게 "사리전을 보수 수리하여 만세(萬世)에 전하라." 하고 부탁했다는 태조의 말을 들려주었던 것이다.

사리전 불단에 놓인 재물은 일부만 남겨두고 다 치워졌지만 무언가 알 수 없는 좋은 기운은 쉬이 사라지지 않았다. 사리전을 수리해주겠다는 세종의 약속을 받은 주지는 흥분하여 합장한 두 손을 내려놓지 못한 채 사리전 천장을 두리번두리번 올려다보았다. 그러고는 신미를 보더니 고마워하며 큰 소리로 홍천사 방을 하나 내주겠다고 말했다. 세종의 마음을 움직여 대중방을 나오게 한 것은 신미의 염불소리였기 때문이었다. 그러나 신미는 송광사에서 올라온 스승 함허가 이제는 오대산 영감암으로 간다는 말을 듣고 자신도 오대산으로 갈 생각을 했다. 함허가 굳이 시봉을 받지 않겠다면 영감암에서 지척인 상원사 선방에서 두어 철 동안 살겠다는 계획을 짰다.

사십이수관세음보살

오대산으로 가려던 신미는 홍천사에 남았다. 스승 함허가 신미의 오대산행을 단호하게 막았다. 중물이 덜 든 풋중이니 대중 속에서 자신을 다듬어야 한다는 것이 이유였다. 신미는 몹시 아쉬웠지만 함허의 당부를 따랐다. 다행히 홍천사 주지가 방을 하나 내주겠다고 약속했으므로 군색한 처지는 아니었다.

신미가 남자, 홍천사 여러 대중 가운데 누구보다도 주지가 반색했다. 마음속으로는 신미가 홍천사를 떠날지 몰라 은근히 걱정했던 것이다. 주지는 두 손을 휘휘 저으며 말했다.

"신미 스님, 홍천사에 남아 나를 좀 도와주어야 하네."

"은사 스님께서 오대산으로 혼자 가신다고 하니 걱정이 되어 그랬습니다. 저도 오대산에서 정진하고 싶었습니다만 아직은 인연이 아닌 것 같습니다."

"허허, 삼각산이나 오대산이나 다 같은 청산이 아닌가. 청산에 머무는 흰 구름 같은 것이 우리들 중의 살림살이이고."

"스님의 말씀 새겨듣겠습니다. 저도 이곳 홍천사가 좋아 아쉬웠던 마음은 이미 사라지고 없습니다."

신미는 공손하게 주지 앞에서 합장했다. 사실 신미는 함허가 홍천사 산문을 나선 후에도 한동안 그곳에 함허의 그림자가 어른거리는 듯했지만 지금은 달랐다. 주지의 배려로 홍천사의 심장과도 같은 5층 사리전에서 백일기도를 하고 있었는데, 백일기도를 시작하면서부터 함허의 그림자를 말끔하게 잊어버렸던 것이다.

사리전의 주불은 마흔두 개의 손을 가진 사십이수관세음보살이었다. 마흔두 개의 손은 천 개의 손을 상징하는 것이니 천수관세음보살인 셈이었다. 천수관세음보살의 천 개의 손은 세상 사람들의 온갖 고통을 다 어루만져 낫게 해주므로 대자대비의 손이라 할 수 있었다.

사십이수관세음보살은 신미의 마음을 사로잡았다. 신미는 사십이수관세음보살이 자신을 향해 미소 지었던 순간을 잊지 못했다. 세종의 어머니인 원경왕후 재를 지낼 때 사십이수관세음보살이 갑자기 입술을 움직이며 자애롭게 웃었던 것이다. 『아미타경』을 소리 내어 외는데 사십이수관세음보살이 굳게 다문 입술을 파르르 떨었던바, 그때 신미는 너무 놀라 하마터면 쥐고 있던 목탁을 떨어뜨릴 뻔했고 자신도 모르게 기어들어 가는 목소리로 염불했던 것이다.

그날 밤 신미는 자신의 경험이 너무도 신령하여 함허의 방을 찾아가 묻지 않을 수 없었다. 그러나 함허는 쥐고 있던 부채로 윙윙거리는 모기를 쫓으면서 대수롭지 않게 반응했다.

"관음보살님이 입술 좀 달싹인 걸 가지고 무얼 그리 호들갑이냐!"

"제가 잘못 본 것입니까?"

"그럼, 네 앞에 계시던 관세음보살님이 허깨비란 말이냐."

"아닙니다."

"손은 움직이지 않더냐?"

"너무 놀란 나머지 다른 모습은 보지 못했습니다."

"마흔두 개 중에서 한 개의 손이라도 움직이는 것을 봐야 했는데 아쉽구나."

"스님께서는 다 보셨다는 말씀입니까?"

"마음을 다해 염불하는 중에게는 이심전심의 눈이 생기는 법이야. 염불삼매에 들면 부처님의 눈썹이 몇 개인지, 부처님 마음까지도 다 볼 수 있어."

그날 밤 신미는 함허의 방에서 아리송한 대답만 들은 채 모기들에게 된통 고통만 당하고 물러나오고 말았다. 하필이면 모기가 입술을 물어 부풀어 올랐다. 함허의 골방으로 날아든 모기들이 유독 젊은 신미에게만 달려들었던 것이다.

사십이수관세음보살이 어느 절에 있다가 홍천사 사리전으로 모셔졌는지 그 내력을 아는 사람은 아무도 없었다. 다만 태조가 계비인 신덕왕후의 명복을 빌어주고자 홍천사에 사리전을 건립한 뒤 어디선가 이운해 온 것만은 분명했다. 태조가 다니던 절에서 왔을 가능성이 컸다. 태조가 불모를 시켜 조성했다는 이야기도 전해지지만 그것은 믿기 어려웠다. 그렇다면 사십이수관세음보살이 신덕왕후를 닮아 여성스럽고 자애로운 모습이 되어야 하는데 남성스럽고 위엄이 느껴지는 풍모인 것이었다.

원경왕후 재가 끝난 지 두 달 만이었다. 사십이수관세음보살은 신미에게 큰 행운을 가져다주었다. 신미는 기도하고 난 뒤 사리전 주변에 쌓인 낙엽을 쓸고 있었다. 후원의 느티나무와 상수리나무 낙엽들이 바람에 사리전으로 불려와 뒹굴었다. 신미는 낙엽을 쓸다가 비질을 멈추었다. 낙엽들이 우수수 우수수 소리를 내며 굴러다녔다. 새들만 소리 내어 우는 줄 알았더니 메마른 낙엽도 슬픈 소리를 냈다.

그때 몸집이 큰 사내가 산문 안으로 들어오고 있었다. 사내의 몸이 산문을 꽉 채우고 있는 것처럼 보였다. 홍천사에 머물면서 처음 보는 모습이었다. 이미 사내는 대중방 쪽으로 사라졌지만 신미는 자꾸 산문 쪽에 눈을 주었다. 산문의 기왓장에 붉은 노을이 떨어지는 시각이었다. 무상감(無常感)이 밑도 끝도 없이 바람 한 자락처럼 옆구리로 스쳤다.

아마도 사내가 대중방에 든 모양이었다. 잠시 후 열한 살 된 동자승이 신미에게 다가와 자신의 삭발한 머리를 만지며 말했다.

"스님, 손님이 찾습니다."

"나를 말이냐."

"불러오라고 했습니다."

"나를 불러오라고 하다니."

신미는 가늘게 비명을 지르며 들고 있던 빗자루를 떨어트렸다.

"유배되신 아버지께서 종편(從便)을 받으셨다는 말인가!"

종편이란 임금이 내리는 사면을 뜻했다. 그러지 않고서야 홍천사에 올 수 없기 때문이었다. 출가한 뒤에는 속가 소식을 자세히 듣지 못했고, 또 알려고도 하지 않았으므로 신미는 뜻밖의 상황에 당황하지 않을 수 없었다.

그런데 동자승을 앞세워 대중방으로 든 신미는 뜻밖에 담담해지는 자신을 느꼈다. 아버지 김훈은 절을 받으려는 듯 양반자세를 하고 앉아 신미를 올려다보고 있었다. 그러나 신미는 아버지 김훈에게 사찰의 예법에 따라 절하지 않았다.

“용서하십시오. 중은 속가의 인연을 끊어버린 까닭에 절하지 않습니다. 이제 저와 아버님은 스님과 신도 사이일 뿐입니다.”

“절이 그런 곳이라면 별수 있겠나.”

김훈이 입맛을 다시며 떨떠름해했다. 그렇다고 아버지로서의 권위를 다 내려놓고 싶지는 않은지 근엄한 표정을 지었다.

“부자지간의 천륜마저 부정할 수는 없겠지.”

“그렇습니다. 천륜을 어찌 부정하겠습니까? 다만 지금의 제 처지가 그렇다는 것입니다. 할아버님은 강녕하십니까?”

“아버님이 안 계셨더라면 나는 아직도 유배지에서 세상을 한탄하고 있겠지.”

김훈이 자라처럼 큰 손을 불끈 쥐었다. 아버지 김종경(金宗敬)이 상소하여 전라도 유배지를 떠나 고향인 영동에만 살게 해주었는데, 얼마 뒤에는 서울 이외의 지역은 어디서라도 살 수 있도록 사면을 받았던 것이다.

이는 이종무 장군의 대마도 정벌군에 가담한 공이 있기 때문이었다. 활을 쏘아 사나운 맹수를 잡는 등 무예에 남다른 재주가 있는 김훈이 처남 이적(李迹)을 통해 이종무의 대마도 정벌군에 종군을 자원했던 것이다. 그러나 김훈이 불효, 불충의 죄인이었던 까닭에 이종무는 쉽게 결정하지 못하고 세종 1년에 군권을 쥐고 있던 상왕(태종)에게 보고한 뒤 허락을 받아 참모로 기용했던 것이다.

“아버님, 절에 오셨으니 사리전에 들어 사십이수관세음보살님을 참배하십시오. 절은 절하는 곳입니다."

김훈은 신미의 청을 거절하지 않고 벌떡 일어났다. 그러고 보니 무엇이든 거침없었던 예전과 달리 기가 좀 꺾여 있었다. 수원 관기 벽단단을 데리고 태종의 눈치를 보지 않고 정종이 사는 인덕궁을 드나들던 때의 호기는 보이지 않았다. 정종의 궁인 소매향(小梅香)은 벽단단의 숙모였으므로 필요할 때마다 궁궐의 소식을 그녀에게 전해주었던 것이다.

"사십이수관세음보살님이십니다. 아버님이 원하시는 것을 기도하시면 다 들어주시는 부처님이십니다."

김훈은 신미가 권유하지 않았는데도 큰절을 했다.

"아버님도 절하시면서 기도를 하십시오."

"그렇지 않아도 조상님께 불효한 것을 용서해달라고 했다. 나야말로 아무렇게나 산 불효자식이 아니더냐."

"맑은 심신으로 기도하시면 더욱 좋습니다."

"나같이 함부로 살았던 사람이 맑아질 수 있겠나."

"늦지 않았습니다. 다시 한 번 사십이수관세음보살님께 절하십시오. 절하는 횟수만큼 아버님의 업이 반드시 씻겨질 것입니다."

"사십이수관세음보살님의 위신력인가?"

"아닙니다. 영동의 영국사 관세음보살님도 마찬가지입니다. 어머님을 힘들게 하셨으니 이제는 어머님을 위해서도 기도하셔야 합니다."

김훈은 여색을 좋아하여 아내의 마음을 아프게 했던 기첩 벽단단 말고도 지방 수령으로 가 있으면서 소실을 두어 자식이 생기면 영동 본가의 아내에게 보냈는데, 다행히 심성이 바른 김여달(金如達)도 그런 자식 중에 한 명이었다.

김훈은 신미가 시키는 대로 했다.

"아버님, 영동으로 내려가시거든 술과 고기를 끊으십시오. 술을 끊으시면 정신이 맑아질 것이요, 고기를 끊으시면 몸이 맑아질 것입니다. 또한 술과 고기를 끊고 기도하시면 무엇이든 원하는 대로 이루어질 것입니다."

김훈은 신미가 원하는 대로 사십이수관세음보살을 향해 절을 하기 시작했다. 신미는 김훈의 그런 모습을 보고 조용히 사리전을 나왔다. 김훈은 늙은 나이였지만 무술로 단련한 몸이었으므로 절도 있게 절을 했다. 두어 식경이 지났지만 절하는 자세가 조금도 흐트러지지 않았다.

삼경 무렵이 되어서야 김훈은 비 오듯 땀을 흘렸다. 땀이 마룻바닥을 적셨고 호흡도 거칠어져 있었다. 그러나 강골인 그는 무너지지 않았다. 합장한 채 서 있는 신미를 보고 나서는 굵은 눈물을 흘리더니 마룻바닥에 고개를 떨어트렸다.

"아버님."

신미를 바라보는 김훈의 얼굴은 이미 눈물로 범벅이 되어 있었다.

"아버님이야말로 바로 부처가 되실 분입니다."

신미가 김훈을 향해 절을 했다. 그러자 김훈이 신미의 팔을 잡아끌며 만류했다.

"지금부터는 아들이 아닙니다. 저를 제도할 스님입니다. 그러니 제게 절을 해서는 안 됩니다."

"아버님, 사십이수관세음보살님을 보십시오. 아버님의 참회를 다 받아주시고 용서하시는 모습입니다."

"스님, 관세음보살님을 뵈니 저도 마음이 편안해집니다."

그날 밤, 김훈은 신미의 방에서 잤다. 신미는 잠을 자지 않고 김훈의 얼굴을 보았다. 창호를 넘어온 달빛이 김훈의 얼굴에 어려 있었다. 문득 또렷한 인중과 굵은 입술이 사십이수관세음보살과 흡사해 보였다. 달빛 한 자락이 비친 김훈의 얼굴에는 부처의 온화한 기색이 서성이는 것 같았다.

첫눈

신미는 승려가 된 이후 처음으로 백일기도를 무탈하게 끝냈다. 늦여름에 땀을 쏟으며 시작한 백일기도는 찬바람이 엄습하는 초겨울 문턱에서 회향(廻向)했다. 신미는 사십이수관세음보살이 영험하다는 것을 몸과 마음으로 깊이 절감했다. 사십이수관세음보살이 준 가장 큰 가피라면 술과 여색을 좋아하던 아버지 김훈이 홍천사로 찾아와 불교에 귀의한 것이었다. 신미로서는 상상조차 할 수 없는 일이었다. 정종 때 문과에 급제할 정도로 유가를 숭상했던 아버지가 스스로 홍천사를 찾아와 사십이수관세음보살 앞에서 절하며 난봉꾼처럼 살아온 자신의 과거를 참회했던 것이다.

그러나 이보다 더 놀라운 일도 생겼다. 지난 8월 초에 오대산으로 떠났던 함허가 홍천사로 돌아왔다. 싸락눈이 내리던 날이었다. 활엽수에 매달린 나뭇잎을 두들기는 첫눈이었다. 싸락눈은 소나기처럼 쏟아지다가 멈추곤 했다. 홍천사 마당은 순식간에 쌀가루를 뿌려놓은 듯했다. 그때 신미는 침침한 골방에서 낙엽에 떨어지는 싸락눈 소리에 귀를 기울이고 있었다. 삼각산 고갯길 허공은 잿빛 구름이 잠시 사라진 채 깊은 우물처럼 파래지곤 했다. 그러다가도 눈구름이 나타나 슬그머니 하늘을 감추어버리자 수십 점의 흰 눈송이가 어두운 허공에서 나붓나붓 날리기도 했다. 주지가 고개를 움츠린 채 신미가 있는 골방으로 왔다.

"함허 스님께서 오셨네. 어서 가 인사드리게."

"믿어지지 않습니다."

"좋은 일인 모양이네. 첫눈을 서설(瑞雪)이라고 하지 않는가. 신미 스님이 직접 물어보시게."

함허의 성정으로 보아 있을 수 없는 일이었다. 오대산으로 떠날 때 함허는 일 년 동안 그곳에서 살 것이라고 분명하게 말했던 것이다. 어쩌면 한양에서 급한 일을 본 뒤 다시 돌아갈지도 몰랐다. 문득 신미는 눈구름 걷힌 하늘처럼 가슴이 환해짐을 느꼈다.

'어쩌면 나를 데리고 가실지도 모른다. 내가 홍천사에 남아 있을 이유는 없다. 사리전 백일기도도 무사히 회향했으니 주지스님이 나를 더 붙들 이유가 없지 않은가. 사리전이 임금님의 지시로 보수된다면 내 기도에 대한 응답이 아니겠는가.'

대중방으로 들어간 신미는 함허를 보자마자 절을 했다.

"스님, 절 받으십시오."

"한 번만 하거라."

그래도 신미는 공손하게 삼배를 했다. 함허의 얼굴은 지난여름보다 맑았다. 그러나 날 선 눈빛 때문인지 광대뼈가 더욱 튀어나온 듯했고 얼굴은 야위어 보였다. 입을 다물 때마다 입가에 잔주름이 선명하게 잡혔다.

"강건하신지요?"

"아무렴."

"저는 백일기도를 회향했습니다."

"주지스님에게 들었다. 중은 기도만 잘해도 잘사는 것이다. 잘한 일이다."

신미를 칭찬하는 함허의 몸에서 송진 냄새가 났다.

"스님 몸에서 소나무 냄새가 나는 것 같습니다."

"내가 나옹선사 진영을 벽에 걸어두고 지냈던 영감암 주변이 소나무와 잣나무뿐이니 그럴 것이다. 일찍이 나옹선사께서는 이렇게 말씀하셨지. 생선을 엮은 새끼줄에서는 비린내가 나고 향을 싼 종이에서는 향기가 난다고. 가슴속 깊이 새겨들어야 할 말씀이다."

영감암은 월정사에서 상원사 가는 중간쯤에 있는 암자였다. 함허는 암자에 부처님 대신 나옹선사 진영을 모시고 살았다. 훗날 함허의 이름이 기화, 호가 득통으로 바뀐 것은 영감암으로 들어간 지 이틀째 되는 날 밤 꿈에 한 스님이 나타나 이름과 호를 점지해준 까닭이었다. 함허는 미소를 지으며 말했다.

"꿈에서 이름과 호를 받고 홀연히 깨어나보니 몸과 마음이 맑고 가벼워 하늘을 날 것 같았다. 다음 날부터 졸리면 암자 밖으로 나와 산자락의 소나무, 잣나무 숲을 오르내렸지. 너는 그런 나의 모습을 꿰뚫어본 것이다."

"스님, 홍천사에 무슨 일로 오셨는지 궁금합니다. 여기서 겨울을 나실 것입니까?"

"아니다. 곧 떠날 것이다. 지난여름에 네게 한 말이 있지 않느냐. 오대산에서 일 년 동안 살기로 한 생각에는 털끝만큼도 변함이 없다. 여기서 이틀 이상은 머물지 않을 것이니 그리 알거라."

함허는 한양에 잠시 머물 것이라는 이야기만 했다. 스님들이 오가는 대중방에서는 깊은 이야기를 할 수 없다는 듯이 입을 무겁게 다물어버렸다. 한양에 급히 와야만 할 긴요한 일이 생긴 것만은 분명했다. 그러나 신미는 그 일이 무엇인지 조금도 짐작할 수 없었다. 함허는 신미에게 현등사에서 저술한 『금강경오가해 설의』와 유생들의 배불을 논리적으로 반박한 『현정론(顯正論)』 필사본을 각각 한 부씩 바랑에 넣어두도록 지시만 했을 뿐이었다. 저녁 공양 시간까지도 신미는 함허가 왜 홍천사에 왔는지 눈치채지 못했다.

저녁 공양 후 사리전 앞에는 궁중에서 사용하는, 왕비나 후궁이 타는 가마 두 대가 어느새 놓여 있었다. 가마는 어영청 군사가 에워싸고 있어 홍천사 대중이라도 접근할 수 없었다. 홍천사 대중들은 궁중 귀인이 사리전에 참배하러 왔겠거니 생각하고 더 이상 관심을 갖지 않았다. 예전에도 종종 궁중의 가마가 저녁 무렵에 들어오곤 했기 때문이었다.

한밤중이 되어서야 신미는 주지 방으로 불려 갔다. 낮에 간간이 내리던 싸락눈은 갑자기 함박눈으로 변해 내리고 있었다. 어둠 속에서 드러난 희끗희끗한 눈송이들이 신미의 얼굴에 내려앉았다. 눈송이들은 신미의 눈썹을 하얗게 만들었다.

주지 방에는 세 사람이 신미를 기다리고 있었다. 늙은 어영대장이 아랫목에서 두 다리를 접개고 있었고, 주지와 함허가 반가부좌 자세로 묵묵히 앉아 있었다. 주지는 어영대장에게 신미를 소개했다.

"어영대장 나리, 상감마마께서 찾으셨다는 중입니다."

"그대의 이름은 무언가?"

"신미라 하옵니다."

"전하께서 보자고 한 중이 정녕 맞는가?"

주지가 대신 대답했다.

"어영대장 나리, 틀림없습니다."

신미는 느닷없이 임금을 들먹이는 어영대장의 흰 수염을 엿보았다. 어영대장은 말할 때마다 자신의 흰 수염을 손으로 만지작거렸다. 자신의 높은 신분을 과시하는 몸짓 같기도 했고, 자신의 감정을 상대에게 은근히 드러내는 습관인 듯도 했다. 어영대장이 홍천사에 온 이유를 주지에게 말했다.

"신미 스님, 기뻐하시게. 상감마마께서 고명한 함허 스님은 물론이고 스님을 입궐시키라고 했다네. 우리 절집의 큰 경사가 아니고 무엇이겠는가?"

"소승은 영문을 모르겠습니다."

"그건 아무도 모르는 일일세. 상감마마를 알현해야 알 수 있을 것이네."

함허가 잠자코 앉아 있다가 반개한 눈을 뜨고 말했다.

"잠시 후 궁궐로 갈 것이니 승복을 정갈하게 갖추고 있거라."

"오늘 밤에 입궐한다는 것입니까?"

어영대장이 단호하게 말했다.

"지금 이 일이 누설되면 그대는 목숨을 부지하기 힘들 것이니라."

어영대장의 말은 과장이나 위협이 아니었다. 승려가 세종의 침전에 들었다는 사실이 알려지면 사간원이나 사헌부의 관리들이 벌 떼처럼 들고 일어날 일이었다. 세종이 그들을 만나는 일은 철저하게 비밀에 부쳐져 있었다. 그러니 세종의 명을 받은 어영대장으로서는 신미에게 거듭 주의를 주지 않을 수 없었다.

"여기에 있는 중들의 입만 조심한다면 아무도 이 일을 알지 못할 것이니라. 알겠는가?"

신미와 주지는 입을 맞춘 듯이 대답했다.

"나리, 명심하겠습니다."

주지 방을 나온 신미는 함박눈이 쌓인 섬돌에 선 채 자신도 모르게 중얼거렸다.

'임금님이 나를 부르는 이유가 무엇일까?'

신미는 문득 지난여름 원경왕후의 재를 마쳤을 때 세종이 한 말이 떠올랐다. 세종은 신미에게 '때를 보아 격려하리라'라고 했던 것이다. 신미는 갑자기 심장이 쿵쿵 뛰기 시작하여 한 손으로 가슴을 문질렀다. 뒤따라 달려 나온 주지가 두 팔을 벌리며 신미를 가로막더니 말했다.

"신미 스님, 상감마마를 뵙거든 잊지 말게. 사리전에 비가 새니 홍천사 대중 모두가 밤낮으로 기도하고 있다고 말일세."

"저에게도 말할 기회가 주어진다면 당연히 아뢰겠습니다."

"고맙네. 이제야 안심이 되네. 이런 부탁을 함허 스님은 받아주시지 않아. 들어주기는커녕 타박만 하시니 애간장이 탄다네."

"스님, 유념하겠습니다."

주지는 더 이상 따라오지 않았다. 눈발이 눈보라로 변한 듯 거칠게 휘몰아쳤다. 기온도 뚝 떨어졌다. 어영청 군사들은 가마 둘레에서 부동자세로 오들오들 떨었고, 가마꾼들은 사리전 처마 밑으로 올라서서 발을 동동 구르고 있었다. 창들끼리 부딪치는 날카로운 소리가 나기도 했다. 군사들은 거친 눈보라 때문인지 횃불을 끈 채 대기하고 있었다.

별궁 정담

두 대의 가마는 창을 든 어영청 군사들의 호위를 받으며 나아갔다. 꽃가마 안에는 함허와 신미가 타고 있었다. 함허는 눈을 지그시 감고 있었고 신미는 불안하여 밖의 동정에 신경을 곤두세우고 있었다. 가마의 행선지를 정확하게 아는 군사는 아무도 없었다. 세종이 어디서 그들을 맞이할지 모르기 때문이었다. 세종은 진즉 인정전을 나와 어디에선가 쉬고 있을 터였다.

세종이 쉬고 있는 곳을 아는 사람은 어영대장뿐이었다. 어영대장은 군사들 앞에서 말을 타고 성큼성큼 가다가도 이따금 손을 들어 가마를 멈추게 했다. 궁궐 주변의 길목을 지키는 오위 군사들은 눈보라 때문에 눈을 뜨지 못하고 검문하는 시늉만 했다. 눈발이 얼굴에 날벌레처럼 달라붙어 말하기조차 귀찮아했다.

밤길은 눈이 켜켜이 쌓여가고 있었다. 가마꾼들에게 첫눈이 쌓인 눈길은 미끄럽지 않았다. 군사들은 눈길에 발소리를 죽이며 궁궐 쪽으로 대오를 맞추어 걸었다. 마침내 육조의 관아가 있는 육조 거리를 지나 사정문(四正門, 광화문의 옛 이름) 앞에 가마 행렬이 멈추었다. 사정문은 태조 4년(1395)에 정도전의 제안으로 건립한 궁궐의 정문이었다. 어영대장의 참모와 궁문지기 수문장이 암구호를 주고받았다. 그러나 사정문 궁문지기 수문장은 문을 열어주지 않았다.

"오늘 밤에는 누구도 문 안으로 들이지 말라는 엄명이 있었소."

"왕비마마시다. 어서 문을 열어라."

"믿을 수 없소."

"넌 왕비마마 가마도 보지 못했느냐?"

"야심한 밤에 왕비마마께서 행차하실 리가 없소."

"네 이놈, 무례하구나. 궁문 앞에 계시는 분은 어영대장 나리시다."

그제야 육중한 문이 삐걱 소리를 내며 열렸다. 궁문지기 수문장이 오만상을 찌푸리고 있는 어영대장을 보자마자 납작 땅바닥에 엎드렸다. 말에서 내린 어영대장이 말채찍을 휘두를 듯 치켜들며 호통쳤다.

"궁문지기 수문장이라는 놈이 왕비마마의 가마가 어떻게 생겼는지 아직 모르고 있다는 말이냐!"

"나리, 죽을죄를 지었습니다."

교대를 대기하고 있던 궁문지기 군사들도 군막에서 두 손을 비비고 나와 수문장 뒤쪽에서 엎드렸다. 그러자 어영대장은 뜻밖의 관대한 목소리로 말했다.

"죽을죄를 지은 게 아니다. 나는 너희들에게 상을 내릴 것이다."

군사들이 엎드린 채 고개를 쳐들고 어리둥절해했다. 왕비의 가마를 분별하지 못해 벌을 받을 줄 알았는데 갑자기 상을 내리겠다고 하니 어안이 벙벙했던 것이다. 궁문지기로 배속을 받은 지 얼마 되지 않은 어린 군사는 울상을 짓고 있었다. 어영대장은 국수 가닥처럼 얼어붙은 자신의 수염을 쓰다듬으며 말했다.

"자시(子時)쯤 돌아오겠으니 이후로는 누구도 들이지 말라."

"네, 나리."

어영대장은 가마를 호위한 군사들을 사정문 군막에 남게 하고 자신은 가마꾼과 함께 별궁으로 향했다. 세종은 세자(문종)의 별궁으로 미리 가서 쉬고 있을 터였다. 초저녁부터 어영대장을 기다리고 있던 장번내시가 청사초롱을 들고 나타났다. 궁 안에서는 관례에 따라 장번내시가 가마 앞에 서고 어영대장은 뒤로 물러섰다. 청사초롱 불빛에 궁궐 뜨락이 언뜻언뜻 드러났다. 정원의 푸나무들과 건물 사이사이로 보이는 마당은 눈을 뒤집어쓴 채 숨죽이고 있었다. 이윽고 별궁 문 앞에서 가마가 멈추었다. 어영대장이 짧게 말했다.

"대사, 내리시오."

"고맙소이다, 나리."

어느새 별궁 문을 열고 나온 두 궁녀가 고개를 숙이고 있었다. 함허와 신미는 장번내시를 따라 별궁 안으로 들어갔다. 돌아보니 어영대장과 가마꾼들은 보이지 않았다. 궁녀가 소리 나지 않게 문을 닫고 있었다. 별궁 안은 부르지 않은 사람은 절대로 들어갈 수 없었다. 함허와 신미는 장번내시가 세종의 침전에 들어갔다가 나올 때까지 눈을 맞으며 마당에서 기다렸다. 처마 밑에 내걸린 등롱이 눈보라에 흔들렸다. 그러자 별궁 정원의 푸나무들에 얹혀 있던 눈덩이가 낙화인 듯 떨어졌다.

함허는 담담했지만 신미는 두렵기조차 했다. 가마를 타고 있었으므로 바깥 풍경이 차단된 채 몇 식경 만에 다가선 현실이 꿈속의 일만 같았다. 어제까지만 해도 임금을 만나리라고는 상상해본 적이 없기 때문이었다. 그러나 잠시 후 신미는 꿈이 아니라는 것을 실감했다.

세종은 말을 걸기조차 어려운 엄한 임금의 인상이 아니었다. 엎드려 절한 뒤 잠깐 동안 고개를 들어보니 스물네 살 청년의 풋풋한 모습이었다. 포동포동한 볼은 왠지 친근한 느낌을 주었다. 부드러운 두 눈 속에는 열정이 담겨 있었고, 불빛에 빛나는 이마는 지혜로워 보였다. 예사롭지 않은 천품이었다. 게다가 동그란 이마처럼 마음까지 넓고 자애로울 것 같았다.

앉아 있는 자세는 바위처럼 흐트러짐이 없었다. 말할 때마다 간간히 어깨를 좌우로 흔들 뿐이었다. 신미는 세종의 따뜻한 음성을 듣고는 마음이 편안해졌다. 세종은 함허에게 먼저 눈길을 주더니 말했다.

"먼 길을 오느라 수고했소. 과인은 눈보라가 그치지 않기에 은근히 걱정을 했소."

"미천한 소승을 불러주시어 성은이 망극하옵니다."

함허는 별궁 마당에서 신미에게 건네받은 자신의 저서 『현정론』과 『금강경오가해 설의』를 세종 앞으로 나아가 바쳤다. 세종은 책을 받아 제목만 읽고는 감개무량한 표정으로 말했다.

"대사를 만나고 싶었소. 오늘에야 뜻을 이루었으니 앞으로는 대사를 자주 부르겠소."

"전하, 수행이 일천한 소승은 전하의 혜안을 흐리게 할 소지가 다분하오니 깊이 살피신 뒤 불러도 늦지 않을 것이옵니다."

"겸손이 아름답소. 과인은 정사를 펼치면서 대사의 안목이 필요할 때마다 별궁이나 침전에서 만날 것이오. 그러니 과인을 도와주오."

"전하, 성은이 망극하옵니다."

함허의 대답은 의례적인 것이 아니었다. 신미는 함허의 말투에서 '전하께서 하명하신다면 불길 속이라도 뛰어들겠습니다'라는 결심을 읽었다. 세종도 함허와 이심전심했는지 흐뭇하게 미소를 지었다. 세종이 함허를 부른 것은 이른바 '대장경 외교'에 있어서 지혜를 구하기 위해서였다.

"야심한 밤이니 과인은 대사에게 묻고 싶은 말을 더 참지 못하겠소."

"전하, 무엇이옵니까?"

"경자년(1420)에 왜국 사신이 우리나라에 온 일이 있소. 사신 양예(亮倪)가 『대장경』을 달라고 왔었소."

세종이 이야기하는 『대장경』은 해인사 장경각에 보관된 『대장경판』이 아니라 여러 사찰들이 보관하고 있는 『대장경인쇄본』을 말했다. 세종은 군권을 쥔 상왕(태종)의 의지로 즉위하자마자 대마도를 정벌하여 왜국과 사이가 소원해졌으므로 사신의 요구를 무시할 수도 없는 처지였다. 왕권이 안정된 시기가 아니었으므로 왜국과 전쟁을 하기보다는 화친을 다져야 했고, 대마도와 왜국 섬에는 일찍이 왜인 도적에게 붙잡혀 갔거나 풍랑에 표류하여 거주하게 된 조선인 어부들이 많았기 때문이었다. 세종은 그들을 불러들여 조선 땅에 살게 하고 싶었던 것이다.

"전하, 양예가 바라는 것은 그뿐이었습니까?"

"오직 『대장경』만 달라는 것이었소. 희귀한 것이므로 함부로 내줄 수 없는 것이지만 인정전에 나온 대신들의 생각은 다르오. 배불의 나라에서 『대장경』은 무용지물이니 내주어도 무방하다는 것이었소."

"전하, 무용지물이 아니옵니다. 고려에서는 외침으로부터 나라를 지키고자 『대장경』 불사를 했사옵니다. 『대장경』을 제작한 것은 부처님의 가피로 호국하자는 것이 가장 큰 이유였사옵니다. 『대장경』에는 부처님의 가피로 나라를 지킨다는 거룩한 뜻이 있사오니 결코 무용지물이 아니옵니다."

"왜국이 우리나라에 있는 『대장경』을 요구하는 이유는 우리나라가 유교국이 되었으니 이제는 필요 없을 것이라 생각했기 때문이 아니겠소?"

"지당하신 말씀이옵니다."

"과인은 『대장경』이 무용지물이라는 군신들의 의견에도 일리가 있다고 생각하오."

"그것은 또 무슨 뜻이옵니까? 소승은 도무지 알지 못하겠사옵니다."

"우리나라의 『대장경』은 모두 한자로 된 것이오. 어떤 사찰에는 범자로 된 『범자대장경』도 있소. 그러니 문식(文識)이 깊은 승려들이나 읽을 수 있지, 나라 안의 백성들이 그것을 어찌 읽을 수 있겠소. 부처의 가르침이 아무리 빼어난 진리라 한들 무슨 소용이 있겠소. 한자로 된 유가의 경전도 마찬가지가 아니겠소. 무지렁이 백성들에게는 한낱 그림의 떡일 뿐이오."

신미는 머리에 벼락을 맞은 듯 현기증을 느꼈다. 그리하여 자신도 모르게 엎드려 입을 열었다.

"전하, 모든 백성이 『대장경』이나 유가의 경전을 볼 수 있도록 한자가 아닌 우리 글자를 만드시옵소서."

신미의 제안에 세종은 잠시 침묵했다. 신미는 숨을 죽이며 세종의 기색을 살폈다. 세종의 입가에는 잠깐 미소가 어렸다. 반대하지는 않지만 그렇다고 찬성하는 표정도 아니었다. 여러 의견들을 들어가면서 심사숙고한 뒤 결정하겠다는 신중함이 묻어 있는 얼굴이었다. 지금 세종의 관심은 오로지 왜국과의 '대장경 외교'에 있었다.

세종은 다시 함허에게 물었다.

"왜국 왕이나 구주 총관 등이 우리나라에 있는 『대장경』만 바라니 그 뜻이 어디에 있다고 생각하오?"

"왜국을 불국(佛國)으로 만들고자 함이옵니다."

"과인은 어찌 처신해야 하는가?"

"전하께서는 화친도 더없이 중요할 것이오나 소승은 부처님 제자로서 더 이상 드릴 말씀이 없사옵니다. 더욱이 해인사 『대장경판』은 우리나라에 오직 한 질밖에 없사오니 숙고해주시옵소서. 소승, 다시 엎드려 간청드리옵나이다."

함허는 인쇄된 『대장경』은 물론 해인사가 보관하고 있는 『대장경판』을 주어서는 안 된다고 점잖게 아뢰었다. 사신 송희경(宋希璟) 일행 편에 『초조대장경인쇄본』을 왜국으로 보내버린 적이 있는 세종이 또다시 왜국 사신의 요구에 응할지 모르기 때문이었다. 실제로 왜국은 국왕이나 왕후의 명으로 사신을 보내어 지속적으로 『대장경』을 달라고 떼를 썼다. 나중에는 해인사에 『대장경판』이 있음을 알고는 그것까지 요구했다.

"왜국과의 화친도 중요하거니와 『대장경』이 무용지물이라는 대신들의 의견을 무조건 물리칠 수만은 없으니, 백성들이 알지 못하는 한자로 된 경전이나 중들도 읽지 못하는 『범자대장경』은 과인의 뜻대로 하되, 오직 한 질밖에 없는 해인사 『대장경』 목판은 결코 내주지 않겠소. 대사의 생각은 어떻소?"

"지당하신 말씀이옵니다. 해인사 『대장경판』을 지키신 전하의 공덕은 천추만세에 빛날 것이옵니다."

신미는 해인사에 『대장경판』이 있다는 사실을 알고 놀랐다. 해인사에 가면 부처님의 팔만사천 가르침을 다 볼 수 있을 터였다. 신미는 흥분하여 얼굴이 붉게 상기되었다. 세종의 한마디에 벼락을 맞은 것처럼 현기증이 났고 부처님의 모든 가르침이 오롯이 담긴 『대장경판』이 있다는 사실에 가슴이 마구 뛰었다.

시간을 알리는 고루(鼓樓)가 가까운 곳에 있는 모양이었다. 한밤중인 자시(子時)를 알리는 북소리가 바로 방문 밖에서 들리는 듯했다. 그제야 세종이 일어나 함허에게 말했다.

"과인은 반드시 대사를 지척에 두고 지혜를 구할 것이오."

신미에게도 지난여름에 약속한 대로 격려의 말을 했다.

"그대는 대사를 잘 받들어 불가의 동량(棟樑)이 되라. 과인은 흥천사의 사리전을 잊지 않으리라."

함허와 신미는 세종이 방을 떠나 사라질 때까지 엎드려 절을 했다. 그런 뒤 내시를 따라 별궁 문을 나섰다. 문밖에는 어느새 타고 왔던 가마 두 대가 놓여 있었다. 가마꾼들도 대기하고 있었다. 어영대장 참모의 지시에 따라 가마가 움직였다. 사정문에서는 초저녁에 가마를 호위했던 군사들이 다시 따라붙었다. 어영대장 참모가 소리쳤다.

"대사님을 흥천사로 모셔라."

눈발은 그쳐 있었다. 바람도 잦아 눈길은 사뭇 포근했다. 함허와 신미가 탄 가마는 검문 없이 육조 거리를 빠르게 빠져나갔다. 멀리서 들려오는 개 짖는 소리도 밤의 어두운 장막을 찢지는 못했다. 야경을 도는 포도청의 포졸들이 희미하게 나타났다가는 사라졌다.

은부채

신미는 늦잠을 잤다. 그 바람에 출가한 이후 처음으로 새벽 예불에 나가지 못했다. 그러나 신미를 깨우는 사람은 아무도 없었다. 신미는 아침 공양 시간이 지난 뒤 주지의 헛기침 소리를 듣고서야 겨우 잠자리에서 일어났다. 주지가 문밖에서 서성이고 있었다.

"스님, 죄송합니다. 늦잠을 자고 말았습니다."

"아닐세. 얼마나 고단했으면 새벽 예불에 나오지 못했겠는가. 아무 걱정 말게."

방 안으로 들어온 주지는 곱은 손으로 손사래를 치며 말했다. 신미는 당황하여 승복의 옷고름을 엉성하게 매고 말았다.

"상감마마께 사리전 중수를 부탁했는가?"

"제가 아뢰기 전에 상감마마께서 사리전을 잊지 않겠다고 말씀하셨습니다."

"아이고, 그랬던가! 신미 스님이 백일기도를 한 감응일세."

"아닙니다. 상감마마께서 약속하신 것을 잊지 않고 계셨을 뿐입니다."

"신미 스님이 큰일을 해냈어. 이제야 나는 다리를 쭉 뻗고 잘 수 있겠네. 우리 중들 힘으로 어찌 비 새는 사리전을 중수할 수 있겠는가. 돈이 한두 푼 드는 불사가 아니잖은가. 더구나 태조 임금님의 명으로 지은 전각이 아닌가. 나라에서 도와주지 않으면 불가능한 일일세."

주지는 과장을 하고 있지는 않았다. 사리전에 비가 새지 않으려면 번와장(翻瓦匠)이 기와 몇십 장 교체한다고 될 일이 아니었다. 태종 때 새 기왓장으로 바꾸어보았지만 층마다 지붕 한쪽이 조금씩 기울어진 채 위태로웠다. 빗물이 스며들어 이미 서까래가 썩어가고 있었다.

"아마도 상감마마께서는 각별하게 생각하고 계실 것입니다."

"그 까닭이 무언가?"

"사리전은 태조 임금님의 명으로 지은 전각이므로 조선 왕조의 상징입니다. 태조 임금님께서는 5층 사리전을 불사하심으로써 조선 왕조의 위의를 천하에 드러내고자 했을 것입니다."

"옳거니. 사리전이 기울고 있다는 것은 태조 임금님의 위의가 빛을 잃고 있다는 것일세. 그러니 하루빨리 중수해야 할 명분이 있는 것일세."

"아마도 상감마마께서는 바로 그 점 때문에 사리전을 잊지 않고 있을 것입니다."

"신미 스님의 안목은 대단해. 놀랍다니까!"

주지는 입에 침이 마르도록 신미를 칭찬했다. 그러나 신미는 주지의 칭찬이 부담스러웠다. 흥천사에 사는 대중에 비해 신미는 아직 풋중에 불과했던 것이다. 그런데도 주지는 신미를 고승처럼 대접하려 했다.

"신미 스님, 공양 시간은 이미 지나갔네만 밥상을 차리라 할까? 큰 일을 보느라 늦잠을 잤으니 그걸 탓할 일은 아니네."

"아닙니다. 절대로 그러지 마십시오. 늦게 일어난 것은 제 잘못입니다."

신미는 방에서 일어나 주지에게 절을 했다.

"갑자기 왜 내게 절을 하는가?"

"스님, 새벽 예불을 나가지 못한 것을 참회합니다."

"어허! 참회라니, 무슨 망발인가. 날마다 건성으로 예불하면서 무위도식하는 중들이 얼마나 많은 줄 아는가."

"함허 스님께서 예불하지 않은 중은 가승(假僧)이라고 했습니다."

"신미 스님도 알다시피 함허 스님이야 고지식한 스님이 아니신가. 조선 천지에 함허 스님 눈에 들 중이 어디 있겠는가."

그래도 신미는 함허를 믿고 따랐다. 특히 함허가 쓴 『금강경오가해설의』는 달달 외울 정도였다. 서설(序說)의 첫 설의(해석)는 신미에게 화두나 다름없었다.

그 어떤 하나란 무엇인가? ○이 하나는 아주 적막하여 생각과 말이 끊겼고, 언뜻언뜻 있는 듯이 보이기도 한다. 그 소리는 따라잡기 어려울 만큼 아득하고, 그 빛은 헤아리기 어려울 정도로 번쩍인다. 어리석음도 아니고 깨달음도 아니라서 범부다, 성인이다 할 수도 없으며 나도 없고 남도 없으므로 나다, 남이다 할 수도 없다. 그러므로 그저 '어떤 것 하나'라고만 해두었다.

육조(六祖)는 이렇게 말했다.

"어떤 것이 하나 있는데 머리도 없고 꼬리도 없으며 이름도 없고 성도 없지만, 위로는 하늘을 떠받치고 아래로는 땅을 지탱한다. 태양같이 밝은가 하면 칠흑같이 어둡다. 항상 움직이는 가운데 있지만 움직임에 속하지 않는 것이 이것이다."

그렇기는 하나 '그 어떤 것 하나'라는 그 말도 억지로 붙였을 뿐이니, 그래서 남악회양(南嶽懷讓) 화상이 '어떤 것 하나'라고 표현해도 맞지 않다고 한 것이다.

그러므로 '여기 어떤 것이 하나 있다'고 한 것은 지금 이 자리를 떠나지 않고 항상 고요하기 때문에 그렇게 말한 것이다.

눈이 쌓인 밖은 온통 하얀 은세계였다. 5층 사리전 지붕도, 널따란 마당도, 절을 에워싼 숲도 모두 하얀 빛깔이었다. 두 눈을 부시게 하는 은세계 속에서도 '어떤 것 하나'가 신미를 자석처럼 끌어당기고 있었다. 신미는 은세계를 향해서 합장하며 중얼거렸다.

'침묵하는 눈은 내가 다다르고자 하는 궁극일지 모른다. 침묵하는 눈은 하늘이 주는 최고의 선물일지 모른다. 침묵하는 눈은 하늘이 내게 주는 화두다. 어리석은 내가 하늘의 뜻을 모를 뿐이다.'

그때였다. 신미의 등 뒤에서 발소리가 났다.

"무얼 하고 있느냐? 나를 좀 보자꾸나."

함허의 목소리였다. 함허의 등 너머에서는 까치 두 마리가 날아와 먹이를 찾는지 눈을 헤집고 있었다.

"네, 스님."

"저 방으로 들어오너라."

신미는 뒷짐을 진 함허를 따라갔다. 함허는 대중방 옆의 요사로 들어갔다. 그 방은 주지가 손님들을 접견하는 방이었다. 남창이 난 방 한쪽에는 함허의 바랑이 놓여 있었다. 함허는 곧 오대산으로 떠날 것이 분명했다. 남창을 타고 넘어온 아침 햇살이 함허의 얼굴에 비쳤다. 함허의 얼굴은 잠을 못잔 탓인지 피곤한 기색이 역력했다.

"저기 놓인 내 바랑을 가져오너라."

함허가 바랑 속에서 무언가를 꺼냈다. 은칠을 한 부채였다.

"임금님께서 주신 선물이다. 별궁을 나서는 순간 내시가 너에게 주라고 하더구나. 은선(銀扇)이라고 하는데 귀한 은부채이니 잘 보관해야 한다. 잘 쓰면 땀을 시원하게 식혀줄 것이요, 잘 쓰지 못하면 진땀을 흘리게 할 것이니라."

"명심하겠습니다."

"어젯밤 임금님 앞에서 '전하, 우리 글자를 만드시옵소서' 하는 너의 말에 나는 등골이 오싹했다. 허나 임금님께서 잠시 상념에 잠기시는 것을 보고 임금님과 너의 뜻이 통하는 것을 느꼈다. 이 은선은 임금님께서 너를 격려하여 내린 특별한 선물이라는 생각이 든다. 그러니 너는 우리 글자를 만들어야 하는 숙명을 떠안은 셈이다."

"저는 한문으로 된 『대장경』을 무지렁이 불자들 모두가 읽을 수 있도록 우리 글자가 있다면 얼마나 좋을까 하고 불경스럽게 불쑥 말씀드린 것뿐이었습니다."

"바로 그것이다. 임금님께서는 한 걸음 더 나아가 한문으로 된 유가의 경전까지도 백성 모두가 읽을 수 있는 우리 글자를 생각하고 계신 것 같았다. 그러니 어젯밤 그 순간 너와 뜻이 통했던 것이다. 은부채는 임금님께서 너에게 주신 정표이니 잘 간수하도록 해라."

은부채를 건네받은 신미는 마음속에서 무언가 솟구치는 것을 느꼈다. 은부채는 신미의 마음을 단숨에 사로잡았다. 신미는 세종이 시키는 일이면 무엇이든 할 수 있을 것 같은 마음에 자신도 모르게 주먹을 꽉 쥐기까지 했다.

"앞으로 네 화두는 상감마마를 도와 우리 글자를 만드는 일이다."

"스님, 부족하고 어리석은 제가 할 수 있을까요?"

"그 일도 세수하다가 코를 만지는 것처럼 쉬울 수 있다. 무지렁이 백성들을 위해 우리 글자를 창제하겠다는 일념을 자나 깨나 붙들고 산다면 홀연히 글자들의 원리와 이치가 네 눈앞에 나타날 것이다. 그것이 바로 너의 하화중생의 길이다."

함허는 점심 공양 전에 오대산으로 떠났다. 신미는 함허가 산문 밖으로 사라지는 것을 본 뒤 사리전에 들어 가부좌를 틀었다. 함허가 당부한 대로 화두를 '그 어떤 것 하나', 즉 '이 뭣고?'에서 세종과 이심전심으로 통했던 '우리 글자'로 바꾸었다.

2장

세종이 지켜낸 팔만대장경을 보관한 해인사 장경각의 일각문

강무(講武)

세종 5년(1423) 이른 봄.

북한강에 발을 담근 운길산 산자락에 용이 그려진 붉고 노란 기들이 펄럭였다. 깃대는 한 군데만 세워진 것이 아니었다. 강이 내려다보이는 산자락에 영역을 표시하듯 듬성듬성 세워져 있었다. 병조에서 나온 군사들이 엿새 전에 설치하고 간 깃대였는데 오늘은 양주부사 이승직(李繩直)이 직접 점검하고 있었다.

강바람이 눈을 뜨지 못할 만큼 세차게 불곤 했다. 갈대밭 가를 반보쯤 앞서 걷고 있던 이승직이 세종의 명을 받은 감사(監司) 최부(崔府)에게 말했다. 감사와 양주부사는 작년 이른 봄에도 세종이 임강(臨江, 현 임진강)으로 강무를 나왔을 때 만난 적이 있는 구면이었다.

"감사 나리, 매나 노루, 멧돼지들이 먹이가 떨어져 산중에서 강가로 내려오는 시기입니다. 전하께서 사냥하시기에 더없이 좋은 때입니다. 감사 나리께서 강무 날짜를 내일로 아주 잘 택일하셨습니다."

"부사께서 강무 준비를 하느라 애쓰시는 모습이 보기 좋소."

강무란 임금이 궁궐을 나와 군사들과 무예를 연습하고 사냥을 하는 일종의 군사훈련을 뜻했다. 내금위 군사들과 강무를 할 때는 깊은 산중으로 들어가 비밀리에 실시하기도 했다. 태종이 유독 강무를 좋아하여 세종은 즉위한 뒤에도 매년 태종을 따라 강원도 평창까지 강무를 나갔다가 돌아오곤 했다. 어느 해에는 강원도로 강무를 나갔다가 혹한 때문에 이틀 만에 중단하고 회군한 적도 있었다.

그러나 강무는 민가에 폐를 끼쳐 백성들의 원성을 사기도 했다. 해당 고을의 수령은 물론 이웃 고을의 수령들이 관아를 비운 채 특산물을 들고 와 바치거나 농사짓는 농부들을 몰이꾼으로 동원했으며, 곧 씨를 뿌려야 할 논밭이 훈련장이 되어 엉망이 되기도 했다. 또 물길이 깊어 임시 다리를 놓거나 공연히 도로를 닦느라고 백성들의 고생이 이만저만이 아니었다. 뿐만 아니라 사복시(司僕寺)에 딸린 말들이나 어영청의 군마(軍馬)들이 먹는 건초를 민가에서 공급하게 했고, 그러지 못할 때에는 고을의 관리들이 수령의 묵인하에 양인들을 구타하는 일까지 벌어졌다.

"전하께서 작년 가을의 강무는 흉년이 들어 하지 않았사옵니다. 그것은 백성을 돌보신 것이었사옵니다. 겨울에는 교지를 내려 술도 금했습니다. 감사 나리, 이번 강무는 어느 때의 강무보다도 각별하실 것 같습니다."

"유달리 서책을 좋아하시는 전하께서 갑자기 강무를 하시겠다는 것을 보니 아마도 문과 무를 소홀히 하지 말라는 태종 전하의 유지를 받들겠다는 것 같소."

갈대밭 너머로 오리 떼가 날았다. 날씨는 매섭게 추웠지만 하늘은 투명했다. 사냥하기에 알맞은 이른 봄이었다. 몰이를 하며 땀 흘리는 데는 오히려 추운 날씨가 더 안성맞춤이었다. 최부가 강바람에 미간을 찡그리며 말했다.

"전하께서 몇 가지 금령(禁令)을 내렸소. 부사가 반드시 알아야 할 금령 조목이오. 태종 전하 때와 달리 사복시의 마필(馬匹)이라 하더라도 미리 쌓아놓은 건초나 들풀을 먹이라고 했소. 부족하더라도 민가의 건초를 가져오지 말라는 것이오. 또한 공연히 도로나 다리를 수리한다 하여 사역하는 양인을 괴롭히지 말라고 했소. 따라서 그릇된 관리를 고발하라고 대언사(代言司)의 관원을 대동할 것이라고 하오. 각 고을의 수령들은 자기 관할의 백성들을 돌봐야지 강무장 경계를 넘어와 전하 앞에 모습을 나타내서는 안 되오. 금령을 어긴 자는 누구라도 어가(御駕)를 따르는 찰방(察訪)이 나서서 즉시 체포 수색하여 논죄할 것이오."

사복시란 궁중의 말이나 목장 등을 관리하는 기관인데, 그곳에서 길들인 말들은 임금이나 대군들이 탔다. 세종의 명은 비록 임금이 타는 말이라 하더라도 백성들의 건초를 가져와 먹이지 말라는 것이었다.

"백성을 보살피는 전하의 천품에 그저 놀랄 따름입니다."

양주부사 이승직은 최부의 당부에 고개를 약간 숙였다. 세종은 유달리 사냥을 즐겼던 아버지 태종과는 백성을 대하는 태도가 달랐다. 강무를 나가더라도 물품을 조달하는 지응사(支應司)를 두어 양인들의 피해를 최소화했다. 또한 백성들에게 피해를 주지 않기 위해 감사를 보내 고을 수령들에게 금령 조목을 자세하게 전했다.

다음 날, 먼동이 틀 무렵이었다. 산등성이에는 병조에서 징발한 군사들이 경계를 섰다. 몰이꾼으로 나서게 될 군사들은 운길산 산봉우리 하나를 완전히 포위한 모습이었다. 다만 세종이 행차할 강변에 붙은 논밭은 텅 비어 있었다. 군사들은 임금이 탄 어가가 사냥터에 도착했다는 신호로 북이 울리면 산허리의 산짐승들을 강변으로 몰이할 터였다. 병조좌랑의 작전 지시는 간밤에 벌써 군사들에게 내려진 상태였다.

수종사에서 머물던 세종은 사냥터로 향했다. 어가 앞뒤로는 업무가 바쁘지 않은 육조의 대신들과 병조좌랑이 도열해 있었다. 아침 해가 솟구칠수록 호위 군사의 창끝이 번쩍거렸다. 내려다보이는 강은 명주천을 펼쳐놓은 듯했다. 다행히 강바람이 잦아들어 강무장에 모닥불을 피워도 산불은 걱정하지 않아도 되었다. 선두에 선 장수들이 탄 군마가 유난히 진저리치며 하얀 김을 뿜어 올렸다.

이윽고 어가가 사냥터에 이르자 장수 하나가 북을 쳤다. 세종의 행차를 강무장에 고하는 의식이었다. 그러자 새벽부터 산등성이에 올라가 있던 몰이꾼 군사들이 일제히 함성을 질렀다.

"와아! 와아!"

군사들의 함성은 한동안 계속되었다. 산짐승들에게 겁을 주는 함성이었다. 그러나 세종의 눈에는 아직 산짐승이 보이지 않았다. 몰이하는 기병들이 어가 부근에서 비호처럼 산자락까지 내달렸다가 돌아왔다. 도망치는 산짐승을 세종이 있는 쪽으로 유도해 오겠다는 동작이었다. 세종은 어가에서 나와 천천히 말을 탔다. 모닥불의 열기와 연기가 세종의 얼굴에 끼쳤다. 말이 제자리에서 꼬리를 흔들며 진저리를 쳤다. 세종이 말갈기를 쓰다듬자 말은 이내 순해졌다. 이윽고 장수 한 명이 소리쳤다.

"멧돼지다!"

생각보다 빠른 산짐승의 출현이었다. 장수의 외침과 동시에 군마를 탄 기병들이 튀어나갔다. 멧돼지는 산과 논밭이 경계를 이루는 지점까지 내려와 어슬렁거리고 있었다. 기병들은 멧돼지를 어가가 있는 쪽으로 몰아오는 작전을 펴고 있었다. 멧돼지는 놀란 채 소리를 지르며 기병들의 작전대로 어가 쪽으로 뛰려고 했다. 그러자 장수 한 명이 활과 화살을 준비했다. 멧돼지가 돌진하기 시작하자 이번에는 병조좌랑이 세종에게 활과 화살을 올렸다.

세종은 멧돼지가 달려오는 왼쪽 방향으로 말을 타고 가 화살을 쏘았다. 화살은 여지없이 멧돼지의 오른쪽 배에 꽂혔다. 세종이 어가 쪽으로 돌아오자 이번에는 세종의 동생들이 쫓아가 활을 쏘았다. 이번에는 장수들 차례였다. 비틀거리는 멧돼지를 향해 화살을 날렸다. 그래도 멧돼지가 비명을 지르며 날뛰자 군사들이 달려가 돌멩이를 던져 멧돼지의 숨통을 끊었다.

기병 몇 명이 달려가 피 흘리는 멧돼지를 가져와 노란 깃발을 단 깃대 옆에 놓았다. 순조로운 첫 사냥이었다. 병조판서를 대신해서 세종을 보필하고 있는 병조좌랑이 큰 소리로 아뢰었다.

"전하, 감축드리옵니다."

그런데도 죽어가는 멧돼지를 지켜보는 세종의 마음은 씁쓸했다. 형인 양녕의 일이 순간적으로 머릿속을 스쳤기 때문이었다. 군사들에게 사냥을 당한 멧돼지가 양녕의 처지인 것만 같았다. 그러자 마음이 밑도 끝도 없이 허허로워졌다. 최근 들어 양녕을 논죄하자는 대신들의 상소가 빗발쳤던 것이다. 대신들의 뜻을 좇아 양녕을 벌주는 것은 폐위당한 형을 두 번 죽이는 짓이나 다름없었다. 세종의 마음을 눈치챈 신하는 아무도 없었다. 사실, 이번 강무에 임하는 세종의 마음은 군사훈련이나 사냥에 있지 않았다. 태종의 죽음과 극심한 흉년, 그리고 양녕의 일들로 답답하고 심란해진 기분을 전환하고 싶은 것이 세종의 속마음이었던 것이다.

실제로 해가 바뀌자마자 문무관 2품 이상의 관리들 사이에 양녕의 죄를 논하자는 주장이 분분했다. 기어코 이월 중순이 되자 2품 이상 관리들이 양녕을 탄핵하는 봉장(封章)을 올렸다. 강무를 나서기 며칠 전이었다. 영의정 유정현(柳廷顯)이 관리들의 의견을 대변하여 양녕에게 벌주기를 청했다.

신하들이 말하는 양녕의 죄는 한마디로 패역(悖逆)이었다. 태종이 중국 사신들과 연회를 베풀 때 양녕에게 배석하도록 명했으나 거짓으로 병을 핑계대며 기생과 놀아났다는 것 등이었다. 신하들은 세종을 인정하지 않고 무시하듯 행동하는 양녕을 눈앞에서 제거하지 못해 안달이었다. 그런 까닭에 신하들은 봉장에다 양녕의 온갖 방탕과 탈선을 기록해놓고 있었다. 밤이면 궁중 담을 넘어가 소인의 무리들과 비파를 뜯으며 놀았다거나, 또 그들을 궁궐 안으로 불러들여 밤새 술판을 벌였다거나, 심지어는 중추원 부사 곽선(郭旋)의 첩 어리(於里)를 불량배로 하여금 궁중으로 납치해 와 아기를 배게 했다는 탈선까지 소상하게 밝히고 있었다. 이 일로 양녕을 광주(廣州)로 내쫓았으나 개과천선은커녕 도리어 일하는 양인에게 소주를 먹여 죽이고, 고을 기생 두 명을 훔쳤으며, 태종이 세상을 떠난 지 겨우 이십 일 만에 이천 집에서 농부를 불러 김매게 하면서 농부가(農夫歌)를 부르게 하고 종자에게 '즐겁다'고 하는 등등 방탕한 짓을 저질렀으니 엄히 죄를 묻자는 것이었다.

그러나 세종은 폐위당한 형의 절망적인 심정을 누구보다 깊이 이해하고 한편으로는 미안하게 여기고 있었으므로 신하들의 탄핵이 지나치다는 생각을 하지 않을 수 없었다. 아버지 태종 역시 어리 사건을 듣고 양녕을 궁궐에서 광주로 내보냈지만, 아들의 탈선이 그치지 않자 세종과 함께 수라를 물리고 눈물을 흘리기까지 했다.

강바람이 다시 불었다. 모닥불의 불티가 산지사방으로 흩어지자 군사들이 급히 강물을 길어 와 불을 껐다. 세종은 사냥에 흥미를 잃고 활과 화살을 병조좌랑에게 돌려주었다. 몰이꾼 군사들의 함성은 조금도 기세가 꺾이지 않고 바람을 타고 크게 들려왔다. 이번에는 노루 두 마리가 기병들에게 강변 쪽으로 쫓기고 있었다.

"사냥을 그만하고 싶구나. 찰방이 앞서거라. 산책을 할 것이다."

"전하, 어느 길로 납시겠사옵니까?"

"저 길은 어떠하겠느냐?"

세종이 가리킨 길은 갈대밭 사이로 난 소로였다.

"전하, 어가를 대령하오리까?"

"아니다. 오늘은 무심히 걷고 싶구나."

세종은 찰방의 제의를 뿌리쳤다. 어가뿐만 아니라 세종을 에워싸는 신하들의 도열도 제지시켰다. 다만 임금의 전후방을 경계하는 군사에 대해서는 병조좌랑의 읍소를 받아들였다.

"전하, 호위하는 군사만은 물리치지 마시옵소서."

"알았다. 좌랑은 몰이하는 군사들의 수고를 생각해서라도 강무를 계속하라."

갈대밭이 끝나는 지점에 이르자 강물에 몸을 띄우고 있는 오리들이 가깝게 보였다. 세종이 찰방에게 물었다.

"찰방은 이 길이 어디로 가는지 알고 있겠지?"

"가평으로 가는 산길이옵니다. 역마를 타고 여러 번 지나보았사옵니다."

"오, 저기도 백성이 사는구나!"

멀리서 연기를 피워 올리는 초가 한 채가 보였다. 강을 등진 채 버섯 같은 모양으로 산허리에 기대고 있는 오두막이었다.

"저기까지만 갔다가 돌아오는 것이 어떠하겠느냐?"

"날이 차가우니 그리하시옵소서."

"찰방은 외딴집에 사는 백성이 궁금하지 않은가?"

"전하, 소신이 먼저 달려가 누가 사는지 알아오겠사옵니다."

"과인의 신분을 밝혀 백성을 놀라게 하지는 말라."

"네, 전하."

세종이 몇 걸음 앞서 달려가는 찰방을 보며 중얼거렸다.

'구중궁궐이라도 마음이 괴로우면 지옥이요, 비록 오두막이라도 마음이 편안하면 극락이 아닐 것인가.'

세종은 순간 양녕의 일로 무거워진 마음에서 벗어나 외딴집 주인이 어떤 모습으로 사는지 궁금했다. 산중에 사는 백성의 살림살이가 알고 싶어진 것이다. 어느새 산모퉁이 고갯길을 넘어간 찰방은 보이지 않았다. 산길에는 아침 햇살이 금싸라기처럼 떨어져 있었다. 양지바른 산길이어선지 강바람이 순했다. 세종은 한껏 홀가분해진 마음으로 두 팔을 휘휘 저으며 호젓한 산길을 걸었다. 이제 몰이하는 군사들의 함성과 북소리는 들리는 듯 마는 듯 했고 호위 군사들의 발소리만 크게 들렸다.

오두막 차

오두막은 다랑논과 밭뙈기들 한쪽에 웅크리고 있었다. 마치, 순둥이 삽살개 한 마리가 자기 몸에 머리를 묻은 채 졸고 있는 것 같았다. 오두막 마당가에는 묵은 감나무 한 그루가 있었고, 감나무 가지에는 직박구리 몇 마리가 날카로운 소리로 지저귀고 있었다. 오두막의 동정을 살피고 온 찰방이 자드락길을 오르는 세종에게 말했다.

"전하, 양인 모녀가 살고 있는 오두막이옵니다."

"과인을 보고 놀라지는 않겠느냐?"

"염려하지 마시옵소서."

"앞장서거라."

세종이 자드락 고갯길을 넘어 오두막에 당도하자 모녀는 사립문 밖으로 난 산길까지 부랴부랴 비질하고 있다가 고개를 숙였다.

"모녀는 과인을 보라."

그래도 모녀는 감히 고개를 들지 못했다. 찰방에게서 임금님이 납신다는 이야기를 들었던 것이다. 모녀는 고개를 숙인 채 다리가 후들거려 빗자루를 꼭 붙잡았다.

"두려워하지 말라. 과인은 백성의 살림살이가 궁금하여 여기 왔노라."

찰방이 모녀를 대신하여 말했다.

"전하, 모녀는 밭농사를 지어 살고 있는 양인이옵니다."

"작년 가뭄을 어찌 견뎌냈느냐?"

"쇤네의 밭농사는 다행히 피해를 덜 입었사옵니다."

여인이 모기만 한 소리로 말하자 세종이 웃으며 말했다.

"오랜 가뭄에도 양주는 강물이 있어 지독한 흉작은 면했겠구나."

농사짓는 양인들이 겪은 작년의 고통은 이루 말로 표현할 수 없을 정도였다. 굶어 죽은 자가 속출했고, 살길을 찾아 떠도는 유랑민들이 어디를 가나 줄을 이었던 것이다. 그래서 세종은 작년 가을에 고을 양인들이 동원되는 강무를 나가지 않았고, 초겨울에는 나라 안의 곡식을 한 바가지라도 아끼기 위해 금주령을 내렸던 것이다.

오두막 마당은 비질 자국이 선명했다. 마루 위 드러난 서까래에는 올봄에 뿌릴 옥수수와 조 등 오곡의 씨앗들이 주렁주렁 매달려 있었다. 세종은 툇마루에 걸터앉아 아침 햇살이 꽂히고 있는 앞산 숲을 바라보았다. 숲은 푸르게 봄기운이 돌았다. 남향으로 자리 잡은 오두막에도 이른 봄의 햇살이 한가득 쏟아지고 있었다.

찰방이 마당에 서서 어찌할 바를 모르고 있는 모녀를 채근했다.

"무엇 하시는가? 전하께서 친히 납시었는데도."

"나리, 쇤네는 무엇을 해야 하는지 도무지 모르겠사옵니다."

세종이 한마디 했다.

"물이나 한 그릇 가져오거라."

"날이 차가우니 따뜻한 물을 가져와야 할 것이야."

"나리, 차를 올리리까?"

"오두막에 차가 있다는 말이냐?"

세종은 새삼 모녀를 바라보면서 물었다. 모녀는 농사짓는 양인답지 않게 옷매무새가 정갈하고 피부가 깨끗했다. 두 사람 모두 허름한 무명 치마저고리 차림이었지만 큰 키와 오똑한 코, 가지런한 치아가 귀한 가문의 분위기를 풍겼다.

"쇤네는 본래 차를 마시는 남도 땅에서 자랐사옵니다. 지금도 고향 형제들이 쇤네에게 차를 보내주고 있사옵니다."

"고향이 어디더냐?"

"전라도 동복이옵니다. 그곳에는 임금님께 차를 덖어 진상하는 다소(茶所)가 있사옵니다."

다소란 차나무가 자생하는 영호남에만 설치한 현 밑의 하급 기관으로 봄마다 운력에 동원된 양인들이 차를 만들어 궁중으로 진상했다. 전라도 동복현에도 다소가 한 군데 있었는데 차나무는 고찰 주변의 산자락에 많았다. 승려들이 다선일여(茶禪一如)라 하여 수행의 방편으로 예전부터 음다(飮茶)를 하는 전통이 있기 때문이었다.

음다의 전통은 승가뿐만이 아니었다. 유가 쪽에서도 유생들 사이에 정신을 맑게 하는 기운이 있다고 하여 차를 마셨다. 특히 태종 때 사헌부 대관들은 일과를 시작하기 전에 차를 마시며 회의를 했는데 그것을 다시(茶時)라고 했다. 그리고 다실 겸 업무를 보았던 그곳을 다시청(茶時廳)이라고 했고, 차를 준비하고 우리는 사람을 다모(茶母)라고 불렀다.

"차를 만들어보았느냐?"

"지금은 고향의 형제들이 차를 보내고 있사옵니다만 소싯적에는 다소에 나가 여러 번 찻일을 했사옵니다."

세종은 차를 끓여 올리는 궁중 다모의 솜씨가 변변찮아 오두막 양인의 차맛이 몹시 궁금했다. 그러나 찰방은 오두막 여인의 말을 반신반의했다.

"대관이 되어야만 마시는 차가 이런 산중에 있다니……. 거짓말이라면 죄를 면치 못할 것이다."

"쇤네는 고향에서 보내온 차를 마시기보다는 관음사 부처님 전에 올리옵니다."

"그래서 오두막에 차가 있다는 말인가?"

"그렇사옵니다."

"사실이렷다! 그렇다면 어서 전하께 차를 올려보아라."

찰방이 세종의 마음을 간파하고 오두막 여인을 채근했다. 그러자 오두막 모녀가 부엌으로 들어가 차를 준비했다. 세종은 산비탈에 선 생강나무 몇 그루를 보았다. 산수유 꽃과 흡사한 생강나무 꽃은 벌써 노란 꽃망울을 터트리고 있었다. 생강나무는 매화나 영춘화와 함께 이른 봄에 가장 먼저 꽃을 피웠다. 바람결에 실려 온 생강나무 꽃향기가 오두막까지 밀려왔다. 세종은 아침 햇살이 따사롭고 꽃향기가 은은한 오두막이 편안하게 느껴졌다.

"찰방, 이곳이 극락이구나."

"전하, 무슨 말씀이신지요?"

"궁중의 시름들이 봄볕에 눈 녹듯 다 사라져버리니 이곳이 극락이라는 것이다."

찰방은 문득 스물일곱 살이 된 세종의 나이를 헤아려보았다. 스물두 살에 왕이 된 이후 오 년 동안 대마도 정벌, 어머니 원경왕후와 아버지 태종의 죽음, 형 양녕의 방탕, 유신(儒臣)들의 기고만장한 언행, 극심한 흉년 등등 너무 많은 일들을 겪어왔던 것이다. 어찌 보면 세종의 얼굴은 스물일곱 살보다 십 년은 더 나이 들어 보였다. 찰방이 대답하려고 입을 실룩거리다가 다물어버렸다.

"전하……."

"과인의 시름이 봄볕에 눈 녹듯 다 사라지고 그 자리에 새잎이 돋고 향기로운 꽃이 필 때가 오지 않겠느냐?"

"전하, 반드시 그럴 것이옵니다."

"하하하, 찰방의 말을 들으니 기분이 좋아지는구나."

세종이 소리 내어 웃으며 말했다. 그때 모녀가 대나무 소반에 차를 내어 부엌에서 나왔다. 차는 거친 막사발에 담겨 있었다. 차의 빛깔 역시 생강나무 꽃과 같이 노란빛이었다. 오두막 여인이 앞서고 그녀의 딸이 대나무 소반을 들고 세종 앞으로 갔다. 딸은 너무 긴장하여 대나무 소반을 제대로 들지 못했다. 대나무 소반에 올려놓은 사발이 흔들렸고, 차가 곧 넘칠 것 같았다. 세종 앞으로 다가온 딸은 기어코 대나무 소반을 떨어뜨렸다. 후둘거리는 다리로 치맛자락을 밟고 만 것이다. 곧이어 모녀는 비명을 내지르며 마당 위로 넙죽 엎드렸다.

"쇤네를 벌하여 주시옵소서."

기겁한 사람은 모녀뿐만 아니라 찰방도 마찬가지였다. 찰방은 사색이 되어 안절부절 못하고 있었다. 그러나 세종은 나직한 소리로 자애롭게 말했다.

"고개를 들라. 다친 데는 없느냐?"

"죽을죄를 지었사옵니다."

"아니다. 또 차를 내오면 되지 않겠느냐."

"면목이 없사옵니다."

"오두막의 차맛을 보자꾸나."

찰방이 모녀를 다그치듯 눈을 부라렸다. 그러자 세종이 다시 부엌으로 들어가려는 오두막 모녀를 불러 세워 딸에게 물었다.

"네 이름이 무엇이냐?"

"희우라 하옵니다."

"참 마음을 환하게 하는 이름이구나. 과인은 네가 우린 차를 희우차(喜雨茶)라 할 것이니라. 궁중에서 일할 자신이 있느냐?"

희우가 대답하지 못하고 머뭇거리자 찰방이 나섰다.

"전하께서는 아직 오두막의 차를 마셔보지 않았사옵니다. 차맛을 본 뒤 처자를 궁중으로 불러도 늦은 일이 아닐 것 같사옵니다."

"이미 오두막의 맑은 차향을 맡았거늘 차맛은 본 것이나 다름이 없다. 과인은 처자를 다시청 다모로 부를 것이니라."

모녀는 다시 부엌으로 들어갔다. 생강나무 꽃의 향기는 산모퉁이를 돌아오는 바람결에 세종의 코끝을 언뜻언뜻 스쳤다. 세종은 찰방을 앞세우고 오두막을 떠났다. 그제야 세종은 사냥이 한창 진행되고 있을 강무장을 떠올렸다.

모녀가 차를 우려 부엌에서 나왔을 때는 이미 세종은 보이지 않았다. 후미를 경계하는 호위 군사들도 사라지고 없었다. 모녀는 오두막으로 넘어오는 자드락길을 바라보면서 꿈에서 깨어난 듯 한동안 멍하니 서 있었다. 젊은 군주답지 않게 사려 깊은 세종이 남기고 간 그림자를 좇았다.

한양 길

세종이 오두막을 다녀간 지 일 년여 만이었다. 사헌부에서 나온 중늙은이 감찰이 오두막으로 찾아와 희우에게 대사헌 하연(河演)의 명을 전했다. 희우는 작은 보따리를 하나 만들어놓고 학수고대하며 기다리고 있던 참이었으므로 의심하지 않고 감찰을 따라나섰다. 대사헌이 희우에게 내린 명은 다시청 다모로 임명한다는 것이었다. 다시청은 주로 대관들이 차를 마시며 일을 보는 곳이었으므로 사헌부의 지시를 받아 운영되는 곳이었고, 다모는 사헌부 안에서 주로 감찰 이상의 벼슬아치들에게 차심부름을 하는 구실아치였다.

양주나루터에서 새우젓 배를 탄 희우는 멀미가 심해 뚝섬나루터에 엎드려 토하는 등 우여곡절 끝에 마포나루터에 내렸다. 마포나루터에는 수십 척의 고만고만한 장삿배들이 돛을 내린 채 정박해 있었다. 초가가 다닥다닥 붙은 새우젓 동네 앞의 널따란 강변은 큰 장터가 되어 물건을 진 지게꾼들이 부산하게 오갔고, 국밥과 술을 파는 작은 가게들이 난장을 이루고 있었다. 수양 버드나무 숲 그늘 아래서는 장사꾼들이 선 채로 새참을 꺼내 먹고 있기도 했다. 희우는 멀미에 시달렸던 탓인지 난생처음 보는 낯선 풍경에 현기증을 느꼈다. 양주 산중에서 보지 못했던 사람들로 북적거리는 한양의 첫 풍경이었다.

물이 잔뜩 오른 수양 버드나무는 연둣빛이 완연했다. 수양 버드나무 사이로 보이는 강 건너편의 백사장은 눈을 부시게 했다. 한낮의 햇살이 출렁이는 강물과 백사장에 쏟아지고 있었다. 희우가 어리둥절해하며 한눈을 팔자 감찰이 말했다.

"처자, 정신을 차려야 할 것이야. 눈 뜨고 있어도 코 베어가는 마포나루터니까."

"나리, 이제 어디로 갑니까?"

"여기서 도성까지는 십여 리, 걸어서 두 식경이면 도착할 수 있을 것이다."

감찰은 말수가 별로 없는 중늙은이였다. 얼굴에 주름이 자글자글했고 기미가 잔뜩 끼어 얼핏 보면 새우젓 장수 같았다. 그러나 어쩌다 한두 마디 내뱉을 때는 왠지 모를 위엄이 느껴졌다.

"여기서 요기를 하는 것이 좋겠다. 저기 주막집으로 가자."

"쇤네는 괜찮습니다."

"아니다. 처자도 시장할 것이다."

주막에 들자마자 술청어멈이 예사롭지 않은 감찰의 행색을 보고는 안방으로 안내했다. 벼슬아치만 안방으로 들이는 듯 방 안에는 미처 치우지 못한 상이 하나 있을 뿐이었다. 술꾼들이 떠드는 소리로 시끌벅적한 마당과 달리 방 안은 깨끗하고 조용했다.

"내가 먼저 먹고 나갈 터이니 마음 놓고 배불리 먹거라."

"나리, 고맙습니다."

상이 들어오자 감찰이 먼저 숟가락을 들었다. 희우는 감히 겸상을 하지 못했다. 감찰도 희우를 불러 겸상을 권하지는 않았다. 직급은 낮았지만 나름의 도리를 엄히 지켰다. 감찰의 식사는 눈 깜짝할 사이에 끝났다. 밥 다섯 숟가락을 떠먹고는 술을 한 사발 가득 따라 마셨다. 그러고는 미련 없이 일어나 나가버렸다. 희우를 배려한 것인지는 알 수 없으나 지독한 소식이었다. 글자 그대로 마음에 점을 찍듯이 음식의 양이 적은 점심(點心)이었다. 반면에 장사꾼들은 함지박 같은 데에 수북하게 담긴 낮밥을 먹고 있었다.

희우도 멀미를 하고 난 뒤끝이라 한두 숟가락 뜨고 말았다. 더구나 감찰이 밖에서 기다리고 있어 상 앞에서 지체할 수 없었다. 주막의 마당은 여전히 게걸스럽게 낮밥을 먹는 장사꾼들로 소란스러웠다.

"요기는 했느냐?"

"나리, 감사합니다."

"나는 네 아버지를 알고 있느니라."

"그래서 쇤네를 챙기신 것이옵니까?"

"하연 대감이 전하의 명을 받고 누가 양주를 다녀오겠냐고 물었을 때 내가 자청했느니라. 네 아버지와 인연이 없었다면 어찌 자청했겠느냐?"

중늙은이 감찰은 결코 말수가 적은 사람은 아니었다. 단지 쓸데없는 말을 하지 않을 뿐이었다. 희우는 방금 밥을 먹을 때도 주막집 안방으로 불러들인 이유를 그제야 눈치챘다. 아버지와의 인연 때문에 배려한 것일 터였다.

"나리, 어떤 인연이옵니까?"

"정종 임금님 때 함께 과거를 본 인연이 있느니라. 뿐만 아니라 현감이 되어 한날한시에 네 아버지는 횡성으로 나는 전라도 강진으로 나갔느니라."

"그 뒤로 이어진 인연은 없는 것이옵니까?"

"아니다. 서간으로 주고받았느니라. 네 아버지는 불교에 조예가 깊은 분이었고 우리 집안 또한 고려조부터 대대로 불교를 믿어온 집안이니라."

"나리, 함자를 알고 싶사옵니다."

"정현이라 하면 네 아버지가 기억할 것이다. 헌데 네 아버지는 어디 계시느냐?"

"가평 현감으로 계시다가 불교를 신봉한다 하여 향교 교생들이 태종 임금님께 고발하여 갖은 고초를 겪었사옵니다. 지금은 면천이 되어 양인이 되었고 양주 관음사 스님으로 계시옵니다."

"허허."

정현이 앞서 걷다가 허공을 바라보며 허허롭게 웃었다. 그러더니 화제를 바꾸어 말했다.

"나도 차맛을 좀 알지. 전하께서 네가 우린 차맛을 보고 하연 대감에게 자랑했다더구나."

"차를 드신 것은 아니었사옵니다. 다만 차향을 음미하셨을 뿐이옵니다."

"나는 강진 동헌에서 살 때 가까운 백련사를 드나들면서 차를 마셨느니라."

"나리께서 아버님과 함께 과거를 보았다고 하시고 대대로 불교를 믿어온 집안이라 하시니 친지 같은 기분이 드옵니다."

희우는 정현에게 경계심을 풀었다. 조금 전까지만 해도 언행이 무겁고 말수가 적어 차갑고 어려운 사람으로 여겨졌던 것이다. 희우는 정현의 따뜻한 성품을 감지하고는 마음을 놓았다. 그러고 보니 얼굴에 잔뜩 낀 기미가 친근하게도 보였다. 다시청에 있는 동안에 아버지뻘 되는 정현에게 의지해도 좋을 것 같았다.

"나는 내 선조가 고려 때 팔만대장경을 만든 정(鄭) 자 안(晏) 자 할아버지라는 사실을 숨기고 사느니라. 그러니 너도 아버지가 스님이라는 사실을 함부로 말해서는 안 될 것이니라."

정현의 선조이자 하동과 남해의 부호였던 정안이 팔만대장경 제작을 후원했다는 것은 『고려사』에 기록되어 있는 사실이었다. 당시 무신으로서 최고 권력자였던 최우(崔瑀)가 대장경 조성비의 반을 부담하고, 그 나머지는 최우의 처남이었던 정안이 부담했던 것이다.

그런데 그러한 사실들이 조선의 태종 이후부터는 자랑거리가 되지 못했다. 오히려 벼슬길에 불이익을 당하는 이력이 되었으므로 정안의 후손들은 선대가 드러나는 것을 두려워했다. 고손자뻘이 되는 정현도 마찬가지였다. 그래서 정현은 자신이 쓸데없는 말을 했다고 자책하며 희우에게 주의를 주지 않을 수 없었다.

"네 아버지 생각에 내가 공연한 말을 했구나."

"나리, 어찌 공연한 말씀이라 하십니까?"

"몰라서 득(得)이 되는 일이 있고, 알아서 실(失)이 되는 일이 있느니라."

"쇤네는 세상 물정 모르는 양주 촌뜨기이옵니다. 아는 것이 실이 되는 일이 무엇이옵니까?"

"네가 물으니 말하지 않을 수 없구나."

정현은 돈의문을 통과하기 전에 팽나무 그늘을 찾아가 앉으면서 말했다. 십여 리를 쉬지 않고 왔으므로 다리가 실하지 못한 정현은 잠시 쉬고 싶은 마음이기도 했다. 돈의문은 도성의 서쪽에 있는데 문 안팎으로 지게꾼들이 부산하게 오가고 있었다.

"사헌부와 사간원의 높은 벼슬아치 대부분이 불교를 멸시하는 유신들이니라. 그러니 그들이 네 아버지를 알아서는 곤란하지 않겠느냐. 반드시 피해를 볼 것이니라. 그래서 알아서 실이 된다고 했느니라."

"나리께서도 피해를 본 적이 있사옵니까?"

"나이 든 나는 벼슬이 더 높아지기를 바라지 않는다. 이제는 벼슬이 더 내려갈 일도 없다. 하연 대감은 나의 선조를 잘 알 텐데 나를 내치지 않는 것만도 고마워해야 할 일이지."

정현이 짐작하기로는 하연의 강한 애향심 덕분이라고 생각했다. 하연의 고향이 진주이고 정현은 하동인즉, 진주와 하동은 어깨를 맞대고 있는 이웃 동네인 것이었다. 특히 하연은 고향에 대한 애착이 강하여 사헌부에 타 지역 사람들이 임명되는 것을 탐탁지 않게 여기곤 했다.

정현은 돈의문을 지나서는 원래의 과묵한 모습으로 되돌아갔다. 도성 안에도 민가 주변에는 논밭이 붙어 있었다. 물을 가두어놓은 방죽도 간간히 보였다. 돈의문에서 구릉 같은 능과 절을 지나 기와집들이 늘어선 육조 거리까지는 지척의 거리였다.

입을 다물었던 정현이 육조 거리에 서서 세종이 정사를 펴는 궁을 향해 고개를 숙였다. 그러고는 말없이 앞서 걸었다. 기와집들은 민가가 아니라 육조의 건물들이었다. 광화문으로부터 왼쪽에는 의정부, 이조, 호조, 기로소(耆老所) 등이 있고, 오른쪽에는 예조, 중추부, 사헌부, 병조, 형조, 공조가 대갓집처럼 들어서 있었다.

희우가 차심부름을 할 사헌부는 광화문 오른쪽 중간쯤에 있었다.

"저기, 솟을대문이 보이느냐? 뒤편에 수양버들 두 그루가 있는 기와집이 사헌부다."

사헌부 뒤쪽으로 무논 한 자락이 조금 보였는데 물이 흘러가는 개울이 있는지 처녀의 머리채처럼 잔가지를 늘어뜨린 수양 버드나무가 선명하게 눈에 들어왔다. 희우는 육조의 고래등 같은 기와집들을 보고 숨이 막혔지만 낯익은 수양 버드나무가 눈에 드는 순간 숨통이 트이는 것 같았다.

야다시(夜茶時)

희우는 사헌부의 일과가 시작되는 아침에 가장 바빴다. 물론 차아궁이에 불을 들이고 차솥에서 끓인 찻물을 내오는 일은 어린 구실아치가 보조했지만, 혼자서 조심스럽게 여섯 명 분의 차를 우려내고 따르는 일은 수월치 않았다. 보통 때는 정5품 이상의 대관(臺官)들이 일과를 시작하면서 차를 마셨지만 어떤 날은 사간원에서 온 간관(諫官)들과 합석하기도 했다. 그런 날은 다기를 잡은 손바닥에서 진땀이 났다.

희우가 우려 내온 차를 대간들은 '희우차'라고 했다. 세종이 양주로 강무를 나갔을 때 '희우차'라고 단 한 번 격려했던 말이 사헌부 안에서 돌았던 것이다. 까다롭고 자존심이 센 대관들도 희우차는 인정해주었다. 희우는 분주한 오전 일과가 끝나면 오후에는 다시청 뒤편의 수양 버드나무 그늘로 갔다. 버들잎은 어느새 세필의 붓털 크기만큼 날렵하게 자라 있었다. 희우는 흐르는 개울물을 보며 이런저런 상념에 잠겼다.

'관음사 지장전의 지붕에 기왓장이 올라가고 있을까.'

작년 가을에 상량식까지 했는데 기와를 시주하겠다는 사람이 나타나지 않아 한겨울을 방치해두고 있었던 것이다. 임시방편으로 대들보 위에 거적을 씌워두었지만 비를 맞은 기둥들은 차츰 썩기 마련이므로 성큼 다가온 여름철이 더 걱정이었다.

'관음사에 계시는 어머님의 아픈 다리는 나았을까.'

어머니는 혼자서 관음사에 딸린 논밭은 물론이고 오두막 밭뙈기 농사까지 관리했다. 그러다 보니 농번기가 되면 무릎에 고질병이 도지곤 했다. 사헌부 다시청 뒤편으로 개울이 있다는 것은 희우에게 큰 위로가 되었다. 흘러가는 개울물을 보고 있으면 잡념이 사라지면서 빨래한 것처럼 머릿속이 개운해졌다. 개울물에 드리운 버들잎 그림자가 마치 송사리 떼처럼 어른거렸다. 그런가 하면 잔물결이 햇살에 반사되어 언뜻언뜻 쌀뜨물 같은 빛깔로 반짝였다.

"여기 있었구나. 뭔 일이 있느냐. 정신 나간 사람 같구나."

정6품의 감찰 정현이었다. 정현은 희우를 찾아서 여기저기 다닌 듯 질책하듯 말했다.

"나리, 봄바람을 좀 쐬고 있었습니다."

"네가 한숨 돌리는 오후 시간인데 누가 너를 책하겠느냐."

"급한 일이 생긴 것이옵니까?"

"오후에 다시청에서 대간(臺諫) 모임이 있다는 전갈을 받지 못했느냐?"

대간이란 사헌부의 대관과 사간원의 간관들을 합해 부르는 이름이었다. 대간이 모인다면 위중한 사건을 다룰 게 분명했다. 불시에 이

뤄지는 대간 회의는 임금에게 사전 보고를 하지 않고 전격적으로 처리하는 사건을 다뤘다.

"야다시(夜茶時)가 있을 것이다."

"야다시가 무엇이옵니까?"

"대간들이 조사해 온 곳을 불시에 들이닥쳐 풍속을 단속하는 것이다. 짐작건대 진관사 중들의 음행을 단속할 듯싶다."

야다시란 다시(茶時)라고 쓰인 종이를 들고 아무 때나 범행 현장을 급습하는 것을 뜻했다. 다시 종이를 들고 있으면 아무리 지위가 높은 삼정승이라 하더라도 대간들의 업무를 저지하지 못했다. 그만큼 다시 종이를 든 대간들의 특권은 무소불위였는데 그 기능은 훗날 어사의 마패와 흡사했다.

그런데 세종 때 대간들의 야다시는 유독 승려를 표적으로 삼았다. 세종이 불교를 감싸고도는 것에 대한 반발이기도 했다. 특히 세종이 침전으로 가끔 이용하는 별궁에 함허가 드나든다는 소문이 대간들 사이에 퍼져 있었는데, 승려들의 파계를 집요하게 조사하여 야다시를 집행하는 것은 실제로는 세종에 대한 불만의 표시이기도 했던 것이다.

"사간원에서 나오는 우사간 유계문(柳季聞)은 조심해야 할 벼슬아치니라. 여색을 밝혀 평지풍파를 일으키곤 했느니라. 관운이 좋기로 소문난 유관(柳寬) 대감이 부친인데 부자가 다 승도(僧徒)를 배척하는 데 앞장서고 있느니라."

"나리, 조심하겠사옵니다."

희우는 다시청 뒷문으로 들어와 어린 구실아치들에게 찻물을 끓이게 하고 자신은 청 안을 청소하기 시작했다. 걸레 빠는 물을 긷는 등 힘쓰는 일은 숫을대문을 지키는 문지기 군사가 군말 없이 도와주었다.

청소가 끝날 무렵이 되자, 간관들이 사헌부 마당에 들어와 뒷짐을 진 채 이야기를 주고받으며 서성거렸다. 대간 회의에는 사헌부에서 여섯 명, 사간원에서 네 명이 오기로 되어 있었다. 사간원 참석자는 두 명의 집의(執義)와 두 명의 정언(正言)이 참석하기 때문에 네 명이었던 것이다. 좌장은 종2품의 대사헌 하연이 맡았으므로, 사간원에서는 일부러 정3품의 대사간이 오지 않았다. 누가 다시청에 모이는지는 대단히 중요했다. 의자 숫자와 자리 배치를 잘해야 했는데, 실수할 경우에는 구실아치들이 곤장을 맞는 등 벌을 받았다. 좌장과 벼슬아치들은 품계에 따라 앉는 자리가 달랐다. 나이순이 아니었다. 희우는 대간들의 품계를 자주 들었지만 잘 외우지는 못했다. 사간(司諫), 집의, 장령(掌令), 지평(持平), 정언 등의 품계가 잘 외워지지 않아서 누가 어디에 앉는지 헷갈렸던 것이다.

정현이 말한 유계문은 종3품의 우사간이니 종2품의 대사헌 하연과 품계가 엇비슷한 셈이었다. 희우는 다시 한 번 그가 앉을 의자를 꼼꼼히 살폈다. 등받이를 잡고서 흔들어보기도 했다. 혹시라도 다리가 하나 부실하다면 무슨 탈이 날지 모르기 때문이었다.

이윽고 희우가 다탁에 찻사발 열 개를 준비해놓은 뒤에야 대간들이 하나둘 들어와 착석했다. 유계문은 뒤늦게 나타났다. 나이는 사십대 초반이었지만 배를 내밀고 갈지자로 들어오는 모양새가 꼭 늙은이 같았다. 때를 맞추어 감찰 정현이 눈치를 보내자 사헌부 서리(書吏)가 다시청을 나가더니 잠시 후 하연을 모시고 들어왔다.

회의는 차를 마시는 순서부터 시작했다. 희우가 우려낸 차를 모두가 쉬지 않고 세 사발씩 마셨다. 그러고 난 후에야 하연이 무겁게 입을 열었다.

"우리 태종 전하께서는 하늘이 내린 성인이셨소. 간사한 것을 버리시되 의심이 없었소. 절과 불당을 없앴으니 진실로 옛날에 없는 성군이셨소. 허나 아직도 석교(釋敎, 불교)로 인한 폐단을 혁파하지 못하고 있소. 하루빨리 청산해야 할 구습이오."

하연이 짧게 말하고는 두 손으로 찻사발을 들었다. 그러자 사간원 대표로 나온 유계문이 부처〔佛〕에 씨(氏) 자를 붙여 비아냥대듯 말했다.

"불씨(佛氏)의 도를 뿌리 뽑고 불상을 녹여 돈을 만들고 중은 머리를 길러 군병에 충당하는 것이 가할 것입니다. 다만 불씨의 도를 행하는 중이 많으므로 갑자기 다 도태시킬 수 없으니 문제입니다. 이미 오교양종(五敎兩宗)을 선교양종(禪敎兩宗)으로 통합 축소했지만, 그래도 절에 지급한 전답과 노비가 지극히 후합니다. 사정이 이런즉 양종을 마저 혁파하고 선직(選職)을 폐지하며 마흔 살이 넘은 중은 산으로 쫓아버려야 합니다. 또한 절에 딸린 전답을 삭감하여 군수(軍需)에 충당하고 절의 노비를 빼앗아 역(驛)에 예속시켜야 합니다."

하연이 찻사발에 남은 차를 다 마시자마자 말했다.

"유 대감의 말이 옳소. 백성들이 흉년이 들어 굶는 것을 면치 못하고 있는데 놀고먹는 중들에게 무엇 때문에 전하께서 전답을 더 내리어 절을 풍족하게 하는 것인지 알 수가 없소. 영통사의 밭이 이백 결인데 살고 있는 중의 숫자는 겨우 일곱 명이요, 운암사의 밭이 이백 결인데 살고 있는 중의 숫자는 겨우 네 명이요, 흥덕사의 밭이 이백오십 결인데 살고 있는 중의 숫자가 겨우 스무 명이오. 이로 본다면 다른 사사(寺社)도 마찬가지일 것이오. 유 대감의 말대로 전답을 삭감하여 군수에 충당하는 것이 마땅하오."

하연과 유계문의 이야기를 듣고만 있던 사헌부의 젊은 지평이 말했다.

"어버이가 죽으면 크게 불공을 베풀고서 매양 죄 없는 부모를 죄가 있는 것처럼 부처와 시왕(十王, 저승에서 죽은 사람을 재판한다는 열 명의 대왕)에게 고하여 죄가 면하기를 바라니, 그 불효함이 이보다 큰 것이 없을 것입니다. 설사 부처와 시왕이 있다 하더라도 어찌 한 그릇 밥의 공양으로 죄 있는 사람을 용서할 이치가 있겠습니까?"

이에 유계문이 대답했다.

"지각없는 백성은 말할 것도 없지만 작년에 돌아가신 성석린(成石璘) 대감마저 중들의 속임수와 꼬임에 미혹되어 부처에게 아첨했으니 진실로 개탄하지 않을 수 없소."

유계문의 대답에 사간원에서 나온 가장 낮은 품계의 정언이 부처를 탐관오리에 비유해 동조했다.

"돌아가신 대감을 비난하고 싶지는 않지만 불공을 드리는 데 막대한 비용을 지출하여 남의 눈에 자랑 삼아 과시하는 자가 있십니더. 허나 어찌 그것이 존망(存亡)에 이익이 있는 일이겠십니꺼. 부처에게 신령이 있어서 사람이 주는 밥을 먹고 사람의 죄를 구원해준다면, 이것은 필시 벼슬을 팔고 감옥을 파는 탐관오리의 일이 아니겠십니꺼."

하연이 결론을 유도했다.

"방금 거론한 얘기들은 대간들이 합동으로 상소하기로 하지요. 다만 오늘 우리가 모인 까닭은 중들의 파계가 심한 절 가운데 하나를 탄핵해보자는 것이오. 이번에 나는 홍천사 중을 불러 문초해보았소."

"홍천사 중들의 행실은 어떠했습니까?"

"중들이 행사 때 감히 유밀과(油密果)를 사용했고 또 어떤 중은 금령을 범하여 술을 마셨으며 문초를 받을 때는 중답지 않게 서로 해치기를 꾀하고 그들의 우두머리를 헐뜯었소."

유밀과란 꿀을 바른 과자를 가리키는데, 흉년이 들면 호사 음식이라 하여 꿀을 바른 과자까지 금했다. 유계문이 말했다.

"대감, 그 정도야 우리도 제사 때 유밀과를 올리고 술을 마시니 이해할 수 있습니다. 문제는 성 안의 사찰 진관사의 방탕한 중들입니다. 태종 전하 때도 간사한 중들의 타락이 심하여 죄를 준 적이 있지만 아직도 일부 중들이 파계를 일삼고 있으니 큰일입니다. 사찰에서 배불리 먹고 시정의 여염집을 왕래하면서 늘 여색과 더불어 거처하며 난잡해지고 있습니다. 더 이상 탄핵을 늦추어서는 안 됩니다."

"어디 여염집만 왕래합니까? 이제는 전하의 침전까지 드나든다 하지 않습니까? 이번에 불벼락을 내려야 두려워서 행실을 삼갈 것입니다."

출입을 막고자 문에 가시나무를 걸치는 야다시 대상의 절은 쉽게 정해졌다. 태조 때부터 왕실의 지원을 받아 해마다 수륙재를 지내온 진관사가 표적이 되었다. 대간 회의를 처음부터 끝까지 지켜본 정현은 가슴을 쓸어내렸다. 대간들이 다시청을 다 나간 뒤 찻사발을 씻고 있는 희우에게 다가가 가만히 말했다.

"다모 처자, 대간들이 홍천사로 먼저 가지 않는 것이 다행이야!"

"무슨 말씀이옵니까?"

"홍천사에는 신미 스님이 있느니라."

희우는 깜짝 놀랐다. 찻사발끼리 부딪치는 날카로운 소리가 났다.

"신미 스님을 아느냐?"

"양주 집에서 뵌 적이 있사옵니다."

"그렇다면 더욱 잘됐다. 나는 대간들을 따라 진관사를 갈 터인즉, 너는 문지기 군사를 길잡이로 붙여줄 테니 오늘 밤 홍천사로 가거라. 그리고 신미 스님을 만나 현등사로 피신하시라고 전하거라. 이제 성 안의 절들이 모두 위험하기 때문이다. 누군가가 스님을 밀고할 수도 있느니라."

"신미 스님이 무슨 죄를 졌사옵니까?"

"스님을 뵙거든 내가 보냈다고 하고 내 말만 그대로 전하거라."

정현은 신미가 홍천사 골방에서 무엇을 하는지 알고 있었다. 신미는 함허의 지시를 받아 백성들이 한자로 된 불경을 쉽게 읽을 수 있는 글자를 은밀하게 궁리하고 있었던 것이다. 신미의 작업은 이심전심으로 세종이 원하는 일이기도 했다. 그러나 한자를 대신하는 글자를 만든다는 것은 대역죄나 다름없는 일이었다. 한자로 된 사서오경을 금과옥조처럼 여기는 대간들에게 발각되기라도 한다면 살아남지 못할 것이 틀림없었다. 정현이 급히 희우를 신미에게 보내려 하는 것은 바로 그 이유 때문이었다.

정현은 바로 진관사로 떠났고 곧 눈썹같이 생긴 초승달이 떴다. 초승달은 서쪽 하늘에서 잠시 하얗게 떠 있다가 재빠르게 금가락지처럼 빛났다. 희우는 더 기다리지 않고 사헌부 솟을대문을 나와 어둑한 육조 거리를 걸었다. 홍천사는 사헌부에서 오 리도 되지 않는 거리에 있었다. 길잡이를 하는 군사 한 명이 앞장서니 희우는 마치 절에 불공하러 가는 궁녀 같았다.

재회

사헌부에서 홍천사는 가까웠다. 홍천사는 신덕왕후가 죽자 태조가 왕비를 추복하기 위해 세운 절인데, 궁에서 멀지 않은 곳에 둔 까닭은 그만큼 태조가 왕비를 사랑했기 때문이었다. 왕비가 생각나면 언제든지 능을 찾아가고 싶어서 민가가 있는 지척의 산자락에 조성했던 것이다. 5층 사리전을 장엄하게 짓고 고려 때부터 전해온 하나밖에 없는 보물 사십이수관세음보살을 불단에 봉안한 것도 모두 신덕왕후의 명복을 빌기 위한 태조 이성계의 의지였다.

길잡이 군사가 원주를 만나러 간 사이에 희우는 사리전으로 들어가 참배했다. 희우는 난생처음 보는 사십이수관세음보살의 모습에 눈이 휘둥그레졌다. 캄캄해진 허공에 망루처럼 치솟은 사리전의 모습도 장엄했지만 사십이수관세음보살의 번쩍거리는 위의에 숨이 막혔다. 기름 불빛에 반사되어 드러난 마흔두 개의 손들이 홀연히 앞으로 뻗어 나와 희우의 이마와 어깨를 쓰다듬을 것만 같았다.

희우는 자신이 절하고 있다는 생각을 잊어버린 채 홀린 듯 기도했다. 처음에는 부모를 위해서 했고, 나중에는 신미의 신상에 아무런 해가 없도록 빌었다. 삼배를 하고 나오자 원주가 절 마당에서 기다리고 있었다. 희우는 원주 앞으로 가 공손하게 합장했다.

"스님, 사헌부 감찰 나리의 심부름으로 왔습니다."

"급한 일인가요?"

"네."

"신미 스님은 지금 주지스님과 함께 출타하고 없소."

희우는 맥이 풀렸다.

"신미 스님에게 전할 말이 있다면 내가 전해주겠소."

"아닙니다. 감찰 나리께서 스님을 직접 뵈라고 하셨습니다."

희우는 낙담했다. 사헌부 대간들이 홍천사로 불시에 야다시를 나올지 모르기 때문에 불안하기조차 했다. 야다시란 한마디로 죄를 캐내어 벌을 주기 위한 표적 수사였다. 누구든 샅샅이 조사하면 허물이 나오지 않을 수 없었다. 더구나 신미는 세종이 흠모하는 함허의 제자였으므로 홍천사 대중 가운데 누구보다도 위험했다. 희우가 말을 못하고 있자 원주가 대중방으로 안내했다.

"신미 스님을 오늘 밤에 만나기는 어려울 것 같소."

"스님을 뵐 수 있다면 내일 다시 오겠습니다."

"군사가 있으니 돌아가는 밤길은 걱정되지 않소만."

"스님께서는 멀리 출타하셨습니까?"

"성 안의 중들은 볼일이 있더라도 밤중에만 다니려고 하오."

"스님, 어찌 그렇습니까?"

"세상이 바뀌어 어수선해진 까닭에 위험해서 그렇소. 하루아침에 공자 맹자의 딴 나라가 되어버렸소."

원주가 갑자기 홍천사를 조사한 사헌부 감찰에 대해서 분통을 터뜨렸다.

"보살, 하연 대감님이 왜 우리 홍천사를 비난하시는지 모르겠소. 처음부터 우리 주지스님 말씀을 믿지 않고 다른 절 노비 말을 듣기만 한 억울한 조사였소."

"스님께 말씀드리기 외람됩니다만 사헌부에도 불도를 믿는 분이 있습니다."

"정말이오? 한 번 만나보고 싶소."

"감찰 나리 한 분이 독실한 불도입니다."

"그분이 누구요?"

원주가 안색을 바꾸었다. 마치 돌파구를 찾았다는 듯 희우를 뚫어지게 바라보았다. 희우는 원주의 시선이 부담스러워 얼굴을 돌렸다.

"정 자 현 자, 감찰 나리입니다."

"우물 안 개구리가 따로 없소. 나 같은 중이 바로 우물 안 개구리요. 사헌부에 불도가 있다니 그분을 만나 홍천사 대중의 억울함을 하소연해 보고 싶소."

"감찰 나리의 고조부님이 고려 때 정안 대감이라고 합니다."

"허허, 내 어찌 정안 대감을 모르겠소. 정안 대감이 안 계셨더라면 지금 왜국의 사신들이 달라고 떼를 쓰는 팔만대장경이 무슨 수로 제작되었겠소."

"내일이라도 감찰 나리께 홍천사 대중의 억울함을 전해드리겠습니다."

"부처님 가피로 나라를 지키자고 만든 대장경인데 육조의 문무관들이 무용지물이라 하여 왜국에 줘버리자고 하니 눈물이 날 지경이오."

희우는 불도를 배척하는 조정의 분위기를 홍천사에 와서도 실감했다. 배불의 돌풍이 점점 태풍으로 변해가는 느낌이었다. 대장경을 왜국 사신들이 가져가려고 한다는 이야기는 처음 들었던 것이다.

"보살, 감찰 나리께 전해주시오. 홍천사 사건은 노비의 고자질만 듣고 조사한 것이니 우리 주지스님의 말씀도 한번 들어보시라고 말이오."

"기회를 보아 반드시 감찰 나리를 모시고 오겠습니다."

"꼭 그래주시오. 학수고대하고 있겠소."

이른바 홍천사 사건의 전말은 이랬다. 선교양종으로 개혁하면서 선종 본사로 지정된 홍천사에서 선직(禪職)과 계를 주는 행사가 있었는데, 노비 가운데 한 사람이 불만을 품고 사헌부에 고자질을 한 사건이었다. 노비 출신의 불목하니는 승려가 되기 위해 자신의 신분을 속이고 고양 대자암에서 홍천사로 왔다가 발각되어 돌아간 사람이었다. 고려 때부터 노비는 주인이 출가할 때 함께 절로 따라와 승려가 된 주인의 온갖 시중을 들었던 것이다.

노비가 사헌부에 고발한 내용은 모함에 가까웠다. 흉년이 되어 금지된 유밀과가 불단에 올랐는데, 이는 홍천사 대중이 만든 것이 아니라 신도가 가져온 시주였다. 술 역시 마찬가지였다. 홍천사에서 빚은 술이 아니라 신도가 가져온 재물로 천도재가 끝난 뒤 음복했을 뿐이었다. 그런데 노비는 홍천사 대중이 귀한 꿀로 유밀과를 만들어 먹고 술을 빚어 취하도록 마셨다는 식으로 모함했다. 사헌부 대관들은 고자질한 노비의 편을 들면서 홍천사 승려들을 비난하는 조서를 꾸몄다. 세종이 홍천사에서 원경왕후 제사를 지내고 비 새는 사리전에 은근히 관심을 갖고 있는 탓이었다. 대관들은 배불에 앞장선 태종과 달리 세종의 숭불적인 태도가 못마땅했던 것이다.

결국 희우는 신미를 만나지 못하고 돌아섰다. 원주는 희우를 산문 밖까지 배웅했다. 사헌부의 감찰이 기원정사를 보시했던 수닷타 장자만큼이나 승려들이 존경하는 정안의 후손이라는 사실을 알고 나니 마치 캄캄한 동굴 속에서 빛을 하나 발견한 것 같았기 때문이었다.

희우가 더욱 캄캄해진 어둠 속으로 사라질 무렵이었다. 원주가 희우를 다급하게 불렀다.

"보살!"

원주의 소리는 턱없이 컸다. 길잡이 군사가 놀란 채 뒤돌아보았다. 희우도 걸음을 멈추었다. 그 사이 원주가 달려와 말했다.

"보살, 신미 스님을 만나게 해주겠소."

"스님, 출타하셨다고 하지 않았습니까?"

"내가 거짓말을 한 것이 아니라 신미 스님이 당분간 누구도 만나지 않겠다고 하기에 그랬소."

"어머나!"

희우는 비명처럼 짧게 소리쳤다. 갑자기 심장이 콩닥콩닥 뛰었다.

"오해는 마시오. 신미 스님이 함허 스님의 제자라서 대중 모두가 신경을 곤두세우고 있소. 미안하오."

"스님, 감사합니다."

원주가 희우를 속인 것에 대해 사과했다. 그러나 희우는 신미를 빈틈없이 외호하고 있는 원주가 고마웠다.

"신미 스님이 계시는 임시 거처로 갑시다."

신미는 원래 대중방 뒤편의 골방을 사용하고 있었으나 산신각 뒤쪽에 지은 임시 토굴로 올라가 있었다. 대중과 떨어져 있는 까닭은 느닷없이 들이닥치는 야다시, 즉 표적 수사를 피하기 위해서였다.

원주의 말대로 신미는 산신각과 나무숲에 가리어 잘 보이지 않는 토굴에 있었다. 토담집 모양의 토굴은 방 하나가 전부였다. 원주는 희우를 안내하고는 대중방으로 내려갔다. 희우는 신미에게 절을 했다. 다행히 신미는 단번에 양주 오두막에 살았던 희우를 알아보았다.

"보살, 오랜만이오."

"스님, 홍천사에서 다시 뵐 줄은 몰랐습니다."

희우는 얼굴을 약간 붉혔다. 신미는 예전의 모습이 아니었다. 함부로 범접하기 어려울 정도로 의젓해진 풍모에다 목소리는 우렁우렁 굵어져 있었다.

"깊은 인연이 있는가 보오."

"저는 지금 사헌부 다시청 다모로 있습니다."

"다모가 되었다니 좋은 일이오. 사람들에게 맑은 차를 공양한다는 것은 복덕을 짓는 일이오."

희우는 마음을 진정하고 나서 방 안을 둘러보았다. 벽에는 은부채 하나가 걸려 있을 뿐 아무것도 없었다. 지은 지 얼마 되지 않은 토굴이었으므로 황토 냄새가 방 안에 가득했다.

"나를 찾아온 이유가 무엇이오?"

"사헌부 감찰 나리께서 빨리 홍천사를 떠나 피신하시라고 하셨습니다."

"나더러 피신하라는 말이오?"

"이제 성 안팎의 절들은 모두 위험합니다."

"보살, 마음이 극락도 되고 지옥도 되는 것이오."

신미는 뜻밖에 태연했다. 오히려 희우를 위로했다.

"스님들이 수행을 잘했으면 이런 고약한 일이 있겠소? 지은 업을 받고 있으니 억울할 것도 없소. 소나기가 멎을 때까지 비를 맞으며 기다리는 수밖에 없소."

"스님, 은부채를 처음 봅니다."

"임금님께서 내리신 은선(銀扇)이오."

"임금님을 뵈었다는 말씀이십니까?"

"그렇소. 은선은 나를 지켜주는 신장님이오. 내 옆에 부처님이 계시고 은선이 있는데 무엇을 두려워하겠소?"

실제로 임금의 수결(手決)이 있는 물건을 지닌 자는 함부로 체포하거나 구금할 수 없었다. 신미가 홍천사를 급히 떠나지 않는 이유도 하사받은 은선에 의지하는 바가 컸다. 그러니 은선은 신미를 외호하는 신장이기도 했던 것이다.

"임금님께서 부채를 주신 깊은 뜻이 있을 것이오. 저 부채 속에는 백성을 시원하게 해줄 바람이, 백성의 눈을 뜨게 해줄 글자가 있소. 나는 그것을 찾고 있는 것이오."

"스님의 화두 같습니다."

"그렇소. 이 은부채가 바로 나의 화두라오."

길잡이 군사가 밖에서 탁탁 소리 나게 발 구르는 소리를 냈다. 밤이 야심해졌으니 사헌부로 돌아가자는 신호였다. 희우는 신미에게 또다시 절을 하고 물러났다. 감찰 정현의 전언을 신미가 받아들이지 않아 아쉽기는 했지만 달리 방법은 없었다. 그보다는 신미가 말한 알쏭달쏭한 이야기가 여운처럼 남아 머릿속에 계속 맴돌았다. 신미는 자신만의 화두에 몰두하여 자신의 위태로워진 처지를 돌보지 않고 있었다.

대장경 1

대마도 정벌 이후, 조선과 왜국은 매년 사신을 왕래시켰다. 세종은 왜구들의 노략질을 막고자 화친 외교를 폈고, 숭불(崇佛)로 돌아선 왜국은 조선 절에 있는 『대장경』을 구해 가려고 온갖 수단을 동원했다. 실제로 왜국은 세종 2년부터 사신 양예(亮倪)를 보내는 등 『대장경』을 보내달라고 간청하기 시작했다.

세종은 왜국의 첫 사신 양예를 만난 순간을 선명하게 기억했다. 곤룡포 속으로 파고드는 삭풍이 어찌나 차갑던지 뼛속까지 어는 듯했다. 그렇다고 혹한을 탓하며 왜왕의 사신이 궐 밖에서 일주일째 기다리고 있는데 마냥 면담을 미룰 수는 없었다. 양예는 인정전 조정(朝廷)으로 나아가 서반(西班) 종3품의 반열에 서는 예우를 받았다. 마침내 조회에 참석하게 된 것이었다. 벽돌처럼 네모반듯한 돌들이 깔린 조정은 살얼음이 낀 듯 미끄러웠다. 조회란 입궐한 문무관들이 동반, 서반의 반열에 따라 자기 자리에 서서 임금에게 문안을 올리고 정사를 아뢰는 일을 말했다. 혹한 속에서 행한 그날 조회는 임금을 알현하는 의례가 끝나자마자 사신 양예를 면담하는 순서부터 시작했다.

"바람과 물이 험한 길을 오느라 수고가 많았소."

"임금님께서 걱정해주신 덕분인 줄 아옵니다."

왜국 말을 잘하는 통사(通事) 윤인보(尹仁甫)의 안내를 받아 전상(殿上)에 오른 양예가 엎드려 말했다.

"그대의 나라가 바라는 것이 무엇이오?"

"오직 『대장경』뿐이옵니다."

양예가 짧지만 분명하게 말했다. 그러나 세종은 이미 양예가 무엇을 요구하는지 잘 알고 있었다. 윤인보에게 보고를 받았고, 이후 의정부 대신들과 『대장경』을 보내야 하는지 말아야 하는지 의견을 나누었던 것이다. 물론 일부 대신들은 『초조대장경』 목판이 고려 때 소실되어 전해지지 않고 있어 인쇄본도 희귀해졌으므로 주어서는 안 된다고 했지만, 대부분의 대신들은 『초조대장경인쇄본』이 무용지물이라는 의견을 냈다.

"우리나라에서도 『대장경』은 희귀한 것이오. 하지만 그대의 나라가 그토록 간청하니 한 부는 주겠소."

"우리나라에서 받는 임금님의 은혜는 말로써 다하기 어렵습니다."

양예는 엎드린 채 머리를 조아렸다. 세종은 날이 너무 추웠으므로 조회를 빨리 마치고 싶었다. 말할 때마다 턱이 떨릴 정도였다.

"더 하고 싶은 말이 있소?"

"말로서는 다 할 수 없사오니 삼가 시를 지어 충성을 보이겠습니다."

세종이 허락하니 양예가 품속에서 시가 적힌 비단을 꺼내어 바쳤다.

넓게 개척한 산천은 우공(禹貢)에 돌아가고

높이 달린 일월은 요천(堯天)이 열리도다

무엇으로써 성조(聖朝)의 황화(皇化)에 감사할는지

다못 읍하여 세 번 만만년을 부른다.

세종은 양예가 올린 시를 본 뒤 몹시 흐뭇해했다. 양예에게 두 나라가 화친해야 한다는 점을 한 번 더 타일렀고, 객청(客廳)을 관리하는 신하에게는 양예 일행에게 따뜻하고 진귀한 음식을 대접하라고 지시했다.

『대장경』을 달라는 왜국의 간청은 다음 해에도 계속되었다. 이번에는 왜왕 차원이 아니라 지방, 즉 구주(九州)의 총관이나 도원수 등이 조선에 공물을 바치고 『대장경』을 요구했다. 그런가 하면 세종 4년 초겨울에는 왜왕과 모후가 승려 규주(圭籌)를 보내어 세종에게 서간과 예물을 바치며 또다시 『대장경』을 보내달라고 했다. 왜왕의 서간에는 다음과 같이 쓰여 있었다.

바닷길이 멀어 오랫동안 소식이 끊어졌습니다. 이제 장마는 그치고 가을바람이 상쾌하게 불어오는데, 신령이 호위하여 전하께서는 만복을 받으시기를 삼가 바랍니다. 지난해 귀국의 사신이 우리나라에 왔을 때 지각보명(智覺普明) 국사가 개설한 관(館)에서 후하게 대접하였더니, 국사의 제자 주당(周棠)이 귀국에 갔을 때 귀국의 선왕(태종)께서 화공을 시켜 국사를 그리게 하고 문신 이색으로 하여금 찬(贊)을 짓게 하여 주당이 돌아오는 편에 보내셨으니, 이는 예전의 후의를 잊지 않은 것이었습니다. 이를 보건대 귀국과 우리 국사와는 인연이 없다고 할 수 없습니다. 『대장경』을 탑원(塔院)에 안치하여 아침저녁으로 독송함으로써 사은(四恩, 중생이 받는 네 가지의 은혜, 즉 부모, 중생, 국왕, 삼보의 은혜)과 온 세계에 이바지하려고 합니다. 그러나 『대장경』이 없으니 귀국에 가서 구하려고 하는 것입니다. 나 역시 바다의 파도를 무릅쓰고 법보(法寶)를 유통시키려는 마음에 감동하여 기쁘게 도우려고 이 글을 보냅니다. 삼가 청하건대 간절한 뜻을 불쌍히 여기시어 경전 전질을 갖추어 7천 권을 보내주시면 나도 그 혜택을 받으려고 하나이다. 그리하면 두 나라의 우호가 더욱 영구히 계속될 것입니다. 변변하지 않은 토산물은 별폭(別幅)에 적었사오며 감히 편안하게 복을 받으시기를 진심으로 축원하옵고 그만 그치나이다.

그런데 이때 규주가 달라고 한 것은 『대장경인쇄본』이 아니라 『대장경』 동판(銅版)이었다. 이는 뜻밖의 새로운 요구였다. 이미 『화엄경판』과 『밀교대장경판』을 왜국에 준 적은 있지만 『대장경』 동판을 달라고 한 것은 처음이었다. 규주의 속마음을 알아챈 것은 왜승 가하(加賀)가 본국에 보내려고 쓴 규주의 초안을 훔쳐 통사 이춘발(李春發)에게 넘겨주었기 때문이었다. 초안의 요지는 다음과 같았다.

지금 조선에 와서 힘써 대장경판을 청구하였으나 얻지 못하였으니 병선(兵船) 수천 척을 보내어 약탈하여 돌아가는 것이 어떤가.

세종은 규주의 속마음을 알고도 그를 인정전으로 불러 달랬다. 더구나 해인사에 『대장경』 목판은 있지만 『대장경』 동판은 없었던 것이다. 그러니 세종이 『대장경』이라고 부르는 책은 인쇄본일 따름이었다.

"그대들이 청구한 『대장경』은 마땅히 정질(正秩)로서 회례사에게 부쳐 보내겠고, 태후가 청한 『대장경』도 또한 마땅히 청한 대로 하겠소."

그제야 비로소 규주가 아뢰었다.

"신들은 『대장경』의 동판이 있다는 말을 듣고 글월을 받들고 와서 구하였으나 얻지 못하였사옵니다. 그러나 이는 참으로 없는 것입니다. 이 뜻을 회서(回書)에 아울러 써주시기를 청하옵니다."

이는 『대장경』 동판을 얻지 못한 자신의 책임을 면하고자 하는 규주의 궁여지책이었다. 세종은 왜국으로 떠나는 회례사 박희중(朴熙中)에게 국서를 내렸다. 규주가 바라던 대로 조선에는 『대장경』 동판이 없음을 명기했다.

조선 국왕은 왜국 전하에게 회답하오. 바다와 하늘이 멀고 넓어서 소식이 오랫동안 끊겼는데 사신 편에 주신 글월을 받아보니 몸이 편안함을 잘 알고, 또한 좋은 선물을 받게 되니 기쁨과 감사함이 매우 깊소이다. 말씀한바 『대장경』을 어찌 보내지 않으리오. 또 태후가 귀한 선물을 보내주시고 겸하여 『대장경』을 청하니 마땅히 보내야 할 것이매, 지금 신하 전농시윤(典農寺尹) 박희중과 용양 시위사 호군(龍驤侍衛司護軍) 이예(李藝) 등을 보내어 후의에 사례하게 할 것이오. 상세한 것은 별록에 갖추어져 있으며 귀국의 사신이 말한 『대장경』 동판은 우리나라에 없는 것이니 양해를 바라오. 앞으로 더욱 신의를 굳게 지키고 길이 많은 복을 받기를 바라오.

『대장경』 목판을 달라고 했다면 세종으로서는 난감한 일이 아닐 수 없었다. 침전인 별궁으로 불러 만난 함허에게 절대로 해인사 『팔만대장경』 목판은 내주지 않겠다고 약속했기 때문이었다. 그때 세종이 "왜국과의 화친도 중요하거니와 『대장경』이 무용지물이라는 대신들의 의견을 무조건 물리칠 수만은 없으니, 백성이 알지 못하는 한자로 된 경전이나 중들도 읽지 못하는 『범자대장경』은 과인의 뜻대로 하되, 오직 한 질밖에 없는 해인사 『대장경』 목판은 결코 내주지 않겠소. 대사의 생각은 어떻소?"라고 말했던 것이다.

그러자 함허가 감격하여 "지당하신 말씀이옵니다. 해인사 『대장경판』을 지키신 전하의 공덕은 천추만세에 빛날 것이옵니다."라고 아뢰었고, 신미는 한문으로 된 『대장경』을 무지렁이 백성들도 쉽게 읽을 수 있는 우리 글자로 된 『대장경』이 만들어진다면 얼마나 좋을까

하고 원을 세웠던 것이다.

아무튼 진귀한 예물을 가지고 들어오는 왜국 사신들의 『대장경』 청구는 끈질겼다. 세종 5년 가을에도 대신들의 의견을 듣고 난 뒤 금사사(金沙寺)의 진언(眞言) 『대장경』과 영통사(靈通寺)의 『화엄경』 목판과 운암사(雲巖寺)의 『금자삼본화엄경(金字三本華嚴經)』 한 부와 『금자단본화엄경(金字單本華嚴經)』 한 부를, 세곡을 실은 선박이 정박하는 곳인 수참(水站)의 배로 운송하도록 지시했다.

대장경 2

사헌부의 아침 일과는 자못 엄숙하게 시작되었다. 비가 오거나 눈보라가 몰아쳐도 한결같았다. 대사헌이 사헌부 아전 구실아치를 앞세우고 출근하면, 관원들이 품계에 따라 마당에 도열해서 맞이했다. 희우와 같은 처지의 잡직 구실아치들도 대사헌이 다시청으로 들어갈 때까지 처마 밑에 서서 두 손을 모은 채 고개를 숙이고 예를 표했다. 이는 수장의 권위에 복종한다는 의미이기도 했다.

그러나 대관들은 새로 부임한 대사헌이 수장으로서 부적격하다고 판단되면 도열을 거부했다. 일종의 태업이었다. 임금이 임명한 장관인데도 대담하게 항명했다. 세종이 이발(李潑)을 대사헌으로 임명하여 보냈을 때도 대관들이 시위했다. 대사헌으로 제수받은 이발이 아침 일찍 사헌부 솟을대문을 들어섰지만, 대관들이 일부러 나타나지 않았던 것이다. 대사헌으로서는 참을 수 없는 수모였다. 이발은 마당에서 뒷짐을 진 채 오만상을 찌푸리며 혀를 차다가 집으로 돌아가버렸다. 희우가 다모로 오기 전에 있었던 일이었다. 다음 날 세종이 주동자 격인 정4품의 장령 송인산(宋仁山)을 근정전으로 불러 질책했지만 소용없는 일이었다.

"대사헌 이발을 어찌하여 마중하지 않느냐?"

"발이 과거에 중국 사신으로 들어갈 때 세포(細布)를 가지고 들어가 장사했습니다. 이는 사리사욕을 채워 어명을 욕되게 한 일이옵니다. 그러니 발은 헌부의 장관이 될 자격이 없사옵니다."

"과거에는 사신으로서 그런 것까지 금하는 명령이 없었기 때문이다. 발이 고의로 범한 것이 아니니 앞으로는 그를 마중하도록 하라."

"감히 하교를 받들지 못하겠사옵니다."

"싫다고만 하다니, 인산의 고집에는 과인도 어찌할 수 없구나."

부하 관원들이 수장을 인정하지 않는 데는 나라의 지존인 임금도 별도리가 없었다. 타협할 명분도 약했다. 국왕의 사신으로 간 사람이 개인의 이익을 취하고자 장사를 했으니 송인산의 주장이 틀렸다고 할 수 없었던 것이다. 더구나 사헌부는 관리들의 부정이나 풍기를 감찰하는 기관이므로 수장은 누구보다도 청렴결백해야 영이 설 수 있는 자리였다. 결국 세종은 이발에게 내린 대사헌 임명을 취소하고 형조참판으로 바꾸어 제수했다.

하연은 이발 후임이었다. 하연이 대사헌으로 부임하고 나서야 사헌부는 안정을 되찾았다. 하연이 수장이 되어 처음으로 한 일은 세종의 의중과 달리 불교 종단을 개혁하는 일이었다. 세종은 태종 때부터 간관으로서 이름을 떨친 하연의 상소를 거부하지 못했다. 하연은 조계종 등 불교 7종파를 선교 양종(兩宗), 36본산으로 통합하고, 혁파된 절과 토지, 노비는 국가로 환수 조치하고 말았던 것이다.

뿐만 아니라 하연은 가장 매서운 수장 중에 한 명이었다. 그가 대사헌으로 있을 때 가장 많은 관원들이 감찰과 벌을 받았다. 회례사로 갔던 박희중도 사헌부의 탄핵을 면치 못했다. 세종은 회례사로 세운 공을 가상하게 여겨 품계를 올려주려고 했지만 사헌부는 제동을 걸었다. 왜국을 다녀온 박희중의 행실을 문제 삼았다.

전라도 진원(珍原, 현 장성) 출신 박희중이 회례사로 뽑힌 것은 그의 왜어 실력과 탁월한 서체 때문이었다. 왜어는 영암군수 시절 남해안으로 표류하여 정착해 사는 왜인들에게 배웠다는 설이 있었고, 바람처럼 걸림 없는 서체는 타고난 재능과 피나는 노력의 결과였다. 박희중은 특히 위에서 아래로 흘려 쓰는 초서에 능했으며, 당시에도 벌써 명필의 반열에 올라 있을 정도였다. 왜인들이 사신이 올 때 요구하는 사항 중 하나는 명필이나 화원이 오기를 바랐는데, 박희중도 그런 조건을 갖춘 사람이었다.

왜인들은 조선에서 온 사신들에게 얻은 글씨나 그림에 열광했다. 그만큼 왜국의 문화 수준이 조선보다 뒤떨어져 있기 때문이었다. 박희중도 왜국들의 성화에 못 이겨 시를 지어 남겼다. 이른바 「회례사로서 왜국에 머물며 읊조리다(以回禮使在日本吟)」라는, 왜국에서 느낀 소회를 표현한 담담하고 고졸한 시였다.

희우는 대관들이 차를 마시는 다시(茶時)에 이런저런 사건들을 저절로 듣게 되는 때가 많았다. 특히 불교 혁파에 관한 이야기는 희우를 긴장하게 만들었다. 그날도 대관들 사이에서 박희중을 탄핵하자는 이야기가 오갔는데, 이상하게도 희우는 자신의 일처럼 머릿속에서 지우지 못했다. 그래서 희우는 대관들이 사헌부를 비운 오후가 되었을 때 아버지처럼 의지하는 감찰 정현을 찾아가 조심스럽게 물었다.

"감찰 나리, 대관님들이 왜 소윤님을 벌해야 한다는 것이옵니까?"

소윤이란 회례사 박희중을 말했다. 세종은 박희중을 회례사로 마음에 두고 영암군수인 그를 내직인 전농시 소윤으로 불러 올렸던 것이다. 이는 임금의 명을 받은 사신으로서 격을 갖추기 위한 조처였다.

"왜국에서 당인(唐人, 중국인) 한 명을 데려오면서 지금까지 감사(監司)에게 보고하지 않은 것은 큰 잘못이지."

"쇤네가 이해하지 못한 것은 그게 아닙니다."

"무엇이냐?"

"왜국에 『대장경』 전체가 아닌 『화엄경』만 가져갔다는 것입니다. 이는 실수가 아니라 상을 줘야 할 일이 아닙니까?"

"그렇다. 비록 『대장경』을 가져가라는 전하의 명을 어겼다고 해도, 만약 그리했다면 참으로 다행한 일이다. 왜국 사신들이 해마다 건너와 달란다고 그때마다 『대장경』을 줘버리면 다음에는 무엇으로 그들을 달래겠느냐. 아마도 회례사는 전하의 마음을 읽고 그렇게 행동했을 것이다."

태종 때 세자들의 공부를 지도하는 서연관(書筵官)으로 일한 적이 있는 박희중이 세종의 속마음을 알고 어명을 어겼을 것이라는 감찰의 추측이었다. 박희중은 태종 때 세자 중에서도 총명한 충녕을 눈여겨보았을 것이고, 충녕은 훗날 왕이 되어 박희중의 인물됨을 알고 있었기 때문에 회례사로 임명했을 수도 있었다. 실제로 왜국 사신 범령(梵齡) 등은 박희중이 돌아온 뒤에 예물을 가지고 건너와서 『대장경』 전체 판본이 아닌 『화엄경』 판본만 보내주었다고 항의하며 떼를 썼다.

"『대장경』 말고도 회례사의 공은 또 있느니라."

"무엇이옵니까?"

"왜구들이 납치해 간 우리 어부들을 데리고 온 공이다. 풍랑에 표류해 간 어부들도 있겠지만 구주 총관을 힐난해서 데리고 온 것이다."

감찰은 사헌부에 오래 있었기 때문에 관리들의 자잘한 정보까지 상세하게 알고 있었다.

"뿐만 아니다. 회례사 선군(船軍) 한 명을 구타해 사망케 한 왜인 승려 두 명을 잡아왔다고 하는구나. 아마도 선군이 왜국 절에서 우리 사신들의 위세를 믿고 난동을 부린 것 같다. 오죽했으면 중이 나서서 매질을 했겠느냐?"

배를 젓는 노잡이와 사신을 호위하는 군사들을 선군이라 하는데 그들 중에는 막행막식하는 사람이 많았다. 심지어는 왜국에 도착하여 사신 일행에서 슬그머니 이탈하여 잠적해버린 선군도 있었다. 그렇게 말썽을 부린 선군은 반드시 체포하여 왜국 사신 편에 돌려보내는 것이 관례였다.

감찰도 박희중이 당인을 몰래 데리고 온 것은 잘못이라고 보았다.

"당인을 데리고 온 것도 잘못이고, 그랬으면 당연히 보고해야 했는데 몰래 집에 은신시키고 부려먹은 것도 잘못이다."

박희중이 당인을 데리고 온 이유는 간단했다. 중국어를 배우기 위해서였다. 왜어를 배워두어 회례사가 되었듯이 중국어를 할 줄 알게 되면 요긴하게 쓸 데가 있으리라고 믿었던 것이다. 또 박희중은 자신의 서체를 더욱더 갈고 다듬고자 명필이 허다한 명나라에도 가고 싶어 했던 것이다.

결국 사헌부 대관들은 회례사의 행실을 문제 삼아 박희중을 탄핵했다. 그러나 세종은 박희중의 공로와 과실을 견주어보고는 허락하지 않았다. 오히려 얼마 뒤 박희중이 명나라 사신 일행으로 갔다 온 뒤 정3품의 예문관 직제학으로 품계를 올려주었다.

성품이 강직한 박희중 역시 대관들에게 고개를 숙이지 않았다. 그런 성품 때문에 박희중은 내직에 있든 외직으로 나가든 오랫동안 대관들과 사사건건 부딪쳤다. 마침내는 남원부사로 내려가 있는 동안 대관들의 표적 수사를 받은 끝에 관직을 빼앗기고 향리인 진원으로 내려가 후학들을 가르치며 생을 마쳤다.

대장경 3

세종 6년(1424) 1월 1일.

왜국 사신 일행이 또 왔다. 이번에는 백삼십오 명으로 구성된 사신 일행이었다. 사신 우두머리는 조선에 온 적이 있는 승려 규주, 범령 등이었다. 세종이 즉위한 이후 규모가 가장 컸다. 조선 임금에게 바치는 방물도 다양했다. 침향, 백단, 단목(丹木), 후추, 감초, 곽향(藿香), 구리 등 온갖 진귀한 토산물들이었다. 그들이 방물을 바리바리 가져온 이유는 단 하나였다. 세종의 환심을 산 뒤에 해인사 장경각에 보관된 한자로 된 대장경판 전체를 가져가기 위해서였다.

사신 일행이 많을 때는 사신의 수뇌부만 인정전 안으로 들어가 세종을 알현했다. 도선주(都船主) 구준(久俊)과 사신 수뇌부를 수행한 무리는 조정 뜰에서 절을 한 뒤 대궐 밖에서 대기했다. 세종은 시도 때도 없이 한겨울에 찾아오는 왜국 사신들이 몹시 귀찮기도 했지만 내

색은 하지 않았다. 뼛속까지 파고드는 추위를 좋아할 사람은 아무도 없었다. 정사를 보는 인정전 안도 문틈으로 비집고 드는 삭풍 때문에 춥기 그지없었던 것이다. 그러나 세종은 왜국 사신에게 덕담을 먼저 건넸다.

"지난해에 고국으로 바닷길을 탈 없이 갔고, 이제 또 조선에 무사히 왔으니 내 몹시 기쁘오. 그대의 국왕이 나의 요청을 기다리지 않고 그대의 나라 여러 섬에 납치된 조선 사람들을 돌려보내 주니 기쁘기 그지없소."

"저희 임금님의 국서 속에 실려 있지 않는 자들은 회례사 박희중이 부탁하여 특별히 보낸 조선 사람들이옵니다."

왜왕의 국서에 납치되었다가 돌려보내는 자들의 명단이 있었지만, 그 밖에도 회례사가 구주나 대마도 등 왜국 지방을 지날 때 고을의 수령에게 부탁하여 데리고 온 조선 사람들도 있다는 말이었다. 왜국 사신들은 세종이 무엇을 말할 때 가장 기뻐하는지를 알고 있었다. 세종은 역대 어느 왕보다도 납치되었거나 표류했다가 돌아오는 조선 사람들의 소식을 들을 때 크게 흡족해했던 것이다. 기분이 좋아진 세종은 왜국 사신이 묻지 않았는데도 먼저 대장경 이야기를 꺼냈다.

"그대의 국왕이 요구한 대장경판은 우리나라에 오직 한 본밖에 없으므로 응하기 어렵소. 다만 『밀교대장경판』과 『주화엄경판(注華嚴經板)』과 한자 『대장경인쇄본』은 보내주려고 하오."

세종이 말한 『밀교대장경판』과 『주화엄경판』, 『대장경인쇄본』은 아주 귀한 것은 아니었다. 전국의 큰 사찰에는 고려 때부터 인연 따라 전해지고 있었다. 그러나 대장경판 전체는 해인사에 오직 한 본만 전해지고 있었다. 『초조대장경』 목판은 이미 고려 때 소실되고 없기 때문이었다.

"저희 임금님이 해마다 사신을 보내어 경을 청하는 것이 번거롭지 않을까 염려되옵니다. 하오나 한번 경판을 하사하시면 다시는 청구하는 일이 없을 것이옵니다. 다만 밀자(密字, 고대의 티베트 문자)나 범자는 저희 임금님이 해독하지 못하오니 한자본을 하사하신다면 저희 임금님이 진심으로 감사하고 기뻐할 것이옵니다. 더불어 사절로 온 신도 함께 더욱 영광스러울 것이옵니다."

그러나 세종은 지난해와 같이 한자본 대장경판이 한 본밖에 없다는 논리로 사신들의 요구를 거부했다.

"한자판은 조종조(祖宗朝, 태조)로부터 전하는 것이 한 본뿐이오. 만약 여러 본이 있다면 그대 국왕에게 굳이 주지 않으려는 마음이 있겠소."

"성상의 하교가 자상하시니 깊이 감사드리옵니다. 신들도 잘 헤아려서 저희 임금님께 잘 아뢰겠나이다."

그런데 이와 같은 규주의 대답은 거짓말이었다. 마음속으로는 오래전의 계책처럼 침략해서라도 해인사 대장경판 전체를 약탈하고 싶었다. 물론 그것은 불가능한 방법이었다. 세종이 즉위한 뒤부터는 조선과 왜국이 화친을 유지하는 사이로 발전했기 때문이었다.

어찌 보면 왜국 사신들은 세종에게 번번이 당해온 셈이었다. 대장경 전체를 달라고 하면 일부만 주거나, 동판을 달라고 하면 목판이 있음을 감추고 동판이 없다고 거절하거나, 조선 사람이나 왜국 사람이 볼 수 없는 『밀자대장경』이나 『범자대장경』을 주고 생색을 내왔으니 왜국 사신으로서는 조롱당하는 기분을 떨쳐버릴 수 없었다.

세종은 부글부글 끓고 있을 그들의 속마음을 훤히 읽고 있었다. 그런 까닭에 세종은 그들을 환대하도록 내관에게 지시했다.

"사신 규주와 부사 범령은 조선에 머무는 동안 육조의 조계청(朝啓廳)에서 음식을 후하게 대접하고, 나머지 객인들은 동랑과 서랑에서 대접하라."

조계청으로 안내받은 규주는 조선의 산해진미에 젓가락을 대지 않았다. 규주가 부사 범령에게 자조적으로 말했다.

"음식이 목에 넘어가지 않을 것 같소. 고국을 떠나올 때 이번에는 반드시 대장경판 전부를 가져온다고 임금님께 약속했거늘 지금으로서는 불가능하니 눈앞의 산해진미도 모래 같기만 하오."

"그렇습니다. 우리들이 온 까닭은 오로지 대장경판 전체를 구하려는 것이었습니다."

"우리들이 고국을 떠날 때 어소(御所)에서 아뢰기를 '만일 경판을 받들고 올 수 없을 때는 돌아오지 않겠다'고 하지 않았소? 허나 조선의 임금은 줄 듯 말 듯 하면서 우리들을 농락하고 있소."

"지난해에도 우리를 속였습니다. 해인사에 있는 대장경판 전체가 아닌 다른 절에 있는 경판 일부만 주고 말았습니다."

"해인사 대장경판을 얻지 못하고 돌아가면 임금님께 아뢴 대로 실천하지 못한 죄를 받을 것이니, 차라리 여기서 굶어 죽는 것이 어떠하겠소?"

범령은 사신 규주의 제의에 고개를 끄덕였다.

일주일 뒤, 며칠간 불던 칼바람이 예리한 날을 감추었다. 구경꾼들이 육조 거리에 있는 조계청 앞으로 모여들었다. 하늘은 오후가 되자 잿빛 장막을 거둬들이기 시작했다. 곧 해가 나타날 것 같은 날씨로 변했다. 조계청은 사헌부에서 가까운 거리에 있었다. 희우는 아전 구실아치를 따라 구경꾼들이 모여 있는 곳으로 갔다. 승려로 보이는 두 사람이 앞자리에 앉아 있고, 하나같이 대머리들이 그 두 사람을 호위하고 있었다. 그들 모두는 긴 자루를 뒤집어쓴 것 같은 헐렁한 옷을 입고 있었다. 반들거리는 머리와 바지를 입지 않은 우스꽝스러운 모습 때문에 구경꾼들의 시선을 끌었다.

"희우 처자, 저 왜인들은 단식하는 중이다."

"어머나!"

희우는 부끄러운 듯 고개를 돌렸다. 왜인들은 긴 저고리로 엉덩이를 겨우 가린 모습이었다. 사타구니는 띠 같은 천으로 둘둘 감겨 있었다.

"전하께서 대장경판을 주지 않겠다고 하시니 항의하고 있는 것이다."

구경꾼들이 점점 더 모여들었다. 희우는 사람들에게 밀려 왜인 바로 앞까지 갔다. 두 승려만 빼고는 조선 사람보다 키 작은 난쟁이들이었다. 허리에 찬 칼이 땅에 닿을 듯했다. 두 승려는 규주와 범령이었다.

"이들은 단식을 멈추지 않을 것이다."

한겨울이었으므로 굶어 죽기 전에 먼저 동사할지도 몰랐다. 사신이 얼어 죽는다면 그동안 왜국과 유지해온 화친이 하루아침에 깨질 수도 있었다. 규주 등이 단식한다는 보고를 받은 세종은 마냥 모른 체할 수 없었다. 하는 수 없이 일주일을 더 지켜본 뒤 윤인보를 그들에게 보냈다. 왜어에 능통한 윤인보는 그들을 달랬다.

"단식을 중단하시오. 전하께서 이미 『밀교대장경판』과 『주화엄경판』과 『대장경인쇄본』 한 부를 주신다고 하지 않았소. 회례사를 또다시 보낸다고 하시니 그때 요청할 것이 있으면 해도 되지 않겠소. 그러니 제발 단식을 멈추시오."

"죽기를 각오하고 단식한 일인데 이대로 물러설 수는 없소."

"어찌 줄 선물이 없겠소. 전하께서 『금자화엄경』 한 부를 더 준다고 했소."

"『금자화엄경』이라 했습니까?"

"조선에 있는 아주 희귀한 『금자화엄경』이오. 금으로 쓴 화엄경이란 말이오."

"금으로 화엄경을 썼다는 게 사실이오?"

"그렇소. 그대들의 국왕이 아주 좋아할 것이오."

그제야 규주가 마음을 돌려 말했다.

"회례사는 반드시 보내주어야 하오. 금자로 쓴 화엄경은 우리나라에서도 본래 소중하게 여기는 것이니 저희 임금님께서 반드시 기쁘게 여길 것입니다."

세종이 왜국 사신의 요구를 물리치고 해인사 대장경판을 지켰다는 이야기는 복천사로 내려갔다가 진관사에 들른 뒤 다시 홍천사 토굴에 와 있는 신미에게도 전해졌다. 신미는 세종이 있는 궁궐을 향해서 삼배를 했다. 그러고 나서 대장경판을 보관하고 있는 해인사를 향해서도 삼배를 했다.

3장

한글 창제의 산실 중 하나였던 흥천사

대자암

대자암은 왕실 원찰로서 세자나 대군, 왕족들이 개성으로 나들이 할 때 하룻밤 묵는 역참 같은 구실을 했다. 세종도 대군 시절부터 개성을 오갈 때 대자암을 들르곤 했다. 왕이 되어 임강으로 강무를 나갔다가 돌아올 때도 동생 성녕이 그리워서 대자암을 찾아가 잠시 머물렀던 것이다.

세종의 간청으로 함허는 대자암 법회에 몇 번 참여한 적이 있었다. 함허가 법사로 나서는 기간에는 세종은 어린 아들딸들까지 가마를 태워 보냈다. 세종 6년(1424) 여름에 열었던 법회 때도 마찬가지였다. 함허로서는 대자암 법석에 앉는 마지막 여름 법회였다. 함허는 여름 법회를 끝으로 대자암에 다시는 돌아올 계획이 없었던 것이다. 주역점에 조예가 깊은 함허는 자신이 입적할 해를 미리 짐작하고 있었다. 오십 대 초반이 된 함허는 길어야 칠팔 년 정도 더 살 것이라고 믿고 있었으므로 이제는 금생의 삶을 마무리해야 할 시기라고 판단하고 있었던 것이다. 남은 생은 임금의 부름에 연연하지 않고 희양산 봉암사 같은 깊은 산중의 산사로 들어가 못 다한 참선 공부를 마치고 싶었다.

함허는 그런 생각이 들어 신미를 대자암으로 불렀다. 사전에 일언반구도 없었던 뜻밖의 호출이었다. 당연히 신미는 스승 함허가 자신을 왜 부르는지 알지 못했다. 우리 글자의 실마리를 풀기 전에는 흥천사에서 한 발짝도 움직이지 말라고 엄명을 내린 바 있는 함허였던 것이다. 그러나 신미는 스승의 호출에 망설이지 않고 바랑을 챙겼다. 이슬비가 부슬부슬 오고 있었지만 지체하지 않았다. 신미는 역참 말구종 출신의 흥천사 노비를 따라 나섰다. 노비는 고양 역참에서 말구종을 오래 하여 경기도 지리에 밝았다.

신미는 대나무 삿갓에 도롱이를 걸쳤다. 노비 역시 거먹초립에 도롱이 차림으로 나섰다. 엉덩이까지 내려온 도롱이만 걸쳐도 이슬비 길을 걷는 데는 지장이 없었다. 노비들이 한겨울에 여름철을 대비해서 만든 볏짚과 왕골로 된 도롱이였다.

"스님, 비가 오니 한나절은 더 걸리겠습니다요."

"지름길이 있느냐?"

"있고말고요. 무학재를 넘어 개성 가는 길이 지름길입니다요."

"알았다. 서둘러 가자."

비구름이 삼각산 허리춤까지 내려와 있었다. 장대비가 쏟아질 것 같지는 않지만 완강하게 버티고 있는 비구름이 삼각산 너머로 물러갈 기세는 아니었다. 하루 종일 이슬비가 오락가락 내릴 것 같은 날씨였다. 그런데 대나무 삿갓만으로도 신미의 얼굴은 비 한 방울 젖지 않았다. 장삼 저고리도 마찬가지였다. 일종의 우장인 도롱이를 걸친 것만으로도 이슬비가 장삼 저고리에 스며들지 못했다.

"스님, 비 오는 날 꼭 떠나야만 합니까요?"

"미안하구나."

"저는 괜찮습니다요. 스님이 고생하시니까 그렇습죠."

"무학재를 넘어보기는 처음이구나."

"일이 생긴 겁니까요?"

"모르겠다. 허나 일 아닌 것이 어디 있겠느냐."

"재를 지냅니까요?"

"그건 아니다. 은사님께서 당부하실 말씀이 있으신 것 같다."

"홍천사를 떠나시는 것은 아니지요?"

"그런 일은 없을 것이다."

말수가 많아 노비들 사이에서 떠벌이라고 불리는 말구종이 곧 입을 다물었다. 신미는 다시 홍천사로 돌아올 생각을 하고 있었다. 어느 때부터인가 함허를 따라다니며 시봉하는 일은 접어두고 있었다. 함허가 원하지 않았을뿐더러 신미에게는 우리 글자의 실마리를 찾아보겠다는 서원이 있었던 것이다. 그러나 모든 일이 그러하듯 단초를 마련한다는 것은 결코 쉬운 일이 아니었다.

우리말, 특히 사투리를 소리 나는 대로 쓰는 데 한자로는 불가능했다. 또한 한자는 뜻글자인 데다, 글자만 몇천 자가 되기 때문에 백성들이 배우고 익히기가 어려웠다. 신라 때 한자에서 뜻과 소리를 빌린 암호 같은 이두가 있었지만 불편하기는 마찬가지였다. 그러니까 백성들이 쓰는 우리말을 소리 나는 대로 정확하게 옮길 수 있는 쉽고 간단한 우리 글자를 만들어야 했다.

그런데 그 일은 한강 백사장에서 바늘 하나 찾는 것만큼이나 어려웠다. 신미가 잘 아는 범자나 밀자, 그리고 파스파 문자(몽골 문자)는 소리 나는 대로 쓰는 소리글자이기는 하지만 글자 모양이 한자와 같이 복잡하여 백성들이 외우기 쉽지 않을 것이었고, 무엇보다 그 글자들은 우리 사정에 맞지 않는 남의 나라 글자였다. 우리 글자는 남녀노소 누구라도 대장경을 볼 수 있게끔 쉬워야 하는데 범자와 같은 모양이 된다면 차라리 오랫동안 눈에 익은 한자가 더 나을지도 몰랐다.

신미의 고민은 좀처럼 풀리지 않았다. 그렇다고 방법이 전혀 없는 것은 아니었다. 소리를 표기하는 데 있어서 범자의 자모(字母) 원리를 빌리되, 단순하여 쓰기 쉽고 빠르게 익힐 수 있는 우리 글자를 창안하면 되었다. 그것이 바로 세종과 신미가 꿈꾸는 조선의 글자였다. 그러나 신미의 생각은 거기에서 몇 달째 멈췄다. 자모의 글자를 만드는 데 단 한 치의 진전도 없었다. 세상천지에 없는 자모의 글자를 창안한다는 것이 결코 쉬운 일은 아니었다. 뿐만 아니라 창안한 글자가 누구에게나 이해될 수 있어야 했다. 글자의 의미와 원리를 명쾌하게 설명하지 못한다면 웃음거리가 되고 말 일이었다. 그러니 우리 글자를 만드는 일은 어느 날 홀연히 하늘에서 떨어지고 땅에서 솟아나는 것만큼이나 기적과 같은 일이었다.

신미는 말구종 노비의 말대로 한나절이 조금 지나서 대자암으로 들어가는 초입에 도착했다. 비는 여전히 부드럽게 속삭이듯 내렸다. 비에 젖은 삿갓과 도롱이의 무게가 비로소 느껴졌다. 장삼 저고리도 알게 모르게 젖었는지 군데군데 축축했다. 대자암 위로는 성녕대군의 묘가 하나 솟아 있고, 묘 좌우로는 산자락이 말굽처럼 감싸고 있었다.

"스님, 쇤네는 이만 돌아가겠습니다요."

"아니다. 비가 오니 하룻밤 쉬었다 가거라. 나와 같이 돌아가면 될 것이니라."

"원주스님께 오늘 간다고 말씀드렸습니다요."

"나와 같이 가면 아무 탈이 없을 것이다. 오늘은 배불리 먹고 푹 쉬거라."

신미는 돌돌돌 소리치며 흐르는 개울로 들어가 짚신과 황토 묻은 발을 씻었다. 말구종도 뒤따라 들어와 흙 묻은 바짓가랑이를 개울물에 헹구었다.

"스님, 요즘 무슨 공부를 하십니까요?"

"허허, 이놈이 별것을 다 묻는구나."

"대중들이 수군수군해서 묻습니다요."

"그래, 뭐라고 하더냐?"

"임금님께서 시키신 일을 하고 있다는 말도 있습죠."

"누가 그러더냐?"

"절 안에 도는 얘깁죠."

"다시는 입 밖에 내지 마라. 입을 재앙의 문이라고 하지 않더냐."

신미는 말구종에게 단단히 일렀다.

"다시 한 번 말하겠다. 다시는 그런 얘기를 하지 마라."

"네. 분부대로 하겠습니다요."

대자암은 생각보다 규모가 컸다. 성녕대군 신도비명(神道碑銘)을 조각한 주지 명호(明昊)를 비롯하여 승려들이 스무여 명이나 되었는데, 지계(持戒)에 철저하고 염불을 잘했으므로 다른 절의 승려보다 특별한 대접을 받았다. 세종 2년 여름에는 스물한 명이 역마를 타고 입궐하여 창덕궁 인정전 옆 누각인 광연루(廣延樓)로 올라가 구병 관음 정근(救病觀音精勤) 기도를 했던 것이다. 심신이 지칠 대로 지친 원경왕후가 학질에 걸린 지 두 달 만에 사경을 헤매고 있었기 때문이었다.

대자암에 딸린 노비는 백이십 명이었다. 노비들이 묵는 건물만 해도 여러 채였다. 원경왕후가 살아생전 두 번에 걸쳐 시주한 노비들이었는데, 그들은 주로 농사를 지었다. 농토는 태종과 세종이 하사한 땅이었고 대자암 초입부터 능 사이의 넓은 들판은 모두 대자암 소유였다. 태종이 오십 결, 세종이 백 결을 하사했던 것이다. 한 결이 이백 마지기 정도이니 백오십 결은 삼만 마지기나 되는 어마어마한 농토였다.

귀의

대자암 산문을 들어선 신미는 다소 놀랐다. 산문 앞에는 문지기 군사 두 명이 내리는 비를 피해 산문 지붕 아래 서 있었고, 무장한 한 무리의 군사들이 경계를 서는지 법당 처마 아래서 어슬렁거렸다. 법당 좌우로 동당과 서당이 있었는데, 서당 쪽은 아예 누구도 얼씬거리지 못하게 했다. 신미는 도롱이를 벗고 법당으로 곧장 들어가 삼배한 뒤 동당으로 갔다.

신미는 동당 작은 방 앞에서 말구종 노비와 함께 원주를 만났다.

"함허 스님을 뵈러 왔습니다."

"왕실의 귀한 분들을 만나고 계시니 여기서 잠시 기다리십시오."

젊은 원주는 짙은 눈썹 탓인지 강인한 인상이었다. 말할 때마다 눈썹이 벌레처럼 꿈틀거렸다.

"뉘시라고 말씀드릴까요?"

“신미라 합니다.”

“전해드리고 오겠습니다.”

“고맙습니다. 이자의 숙식을 부탁드립니다.”

“걱정하지 마십시오.”

원주는 노비를 데리고 갔고, 신미는 원주방에서 눈을 지그시 감았다. 낙숫물 소리가 가깝게 들렸다. 그때 문득 함허 스님이 왜 자신을 불렀을까 하는 생각이 다시 떠올랐다. 우리 글자의 실마리가 풀릴 때까지 홍천사에서 한 발짝도 움직이지 말라고 당부했던 함허 스님이었기 때문에 분명 자신을 부를 만한 특별한 이유가 있을 것이었다. 그런데 신미가 짐작하기로는 단 한 가지밖에 없었다. 우리 글자에 대한 함허 나름의 조언이 아닐까 싶었다. 스승 함허가 어떤 실마리를 풀어준다면 신미로서는 당장 살길이 생기는 셈이었다. 그만큼 신미는 사지에 빠진 것과 같이 진퇴양난의 처지였다. 우리 글자의 자음과 모음의 원리는 범자에서 참조할 터이지만 글자들의 미묘한 뜻이나 글꼴 같은 문제는 조금도 진전시키지 못하고 있었던 것이다.

잠시 후 신미는 원주의 안내로 함허가 주석하는 조실채로 갔다. 함허는 후원으로 가는 길목의 조실채에서 묵고 있었다. 조실채는 다른 건물보다 높았다. 신미는 가사를 수하고 함허에게 삼배를 올렸다. 함허는 예전과 달리 수염을 길게 기르고 있었다. 불자(拂子) 같은 흰 수염이 가슴까지 내려와 위의를 풍겼다.

“청안하셨사옵니까?”

“그동안 강화도 정수사를 왔다 갔다 했다. 절은 퇴락했으나 솟아나는 맑은 샘물이 아까워 중창했다.”

“정수사로 가실 것입니까?”

"중창을 했는데 다시 갈 일이 있겠느냐."

"대자암에 주석하시겠다는 말씀이군요."

"아니다. 만행을 더하다가 금생을 마칠 무렵이 되면 희양산 봉암사로 들어갈 것이다."

신미는 안부를 물으면서도 함허의 입에서 우리 글자에 대한 이야기가 나오기를 기다렸다. 그러나 함허는 끝내 수행에 관한 것만 이야기했다.

"홍천사는 요즘 참선 대중이 얼마나 되느냐?"

"선종의 본사로 지정된 이후 예전보다 더 많아졌습니다."

"너도 선방에 들어가느냐?"

"안거는 대중과 함께하지만 해제 기간인 산철에는 토굴에서 혼자 공부합니다."

"토굴에서 하는 공부는 진척이 있느냐?"

토굴 공부란 우리 글자를 궁구하는 것을 말했다. 신미는 사실대로 고백했다.

"단 한 걸음도 나아가지 못하고 있습니다."

"내가 예전에 말하지 않았더냐. 범자를 잘 배워두면 쓸 데가 있을 것이라고."

"어찌 잊어버릴 수가 있겠사옵니까? 복천사에 내려가서도 범자를 가지고 궁리했습니다."

"머리에 불이 떨어진 것같이 더욱 정진해라. 나는 우리말, 특히 우리 사투리와 범어가 한 뿌리라고 생각하는 사람이다."

"스님, 난생처음 들어보는 얘깁니다."

"호남이나 영남에서 올라온 중들의 말을 가만히 곱씹어보니 범어와 같지 뭐냐."

함허가 사투리를 예로 들었다. 아비, 아바이, 에미, 하나부지, 하나비, 머심(머슴), 거시기, 머시기(무엇), 아따, 그라고, 그랑께, 그라믄, 해부렀다, 떼브리제(떼어버리제), 쓰것다 등이었는데 신미로서도 흥미로웠다. 사투리가 아닌 말도 많았다. 님금, 사나이, 엄마, 언니, 택(宅, 집), 사(師, 스승), 수(壽, 목숨), 꼬마 등이었고, 오다, 가다, 먹다, 밝다, (장가)들다, 주리다, 씻다, -보다 등과 같이 범어와 우리말의 뿌리가 같은 말도 수없이 많았다.

"스님, 이는 무얼 말하는 것이옵니까?"

"동이족인 우리와 천축 사람들 조상이 수미산 어느 산자락에서 함께 살다가 각자의 인연 따라 옮겨 살았다는 증거지."

신미는 등골이 서늘해짐을 느꼈다. 한 번도 동이족이 어디선가 흘러왔다는 생각이나, 뿐만 아니라 같은 말을 쓰던 천축 사람들과 어디에선가 갈라져 집단으로 이동했다는 생각을 해본 적이 없었던 것이다.

'그렇다면.'

신미의 뇌리 속으로 한 생각이 전광석화처럼 스쳤다. 신미는 거의 소리를 지르다시피 말했다.

"놀랍습니다, 스님. 부처님도 동이족의 조상이라는 것이옵니까?"

"그렇다고 봐야지. 수미산에서 가까운 천축에서 태어나셨으니까 우리는 부처님의 현손(玄孫)의 현손이다."

그런데 함허는 우리말과 범어의 근본이 비슷하다고 말하면서도 딴청을 피웠다. 실제로 신미에게 하고 싶은 이야기는 다른 데 있는 듯했다. 이윽고 흥분을 가라앉힌 신미는 조급해지지 않을 수 없었다.

지금까지 함허가 한 이야기는 신미가 마음 졸이며 기다렸던 것과 겉돌았던 것이다. 신미는 화제를 돌렸다.

"현등사에 들르실 계획은 없으시옵니까? 그곳 대중이 스님을 기다리고 있다는 소문을 들었사옵니다."

"구름이 흘러가듯 앞으로는 그렇게 살 것이다."

"원래 운수납자(雲水衲子)가 아니시옵니까?"

"네 말이 맞다만 세상이 나를 놓아주지 않았다. 무상한 것이 부질없는 이름 아니더냐? 색(色)이 공(空)하다고 수만 번 들었고 또 그렇게 가르쳤건만, 허나 삶 자체가 집착덩어리인 색(色)이 아니더냐? 세속의 인연을 끊지 못한 채 나의 출가 인생은 흐르다가 멈추곤 했던 꼴이었지. 다행히 이제부터는 타의로 멈추는 일은 없을 것이다."

함허는 헛헛하게 미소를 지었다. 자신의 출가 인생을 수행자로서 온전하게 보내지 못했다는 자책을 미소로 흘려보냈다. 신미는 더 이상 참지 못했다. 함허가 부른 이유를 알고 싶었다.

"스님, 무슨 연유로 부르셨사옵니까?"

"너는 왜 불렀다고 생각했느냐?"

"우리 글자의 실마리를 주실 것으로 생각했사옵니다."

"그거라면 잘못 생각했다."

"다른 이유가 있다는 것이옵니까?"

"그렇다."

"무엇이옵니까?"

"이제 알게 될 것이다."

함허는 더 이상 말하지 않고 입을 다물어버렸다. 그런 뒤 입맛을 쩝쩝 다시고 나서는 갑자기 일어났다. 함허가 문을 열자 낙숫물 떨어지는 소리가 크게 났다. 아침부터 시작한 이슬비가 부드럽지만 완고하게 내리고 있었다. 암막새에서 떨어지는 낙숫물은 마치 투명한 수정을 꿴 발처럼 보였다. 신미는 함허를 뒤따라 나갔다. 함허는 마당을 가로질러 서당으로 갔다. 함허가 서당으로 가는데 경계를 선 병사들이 아무도 나서서 막지 않았다. 제지하기는커녕 오히려 두 손을 모으고 고개 숙이며 예를 표했다. 서당 토방에 놓인 함지박에서는 연이 꽃을 피우고 있었다. 가시가 소름처럼 돋은 대궁들 위에 붉은 홍련과 흰 백련이 얹혀 있었다. 연꽃에서는 갓난아기의 향이 났다.

함허가 방으로 들자, 쉬고 있던 어린 세자가 일어나 손짓으로 법상이 있는 자리를 함허에게 권했다. 세자 옆에는 왕자와 공주가 함께 있었다. 신미는 함허 옆에 두어 걸음 떨어져 앉았다. 함허가 말했다.

"소승은 전하의 성은을 입어 대자암 법석에서 여러 번 법문을 했습니다. 허나 오늘 이후부터는 소승의 법을 이은 제자가 저를 대신할 것이옵니다."

그러자 세자를 비롯하여 왕자들과 공주가 일어나 신미에게 삼배를 했다. 신미도 당황해하면서 맞절을 했다. 갑자기 일어난 일이었으므로 어리둥절하지 않을 수 없었다. 세자를 따라온 동궁 내시와 유모 상궁인 신빈 김씨도 놀란 채 지켜보기만 했다. 훗날 문종이 될 세자가 조신하게 한마디 했다.

"아바마마께서 대자암에 가거든 누구든 스승이 될 사람에게 반드시 삼배를 하라고 당부하셨습니다."

이때 세자는 열세 살, 수양은 열 살, 안평은 아홉 살, 정의공주는 열두 살이었다. 이 년 전 혹독한 마마에 걸려 죽은 세종의 첫딸인 정소 공주만 자리에 없는 셈이었다. 신미는 세자의 이야기를 듣고 나서야 다소 안심이 되었다. 삼배를 받고 난 뒤 용기를 내어 입을 열었다.

"어찌 소승이 세자 저하의 스승이 될 수 있겠사옵니까? 허나 자애로우신 전하의 명이 있었다 하오니 소승은 영광스러울 뿐이옵니다."

아무 말도 하지 않고 있던 수양이 당차게 소리 내어 웃으며 말했다.

"아바마마께서는 일찍이 어려운 일이 생기면 신미 대사를 의지하라고 말씀하셨습니다."

함허가 합장하며 말했다.

"이 일은 소승이 결정하지 않았습니다. 어찌 소승의 생각 하나로 세자 저하와 왕자님, 공주님의 귀의를 받겠습니까? 전하께서 부탁하셨습니다."

잘생긴 데다 재주가 많은 안평도 맞장구를 쳤다.

"아바마마께서 홍천사에는 귀의받아 마땅한 왕사가 될 분이 있다고 하셨습니다."

그날 밤 함허는 신미에게 지시를 또 하나 했다. 자신처럼 수염을 위엄 있게 기르라는 것이었다. 그래야만 도성 출입을 당당하게 할 수 있다고 말했다.

팔상도 1

여름철 과일들이 개다리소반에 놓여 있었다. 왕실에서 가져온 포도, 참외, 수박 등의 과일이었다. 그런데 세자 일행은 개다리소반에 놓인 과일을 먹는 시늉만 했다. 함허와 신미도 포도송이에서 포도알 한두 개만 먹었을 뿐 수박은 아예 입에 대지도 않았다. 세자와 왕자 등은 궁금한 것이 많은지 함허에게 이것저것 끊임없이 질문했다. 특히 나이보다 조숙한 수양이 진지했다.

"대사님, 부처님은 어느 나라 사람입니까?"

"천축에서 태어나신 분입니다."

"천축은 여기서 얼마나 멉니까?"

"명나라를 거쳐 걸어가는 데 수년이 걸리는 거리에 있습니다."

"바다로 가는 바닷길도 있습니까?"

"명나라 광주로 갔다가 그곳에서 배를 타고 가는 바닷길이 있습니다."

왕자 중에 가장 나이가 어린 안평은 가끔 곧 뒤로 넘어질 듯 자세가 흐트러졌다. 상궁은 걱정스러운 눈빛을 보이며 안평의 자세를 바로잡아 주곤 했다. 나중에는 세자까지 방 안의 분위기가 따분한지 함허에게 한마디 했다.

"대사님, 법당 벽에 그려진 그림은 무엇입니까?"

"팔상도라는 벽화입니다."

"누가 그렸습니까?"

"승려들이 그린 것입니다."

이번에는 정의공주가 말했다.

"대사님, 팔상도란 무엇을 그린 그림입니까?"

"팔상도란 부처님 일생을 여덟 단계로 나누어 그린 것입니다. 여기서 말씀드리기보다는, 밖에 비가 오고 있지만 직접 보시면서 얘기를 들으시면 좋을 것입니다."

은근히 밖으로 나가고 싶어 하던 세자가 손뼉을 쳤다.

"처마 밑에 서면 비를 맞지 않을 것이니 무슨 상관이 있겠습니까? 어서 빨리 밖으로 나가시지요."

수양도 거들었다.

"밖에서는 오늘 우리 형제들에게 삼배를 받은 신미 대사님의 말씀을 들어보고 싶습니다."

그러자 신미가 사양했다.

"소승 스승의 법문을 들으소서."

함허가 신미에게 말했다.

"아니다. 왕자님께서 너를 지목한 뜻이 있을 것이니라."

수양이 또 말했다.

"오늘 대사님은 우리 형님과 누님, 저와 동생의 스승이 되셨습니다. 그러니 우리 형제들이 알고 싶어 하는 것을 말씀해주셔야 합니다."

"말씀드려라. 더없이 좋은 기회다."

함허가 수양의 말에 맞장구치듯 신미에게 말했다.

"세자 저하께서 궁금해하신 팔상도를 말씀드리되 비가 오니 법당을 벗어나지 말거라."

"알겠습니다."

신미는 더는 사양하지 못했다. 그때 정의공주도 미소를 지으며 수줍게 말했다.

"저도 부처님이 어떤 분인지 무척 궁금합니다."

"소승이 아는 대로 소상하게 말씀드리겠습니다."

"그런데 부처님 일생을 왜 벽화로 그린 것입니까?"

정의공주도 왕자들 못지않게 물었다. 조심스럽게 질문할 때마다 두 눈이 반짝였다. 말투는 부드러웠지만 날카로운 데가 있었다.

"한자로 된 『팔상록(八相錄)』이 있습니다만 무지렁이 신도들이 읽지 못하므로 그림으로 알기 쉽게 그린 것입니다."

수양이 또 말했다.

"그렇다면 배우기 쉬운 우리 글자를 만들어 『팔상록』을 만들면 되지 않겠습니까?"

"지당하신 말씀입니다. 우리 글자를 만들면 『팔상록』뿐만 아니라 한자로 된 불경들까지 누구나 읽을 수 있을 것입니다."

신미는 내심 놀랐다. 나이 어린 수양이 자신의 관심사를 정확하게 꿰뚫었기 때문이었다. 수양은 대담한 근기와 핵심을 짚어내는 총명함을 동시에 가지고 있었다. 신미는 나이 어린 도반을 만난 듯 흡족했다. 우리 글자를 만드는 과정에서 수양과 의기투합할 수 있을 것 같았다.

비는 아침나절보다는 기세가 잦아들어 있었다. 그래도 가는 비가 오락가락했다. 그러고 보니 비는 신미가 세자와 수양, 안평, 정의공주를 만나게 해준 매개체나 다름없었다. 실제로 함허가 주재한 야단법석은 이틀 전에 끝났지만 비가 오는 바람에 세자 일행은 발이 묶여 있었던 것이다. 여름 감기를 걱정하는 소헌왕후가 내시와 상궁을 시켜 세자 일행의 입궐을 만류했기 때문이었다. 함허는 이와 같은 상황을 놓치지 않고 신미를 급히 불렀던 것이다.

서당(西堂)을 지키던 병사 무리가 이번에는 법당을 에워싸고 일반 신도들이 접근하는 것을 막았다. 함허는 법당까지만 세자 일행을 안내한 뒤 자신의 거처로 돌아갔다. 대신 대자암 주지 명호가 신미 옆을 지켰다. 신미는 세자 일행에게 팔상도를 설명하기 시작했다.

"이 벽화를 보십시오. 부처님께서 이 세상에 태어나시기 전 도솔천에 계신 모습입니다. 그래서 이 벽화를 도솔래의상(兜率來儀相)이라 합니다."

"무슨 뜻입니까?"

"도솔천에 계신 부처님께서 이 세상을 살펴보시는 모습입니다. 도솔천은 부처님이 될 보살들만 사는 것이 아니라 천인들도 살고 있는 곳입니다. 부처님도 도솔천에서는 호명보살이라고 불렸습니다. 하루는 천인들이 호명보살에게 세상의 중생들을 제도해달고 청합니다.

존귀하신 스승이시여,

당신이 십바라밀을 행하심은

제석천이나 마왕, 범천, 전륜왕의 영광을 위해 이룬 것이 아니옵고,

오직 저 세상의 모든 중생을 제도하고자

일체지(一切智)를 추구함으로써 이루신 것이옵니다

스승이시여,

바야흐로 부처님이 되기 위한 때가 왔나이다

존귀하신 스승이시여,

부처님이 될 때이나이다.

호명보살은 자신의 마음과 천인들의 마음이 같다는 것을 알고 기뻐했습니다. 그는 이때를 위해 십바라밀을 닦아왔던 것입니다."

수양이 벽화를 뚫어지게 보더니 말했다.

"바라밀이란 무엇입니까?"

"생사고해를 건너 열반에 이르는 방편을 바라밀이라고 합니다. 생사란 지금 숨 쉬는 순간부터 인생이 끝나는 죽음까지를 말합니다. 이를 일기생사(一期生死)라 합니다. 또한, 숨 쉬는 호흡지간을 말하기도 합니다. 또한, 한 생각이 일어나서 한 생각이 스러지는 찰나를 말하기도 합니다. 이를 찰나생사(刹那生死)라 합니다. 번뇌 망상을 일으켜서 그 번뇌 망상이 또 다른 번뇌 망상을 낳아 반복해서 이어진다면 이는 살아 있어도 산 것이 아닙니다. 죽은 사람입니다. 저승에 가 있고, 지옥에 가 있는 것입니다. 하지만 번뇌 망상이 끊어져 맑게 깨어

있다면, 이는 마음이 평안하여 극락에 가 있는 것이나 다름없습니다.

윤회란 어느 한 생이 죽어 다른 생으로 가는 것을 말하기도 하지만 번뇌 망상이 순간순간 이어지는 것을 말하기도 합니다. 하지만 세상 모든 것이 공(空)하다고 깊이 깨달을 때 번뇌 망상이 사라지니 이를 해탈이라고 합니다. 걸림이 없어지는 경지입니다. 『반야심경』에서 보듯 '관자재보살(觀自在菩薩)이 바라밀(波羅密)을 행할 때 오온(五蘊)이 공(空)임을 알게 된다'와 같은 경지를 해탈이라고 합니다.

이제부터는 왕자님께서 궁금해하시는 십바라밀을 말씀드리겠습니다. 보살이 되고자 닦는 보시, 지계, 인욕, 정진, 선정, 지혜 등이 육바라밀이고, 나머지 사바라밀은 육바라밀을 닦은 보살이 세상의 모든 중생을 제도하기 위해 닦는 바라밀입니다. 방편바라밀, 원(願)바라밀, 삿된 것을 깨트리는 역(力)바라밀, 일체법을 알아버리는 지(智)바라밀 등입니다."

신미의 말은 물 흐르듯 막힘이 없었다. 수양은 물론이고 세자와 안평, 정의공주는 단번에 신미의 매력에 푹 빠졌다. 그들은 신미가 이야기를 하는 동안 꼼짝도 않고 귀를 기울였다. 신미 역시 그러한 세자 일행에게 감동하여 정성을 다해 말했다.

"천인들의 청을 받은 호명보살은 태어날 시기와 장소, 신분을 생각합니다. 시기를 생각한 까닭은 세상이 너무 안락할 때는 신앙심이 생겨나지 않고, 세상이 너무 타락하면 신앙심이 메말라 있기 때문이었습니다. 장소는 상업이 발달한 도시보다는 순박한 사람들이 농사짓는 천축의 카필라성을 택합니다. 신분은 단순하여 믿음이 강한 무사 귀족 계급을 택합니다. 모든 제사를 주관하는 바라문은 믿음에 대한 아집과 편견이 심한 계급이었기 때문에 택하지 않았습니다. 이러한 선택은 보살이 단독으로 결정한 것이 아니고 여러 천인들의 의견을 듣고 결정했습니다. 심지어 보살은 어느 왕비의 몸을 빌려 태어날 것인지도 천인들의 의견을 들었습니다. 결국 지혜가 뛰어나고 자비로운 카필라성의 마야부인을 택했습니다. 보살은 마야부인의 태로 들어가기 전에 마지막으로 설법했습니다. 미륵보살에게 말세가 되면 지상으로 내려와 보살 자신이 제도하지 못한 중생들을 제도하라고 당부했던 것입니다.

부처님의 탄생은 천인들의 간청도 있었지만 무엇보다 부처님 자신의 원력(願力)으로 태어난 것을 잊지 말아야 합니다. 우리 중생과 다른 점입니다. 우리 중생은 자신의 원력으로 태어나지 않습니다. 부모님의 기도로 태어나기는 하지만 해탈한 몸이 아니기 때문에 자신의 원력이 미치지 못합니다."

수양은 부처님이 태어나기 전에 어디에 살았고, 무슨 바라밀을 닦았고, 어느 시기, 어떤 장소와 신분으로 태어나려 했는지를 알고는 몹시 감동한 표정을 지었다. 얼굴은 이미 잘 익은 자두처럼 붉게 상기되어 있었다. 바라밀을 닦아 보살이 되면 자신의 몸을 자유자재로 태어나게 한다는 사실이 놀랍고 신기했다.

팔상도 2

팔상도를 보면서 법문하는 신미의 태도는 열정적이었다. 수년 전에 세종의 마음을 염불로 사로잡았던 것처럼 세자 일행은 부처님의 일생을 절절하게 이야기하는 신미의 법문에 귀를 기울였다. 신미의 목소리는 대나무 구멍을 울리는 대금처럼 낭랑했다. 북을 치지 않았는데도 대자암 대중들이 법당 토방 아래로 모여들었다. 대중들은 가랑비를 맞으며 신미가 법문하는 내내 합장했다. 병사들도 끝내는 세자 일행과 대자암 대중들을 분리시키지 못했다. 젊은 신미가 야단법석을 주재하는 듯 분위기가 바뀌어버렸던 것이다.

신미는 세자 일행에게 정성을 다해 말했다. 마치 그들 중에 누군가를 출가시키겠다는 간절한 마음으로 법문했다. 세자 일행 중에서 신미의 법문에 가장 매료된 자는 수양이었다. 수양은 싯다르타 태자가 태어난 지 칠 일 만에 어머니 마야부인이 죽는다는 이야기를 듣자 눈물을 보였다. 두 눈가에 눈물이 그렁그렁 맺혔다. 신미는 일부러 수양의 시선을 피했다. 수양은 대중들에게 자신의 눈물을 보이지 않으려고 애쓰고 있었다.

"세자 저하께서는 지금까지 싯다르타 태자가 룸비니 동산에서 태어나는 이야기를 들으셨습니다. 이제부터는 출가 전까지의 이야기를 하겠습니다. 태자는 카필라성에서 유년기와 청년기를 보내는데 보통 사람과 다른 모습을 보이기 시작합니다. 전륜성왕의 모습보다는 부처님의 모습을 보였던 것입니다. 그러니 자신의 왕위를 물려받기를 원하는 아버지 정반왕은 불안할 수밖에 없었습니다."

신미는 세자 일행에게 팔상도 가운데 태자가 룸비니 동산에서 탄생하는 모습을 그린 비람강생상(毘藍降生相)에 이어, 사문유관상(四門遊觀相) 벽화 앞에서는 태자가 열두 살 때 참여한 카필라성의 국가적인 행사인 농경제를 이야기했다. 농경제란 왕이 성 밖으로 나와 몸소 농사일을 시현하며 백성들에게 농업을 장려하는 풍속이었다.

정반왕은 나무 쟁기로 아지랑이가 피어오르는 밭을 일구었다. 그런데 정반왕이 쟁기질하는 순간 태자의 얼굴은 갑자기 어두워졌다. 쟁기질로 뒤집힌 흙 속에서 벌레 한 마리가 꼬물거리고 있었는데, 어디선가 나타난 새가 날렵하게 벌레를 물고 날아갔다. 태자는 그 광경을 보고 난 뒤부터 우울한 표정이 되었다.

'왜 저 새는 벌레를 죽여야만 할까. 왜 저 새는 자신의 행복을 위해 벌레를 불행하게 만드는 걸까.'

'왜 강자는 약자를 먹이로 삼을까.'

이윽고 태자는 카필라성 백성의 문제로 비약했다.

'왜 왕족은 천민을 무시하고 아무렇게나 대할까.'

정반왕이 쟁기질을 끝내자 왕족들은 박수를 쳤고 백성들은 함성을 질렀다. 그러나 태자의 귀에는 아무 소리도 들리지 않았다. 이윽고 농경제의 마지막 순서가 진행되었다. 음식을 산더미처럼 쌓아놓고 카필라성 백성이면 누구나 배불리 먹는 순서였다. 생각에 잠긴 태자는 음식을 먹지 않고 염부수 그늘로 갔다. 난생처음으로 석양이 기울 때까지 삼매와 같은 정관(靜觀)에 들었다.

"세자 저하, 정반왕은 염부수 그늘에 앉아 있는 태자를 보고 걱정이 앞섰습니다. 태자가 태어났을 때 찾아온 아시타 선인(仙人)이 '태자님은 부처님이 되실 분'이라고 예언했던 말이 떠올랐던 것입니다. 정반왕은 '아들아, 너는 화려한 왕궁보다 성 밖의 염부수 그늘이 더 어울리는구나. 나는 그것이 슬프고 두렵구나.' 하고 불길한 생각에 빠집니다."

신미는 태자를 바라보는 정반왕의 고민과 불안을 이야기했다. 정반왕을 불안하게 하는 고민거리는 태자가 자신의 왕위를 물려받아 전륜성왕이 되지 않고 출가하여 부처님이 되는 것이었다. 이윽고 정반왕은 태자를 왕궁에 묶어둘 방법을 궁리하고 찾았다. 정반왕의 결론은 서둘러 태자비를 구해 강제로라도 결혼시키는 일이었다. 정반왕은 세 명의 태자비를 구했다. 그 가운데 두 번째가 아쇼다라였다. 아쇼다라는 데바다하성 선각왕의 딸로 자존심이 아주 강했다. 태자의 어머니 마야부인의 친정아버지도 데바다하성의 왕이었으므로 아쇼다라는 외사촌동생뻘이었다. 정반왕은 태자가 세 명의 부인을 데리고 살 수 있도록 세 채의 궁을 지어주었다. 그런데도 태자는 마음 한구석이 허전했다. 태자궁에는 궁녀와 술과 음악이 있었지만 태자는 행복하지 않았다. 결국 태자는 왕궁 밖의 세상으로 눈을 돌렸다.

태자는 정반왕의 마음을 헤아리지 않고 네 번이나 동남서북의 성문을 나갔다. 성문을 나갈 때마다 인생의 덧없음을 절감했다.

"첫 번째로 태자는 동문으로 나갑니다. 태자는 동문 밖에서 뼈만 앙상한 노인을 만납니다. 태자는 성 안으로 돌아와서 '사람은 저렇게 늙어가는 존재인가. 늙어가는 괴로움에서 벗어나는 길은 없는 것일까.' 하고 번민합니다.

두 번째로 태자는 남문으로 나갑니다. 태자는 남문 밖에서 병고에 시달리는 환자를 만납니다. 세 번째로 서문으로 나갑니다. 서문 밖에서는 죽은 시신을 두고 슬피 우는 가족을 만납니다. 이로써 태자는 생로병사를 다 보게 됩니다. 마지막으로 태자는 북문을 나갑니다. 북문 밖에서는 황색 가사를 걸친 수행자를 만납니다. 태자는 조용하게 걸어오는 수행자에게 존경심이 절로 들어 '사문이시여, 출가에는 어떤 이로움이 있습니까.' 하고 물어봅니다. 그러자 수행자가 '저는 일찍이 생로병사를 겪어보고 삶이 덧없다는 것을 알았습니다. 그래서 가족의 곁을 떠나 고요한 곳에서 수행해왔습니다. 수행은 맑고 성스러운 길입니다. 세간의 더러움에 물들지 않고 영원히 해탈할 수 있습니다. 이것이 출가의 이로움입니다. 순간 태자는 마음속으로 '이 길이야말로 내가 찾던 길이다.' 하고 작심합니다."

마침내 태자는 출가를 결행했다. 태자의 출가 모습은 팔상도 중에서 유성출가상(踰城出家相)에 그려져 있었다. 백마를 탄 태자는 카필라성 동남쪽 성벽을 단숨에 뛰어넘었다.

"벌레 한 마리에도 연민을 느낀 태자였지만, 그렇다고 해서 태자가 여리고 허약했을 거라고 생각하면 큰 오산입니다. 태자는 코끼리를 들어 던질 정도로 아주 힘이 셌습니다. 또 화살을 쏘면 누구보다도 멀리 날아갔고, 말을 타고 성을 훌쩍 넘어갈 정도로 날렵했습니다. 태자는 성을 뛰어넘으면서 다짐합니다.

나는 하늘에 태어나기를 원치 않는다
많은 중생이 삶과 죽음의 고통 속에 있지 아니한가
나는 이를 구제하기 위해 집을 나가는 것이니
위없는 깨달음을 얻기 전에는 결코 돌아오지 않으리.

태자는 백마를 타고 밤새 동쪽으로 가다가 숲 속 길에서 마부와 헤어집니다. 그때 태자는 '여기가 바로 내가 세속이라는 새장에서 나올 수 있는 곳이고, 가족이라는 속박에서 떠날 수 있는 곳이며, 말을 버릴 수 있는 곳이구나.'라고 말하며 마부에게 자신의 모자와 옷에 붙은 보석을 떼어주며 부왕과 아내 아쇼다라에게 전해주라고 합니다. 태자는 곧 그곳에서 고행하는 수행자들을 만납니다."

자신의 육체를 학대하는 수행자 무리들은 고행과 기행을 일삼았다. 거꾸로 물구나무를 서거나, 나뭇가지나 풀을 먹거나, 흙이나 쇠똥을 먹거나, 날카로운 가시 위에 앉아 고통을 참고 있거나 했다. 태자는 고행하는 수행자들을 이해할 수 없어 그들 곁을 떠났다. 이번에는 양을 죽여 제사 지내는 수행자들을 만났다. 태자는 다음 생에 복을 받기 위해 제사를 지낸다는 그들 곁도 떠났다. 이윽고 삼백 명의 제자를 거느린 첫 스승을 만났다. 그는 열여섯 살에 출가하여 백이십 살이 된, 무념무상의 고요한 경지까지 오른 수행자였다. 태자는 제자가 되어 스승의 경지까지 올랐지만 만족할 수 없었다. 무엇에도 집착하지 않는 무소유처까지는 도달했으나 태자가 얻고 싶은 생사의 괴로움으로부터 해탈하는 경지는 아니었기 때문이었다. 태자는 자신의 교단을 함께 이끌자는 첫 스승의 제의를 거절했다. 태자는 다시 스승을 찾아 길을 떠났다.

신미의 법문은 계속되었다. 팔상도 중에서 육 년간 유영굴에서 극단적으로 고행하는 설산수도상(雪山修道相), 마왕의 항복을 받고 위없는 깨달음을 얻는 수하항마상(樹下降魔相), 다섯 비구들에게 설법하는 녹원전법상(鹿苑轉法相), 마침내 열반에 드는 쌍림열반상(雙林涅槃相)까지, 신미는 부처님의 거룩한 일생을 눈앞에 펼치듯 생생하게, 때로는 어두운 마음을 상쾌하게 밝혀주는 폭포수처럼 법문했다.

그날 밤, 법당 불단의 밀랍 불마저 꺼지자 대자암은 검은 장막 같은 어둠 속으로 빠져들었다. 가랑비는 그쳤지만 축축한 남풍이 꿈결인 듯 살짝살짝 불어왔다. 대자암 처마에 달린 풍경이 댕그랑댕그랑 소리를 냈다. 자정이 넘자 홀연히 나타난 사람 하나가 팔상도 벽화 앞에서 서성였다. 신미에게 가장 많은 질문을 던졌던 수양이었다. 수양은 잠을 이루지 못하고 팔상도 벽화 앞에 서 있었다. 수양은 쌍림열반상에 그려진 부처님을 보면서 자신도 모르게 눈물을 흘리고 있었다. 위없는 깨달음을 얻었다는 부처님도 죽음에 이를 수밖에 없다는 사실이 어린 수양을 슬프게 했던 것이다.

집현전 학사

세종이 즉위한 지 19년(1437)이 되는 초가을이었다. 세종의 침전 지붕 용머리 너머로 보름달이 떠올랐다. 세종은 장번내시가 등 뒤로 다가온 줄도 모르고 한동안 보름달을 쳐다보고 있었다. 달무리가 진 보름달 옆으로 기러기 떼가 날아가고 있었다. 세종은 뒷짐을 풀고 목을 움츠렸다. 목덜미에 느껴지는 밤이슬의 기운이 차가웠다. 궁궐 밖에서는 이따금 개 짖는 소리가 아련하게 들려왔다. 세종이 기침을 토해내자, 허리를 잔뜩 구부리고 서 있던 내시가 참지 못하고 말했다.

"전하, 옥체를 보전하소서. 병환이 나시면 큰일이옵니다."

"신미 생각이 나서 달을 보고 있는 것이다."

세종은 신미에게 내린 지시가 어느 정도 진전되었는지 궁금했다. 신미에게 내린 지시란 비밀리에 우리 글자를 만드는 일이었다.

"신미 대사는 대자암에 있지 않사옵니까?"

"궁에서 가까운 흥천사에 있다면 당장이라도 불러들이겠으나 대자암에 있으니 그럴 수도 없구나."

신미는 함허가 대자암을 떠난 이후 세자와 왕자들의 스승이 되어 대자암에 머물고 있었다. 대자암 주지 명호는 주로 도량을 정비하는 사판의 일을 보았고, 신미는 왕실의 원찰인 대자암에서 왕사에 준하는 예우를 받으며 머물고 있었던 것이다.

"지금 신미 대사를 부를 만한 일이 있사옵니까?"

"과인은 종종 신미를 만나 은밀하게 추진하는 일이 있느니라."

"전하, 나랏일이옵니까?"

"천추만대 백성을 위한 일이지."

세종은 내시에게 더 이상 자세하게 말하지 않았다. 침전에는 이미 세종의 부름을 받은 신빈 김씨가 잠자리를 지키고 있었다. 신빈 김씨는 세종 즉위년에 열세 살의 나이로 여종 신분에서 궁녀가 되어 왕비 소헌왕후 심씨의 지밀나인으로 들어왔다가 수양의 애기업개 노릇을 했다. 그런데 어느 날부터 세종의 총애를 받더니 스물두 살에 첫아들 계양군 이증을, 이후 한두 살 터울로 둘째 아들 의창군 이공을, 셋째 아들 밀성군 이침을, 익현군 이곤을, 영해군 이당을, 서른네 살에 여섯째 아들 담양군 이거를 낳고 귀인에서 빈으로 책봉되었다.

"전하, 침전에는 신빈마마께서 기다리고 계시옵니다."

"오늘 밤은 아니다. 신빈은 돌아가도록 전하라."

세종은 신빈을 불렀으나 무슨 생각에선지 물리쳤다. 그러고는 종종걸음으로 침전을 다녀온 내시에게 말했다.

"수양과 안평을 불러오도록 해라."

"전하, 오늘은 침전에 드시고 내일 부르시옵소서."

내시는 간헐적으로 기침을 하는 세종의 건강이 걱정되어 만류했다. 그러나 세종은 내시를 다그쳤다.

"세자는 궐 밖에 나갔느니라. 그러니 수양과 안평만 부르라는 것이다."

내시는 즉시 금위대장을 찾아가 세종의 명을 전했다. 달빛이 마당으로 내려선 세종의 얼굴에 비쳤다. 이제 갓 마흔이 넘은 세종이었다. 그러나 달빛에 드러난 세종의 얼굴은 중늙은이 같았다. 벌써부터 이마에 주름살이 생길 정도였다. 뿐만 아니라 늙은 신하들과 날마다 정사를 논하다 보니 말투나 몸짓까지 그들을 닮아가고 있는 중이었다.

보름달 달빛이 침전 마당에 한 켜 한 켜 재였다. 달빛이 내린 모래마당은 사금처럼 반짝였다. 수양과 안평은 달빛이 침전의 처마 깊숙이 파고드는 이경 무렵에 왔다. 두 식경이 지난 시각이었다. 금위대장이 비상 연락망을 가동하여 빠르게 조치했기 때문이었다. 침전으로 들어온 수양이 변성기를 지난 청년의 목소리를 냈다.

"아바마마."

"아직 자지 않고 있었구나."

"신미 대사께서 주신 과제를 외고 있었사옵니다."

"무슨 숙제이더냐?"

"범자의 자음과 모음을 외는 일이옵니다."

"안평은 무얼 하고 있었느냐?"

"저도 수양 형님과 마찬가지로 범자를 외고 있었사옵니다."

수양이 물었다.

"아바마마, 이 밤에 주무시지 않고 왜 부르셨는지 궁금하옵니다."

"신미가 대자암에 가 있으니 만날 수가 없구나."

"홍천사에 다시 오라시면 되지 않습니까?"

"홍천사에 오더라도 헌부의 눈들이 있어 그렇다. 헌부의 관원들이 승려의 궁중 출입을 탐탁지 않게 여기기 때문이다."

사헌부의 수장인 대사헌이나 백성들의 공물을 수탈했다고 파면되었다가 좌사간으로 복직한 유계문 등이 특히 더욱 심했다. 배불(排佛)에 앞장선 유계문은 성균관 유생들을 시켜서 상소를 올리도록 부추기기도 했다.

"아바마마, 헌부에도 불자 신하가 있어야 합니다."

안평 역시 변성기를 지난 저음의 목소리를 냈다.

"이유가 무엇이냐?"

"헌부에 불자 신하가 있으면 함부로 아무 데서나 신미 대사 같은 승려들을 모함하지 못할 것이옵니다."

"좋은 생각이다. 그렇다면 신하 중에 석교(釋敎)를 믿는 자가 누구이더냐?"

안평은 잠시 생각에 잠겼다. 안평은 불자 신하 중에서 먼저 정효강(鄭孝康)을 떠올렸다. 정효강은 신미를 존경하여 대자암을 자주 찾는 신하 중 한 사람이었다. 그 이전에는 죽은 성녕대군 사저에서 금자불경을 발간하기 위해 금을 녹일 때 감독관이었던 정효강을 여러 번 만나보았던 것이다.

"아바마마, 석교를 돈독하게 믿는 신하가 있사옵니다."

"누구이더냐?"

"성녕대군 사저에서 불경을 만들 때부터 보았고, 대자암을 자주 찾아가 신미 대사의 법문을 듣는 정효강이옵니다."

"그렇다면 네 말대로 효강이를 당장 헌부로 보내야겠구나."

세종은 잠자코 말이 없는 수양에게도 물었다.

"수양의 생각은 어떠한가?"

"동생의 제안에 놀랐습니다. 이왕 그러시다면 성균관 유생 중에도 눈여겨볼 만한 인재가 있사옵니다."

"말해보아라."

"신미 대사의 동생인 김수온(金守溫)이란 자이옵니다. 유가의 경전은 물론 불경 등에도 조예가 깊사옵니다. 신미 대사를 뵈러 갔다가 대자암에서 보았습니다만 불경에 대해서 막힘없이 얘기하는 것을 보고 심히 감동한 적이 있사옵니다."

"알겠다. 오늘 밤에 너희를 부른 것은 우리 글자를 만드는 데 도무지 진전이 없기 때문이다. 이럴 때 신미라도 자주 만나 의논하면 좋으련만 헌부의 눈들이 지켜보고 있으니 그럴 수도 없지 않느냐?"

"아바마마, 신미 대사를 집현전 학사로 제수하면 될 것이옵니다. 학사가 되면 궁궐을 자유롭게 출입할 수 있을 것이고, 유신(儒臣)들도 어찌할 수 없을 것이옵니다."

"오, 그렇구나! 수양, 네 말대로 하겠다."

세종은 크게 만족했다. 과거시험으로 검증받은 수재들인 집현전 학사들의 시비와 질시가 있다 할지라도 신미가 처세하기 나름일 것이었다. 비록 승려일지라도 유가 경전에 해박하고 범자, 밀자 등의 글자에 달통한 신미를 그들도 무시하지는 못할 터였다.

다음 날, 세종은 조회가 끝나고 신하들 중에서 정3품인 집현전 부제학 최만리(崔萬理)만 남게 했다. 집현전 학사들이 가장 존경하는 사람이 최만리였고, 신미를 학사로 제수하려면 집현전에서만 십칠 년 동안이나 자리를 지킨 터줏대감 최만리의 협조가 필수적이기 때문이었다. 그런데 최만리는 뜻밖에도 세종의 명을 고분고분하게 받아들였다. 신미가 집현전에 상근하는 벼슬을 받은 것도 아니고 학사들의 자문이 있을 때만 응하기로 제한했기 때문이었다. 그때까지도 최만리는 세종이 신미와 함께 우리 글자를 만들기 위해 궁궐 출입을 자유롭게 하고자 학사로 임명한다는 사실을 모르고 있었다.

음모

세종은 안평의 건의를 받아들였다. 세종은 한가윗날 종묘 제사를 지내고 나서 바로 불자 신하인 정효강을 사헌부 지평으로 제수해 보냈다. 그리고 하연 뒤를 이어 불교 혁파에 앞장섰던 대사헌 유계문을 한성부윤으로 보냈다. 이와 같은 인사(人事)를 가장 반긴 사람은 감찰 정현이었다. 정현은 다시청에서 차설거지를 하고 있는 희우를 불러냈다.

"희우야, 앞으로 헌부에 변화가 올 것 같다."

"무슨 일이옵니까?"

희우가 미간을 찡그렸다. 가을바람에 날아온 낙엽이 희우의 머리에 붙었다 떨어졌다. 바람이 불 때마다 낙엽이 그녀의 눈앞에서 나뒹굴었다.

"전하께서 헌부에 불자 신하인 정효강을, 또 대사헌 나리를 한성부

윤으로 보냈지 뭐냐."

대사헌은 유계문이었다. 그는 사간원 관리 시절부터 줄곧 드세게 불교 혁파를 주장해온 사람이었던 것이다.

"지평 나리는 어떤 분이옵니까?"

"안평대군께서 어렸을 때 시강관으로서 글을 가르친 사람이지. 안평대군께서 정효강을 헌부로 보내달라고 임금님께 말씀드렸다는 소문이 궐내에 자자하다. 그러니 정 지평은 안평대군의 복심(腹心)이라고 할 수 있어."

그러나 사헌부나 사간원의 관리들이 세종이나 안평의 의도대로 움직이지는 않았다. 여전히 불교 혁파를 주장했다. 더구나 좌찬성 신개의 강력한 추천으로 권자홍(權自弘)이 사헌부 지평으로 왔고, 사간원은 서성(徐省)과 임종선(任從善)을 좌사간, 우사간으로 채웠던 것이다. 권자홍이나 서성, 임종선 역시 성리학을 신봉하는 사람들이었으니 어찌 보면 유신들로 더 강화되고 만 셈이었다. 결과적으로 정효강만 사헌부와 사간원의 대간들 사이에서 따돌림을 당하는 악수(惡手)가 되고 말았다.

대간들은 하나같이 정효강을 비웃고 손가락질했다.

"부처에게 아첨하는 효강은 성질이 편협하고 간사하여 맑고 깨끗한 체하면서 안으로는 탐욕을 품어 불사(佛事)를 빙자하여 대군들에게 어여삐 보이기를 구하고, 항상 간승 신미를 칭송하며 집에 사사로이 절을 지어 기도하고 승복 차림으로 거리를 활보하는 불씨(佛氏)의 무리라네."

이미 불자가 된 수양이나 안평에게 인정받으려 하고 요망한 중 신미를 우러러 흠모한다는 비아냥거림이었다. 그러나 일부 대간들의 모욕적인 언행은 수양이나 안평과 친교를 맺고 싶어도 그러지 못하는 열패감의 발로이기도 했다.

희우가 걱정스럽게 말했다.

"제 소견으로는 헌부의 수장이 불자 신하라 하더라도 어쩌지 못할 것 같사옵니다."

"물론 그렇게도 생각할 수 있지."

"사헌부와 사간원 모든 나리들이 유신들로 똘똘 뭉쳐 있으니 그렇사옵니다."

"희우 말이 옳다만 그래도 정 지평이 임금님께 직언할 수 있는 자리로 왔으니 조금은 나아지지 않겠느냐."

정현은 희우의 말을 수긍하면서도 한 가닥 기대를 버리지는 못했다. 정효강을 통해서 세종의 속마음을 알 수 있고, 또 위로받을 수 있을 것 같기 때문이었다.

정현은 또 희우에게 신미의 소식을 전해주었다.

"아주 기쁜 소식이 있다."

"나리, 무엇이옵니까?"

"신미 대사께서 집현전 학사가 되셨다. 전하께서는 말 한 마리도 하사하셨다고 하는구나."

희우는 신미의 소식을 듣자마자 얼굴이 붉어졌다. 정현이 갑자기 안색이 변한 희우의 얼굴을 보고 한마디 했다.

"하하, 마치 신미 대사를 사모하는 것 같구나."

"이제 대사님께서는 궁궐을 자유롭게 드나드실 수 있겠사옵니다."

"전하의 명을 받는 신하가 되었으니 당연하지."

비록 왕사에 준하는 예우를 받는다고 하더라도 그것은 왕실 종친들에게만 국한할 뿐이었다. 그러나 신하가 된다는 사실은 임금의 명을 받는 육조 백관 중에 한 사람이 되었음을 의미했다. 학사가 되었으니 이제부터는 임금에게 아뢸 때 '승(僧) 신미'가 아니라 '신(臣) 신미'라고 할 터였다.

"나리, 신미 대사님께서는 집현전에서 무엇을 공부하는 것입니까?"

"집현전 학사들에게 범자를 가르친다고 하더라만."

"범자라면 천축국의 말이 아닙니까?"

"그렇다. 그런데 왜 천축국 말을 가르치는지 나는 잘 모르겠다."

"지평 나리께 물어보면 되겠사옵니다."

"그렇지. 임금님을 친견하는 정 지평이라면 알 수 있을 것이야."

정현은 원래 차보다는 술을 좋아했지만 희우가 사헌부 다시청으로 들어온 이후부터는 차를 더 가까이했다. 정현은 희우가 우려낸 발효차의 부드러운 맛을 음미하며 마셨다. 발효차의 색은 황금빛이었고 향은 여운이 짙었다.

"이제는 희우차를 모르는 벼슬아치들이 없더라."

어느새 다모 중에서 우두머리가 된 희우는 사헌부 다시청뿐만 아니라 궁에서 지내는 정기적인 제사의 차를 우려 올리는 일까지 전담했다.

"신미 대사님께도 제 차를 올리고 싶사옵니다."

"기다려라. 내가 기회를 만들어볼 테니."

며칠 후 희우는 아침 일찍 입궐하는 신미를 보았다. 말을 타고 육조 거리를 지나가는 신미의 늠름한 자태는 예전에 보았던 모습과 달랐다. 수염을 길게 기른 때문인지 위의가 대단했다. 쌀쌀한 날씨였지만 어깨를 펴고 있었고 허리는 꼿꼿했다. 때마침 사헌부로 출근하는 정효강이 자신이 타고 온 말에서 내려 합장했다. 육조 거리에서는 보기 드문 일이었다. 희우는 자신이 잘못 본 게 아닌가 싶어 몇 번을 망설이다가 정효강에게 물었다.

"나리, 방금 지나쳤던 분이 신미 대사이옵니까?"

"그렇다. 헌데 네가 어찌 대사를 아느냐."

"일찍이 뵌 적이 있사옵니다."

"그래? 너도 석교를 신봉하느냐?"

"그렇사옵니다."

"알려지면 위험한 일이니 앞으로는 절대로 입 밖에 내지 마라."

"네."

"당장 헌부에서 쫓겨날 것이니라."

"그런데 나리, 궁금한 것이 하나 있사옵니다."

"무엇이냐?"

"신미 대사께서 무슨 일로 입궐하시는 것이옵니까?"

"전하께서 부르셨을 것이다."

"감찰 나리 말씀으로는 집현전 학사가 되셨다고 하셨사옵니다."

"하하, 학사가 되신 건 맞다. 허나 집현전 학사들 중에 대사를 불러주는 사람은 아무도 없을 것이다. 다만 전하께서 대사를 인정할 뿐이다."

"임금님께서 부르신다니 상서로운 일이옵니다."

"무슨 일이 있겠지. 허나 난들 그 일을 어찌 자세하게 알겠느냐."

그런데 희우는 정오 전에 다시청에서 불길한 이야기를 듣고 말았다. 정효강이 대사헌을 뒤따라 다시청을 나가고 난 뒤였다. 마치 정효강이 나가기를 기다렸다는 듯이 우헌납인 배강(裵杠)과 권자홍이 남았다. 희우는 그들의 이야기를 우연히 엿듣고 말았다. 배강이 먼저 말했다.

"간사한 중 신미가 학사가 되다니 우습기 짝이 없소."

"그렇습니다. 이를 어찌하면 좋겠습니까?"

"허물을 조사해 학사 직을 박탈해야지요."

"아비가 불효, 불충의 죄를 저지른 김훈이니 과거로 거슬러 올라가면 허물이 많이 나올 것입니다."

"영동 관아에 신미의 과거 행적을 조사해 올리도록 하시오. 반드시 요망한 사실들이 드러날 것이오."

나중에 신미가 정음청 학사로 제수된 후에도 유신들의 질시와 모함은 끈질겼다. 세종에 이어 문종 때까지 이어졌다. 안완경(安完慶) 등이 정음청을 혁파하자고 상소를 올려 주청했던 것이다. 그러나 세종과 문종은 그들의 주청을 들어주지 않았다. 『조선왕조실록』 문종 즉위년(1450) 10월 28일 기사에 안완경 등의 주청을 듣고 문종이 다음과 같이 말하고 있는 것이다.

신미와 정음청의 일만은 너희들이 심상하게 말하나, 신미의 직호(職號)는 이미 고쳤고, 정음청은 오늘에 세운 것이 아니라 일찍이 설치한 것인 데다, 그 폐단도 별로 없는 경우가 아닌가?

『영산 김씨 세보(永山金氏世譜)』에는 '세종조에 수성(守省, 신미의 속명)은 집현원(集賢院) 학사로서 세종의 총애를 받았다'는 기록이 있는데 이는 집현원이 아니라 정음청(언문청)일 것이었다.

"헌납 나리, 우리가 탄핵하고서도 신미를 성 밖으로 쫓아내지 못한다면 어찌해야 합니까?"

"헌부의 문지기 군사를 시켜 쥐도 새도 모르게 제거해버려야지요."

희우는 거기까지만 들었다. 더 들을 수도 있었지만 심장이 콩닥콩닥 뛰어서 그 자리에 서 있을 수가 없었다. 찻잔을 잡은 손이 부들부들 떨렸고 다리가 후들거렸다. 다시청을 나온 희우는 불어오는 가을 바람으로 뛰는 가슴을 진정시키고 머리를 식혔다. 노랗게 물든 은행나무 잎들이 사헌부 마당가에서 뒹굴었다. 정신을 차린 희우는 곧바로 정현에게 자신이 들은 대로 알렸고, 놀란 정현은 정효강 집을 찾아가 보고했다. 정효강 역시 낯빛이 노랗게 변했다. 그는 곧 신미를 만나러 대자암으로 떠났다.

대자암 비밀

조랑말이 가쁘게 숨을 쉬면서 자꾸 뒤뚱거렸다. 말구종이 고삐를 잡아끌었지만 조랑말은 끄덕끄덕 가다가 서곤 했다. 재를 다 올라서서는 힘겨워서 생똥을 길바닥에 떨어뜨렸다. 하는 수 없이 정효강은 말에서 내려 걸었다. 한순간도 지체할 수 없는 처지였다. 해 지기 전에 대자암까지 가려면 주막에 들러 술 한 잔 마실 여유도 없었다. 신미를 급히 만나 알려줘야 할 전언이 있었던 것이다.

재 너머 논밭은 이미 추수가 끝나가고, 비어가는 논밭에 내려앉은 까마귀들이 흙을 파헤치고 있었다. 몇 마리는 을씨년스럽게 울면서 볏가리들 너머로 느릿느릿 날아가 야산의 숲 속으로 스며들었다. 힘을 낸 조랑말이 겅중겅중 다가와 정효강 앞에 섰다. 조랑말은 머리가 턱없이 큰 탓인지 몸집은 왜소해 보였다. 말구종이 눈에 낀 눈곱을 떼어주자 큰 눈을 순하게 껌벅거렸다.

정효강은 다시 말을 탔다. 이윽고 고양현 동헌으로 나드는 평지 길로 들어섰다. 해는 서녘 하늘에 지루한 듯 은전처럼 떠 있었다. 잠시 후면 들판 너머에서 바람이 불어오고 하늘 한 자락부터 노을이 솟구쳤다가 번질 것이었다.

늙은 말구종이 말했다.

"나리, 이 길이 지름길입죠."

"어찌 대자암 가는 길을 잘 아느냐?"

"문산 역참에 있을 때 이 길을 자주 다녔습니다요. 그러다가 운 좋게도 안평대군 나리 눈에 띄어 대군 나리 사저로 갔습지요."

"잘됐군. 안평대군 나리 사저로 간 것 말이다."

"역참에 있던 말먹이꾼들이 다들 부러워했습니다요."

"헌데 어찌 내 집으로 왔느냐?"

"대군 나리가 보냈습죠."

"그래서 낙심하고 있는 것이냐."

"아닙죠. 힘 좋은 젊을 때는 모르지만 늙어서는 어디로 갈지 모르는 것이 말먹이꾼의 운명입니다요."

"왜 그러느냐?"

"일 잘하는 젊은 말먹이꾼은 어느 역참을 가든 인기가 좋습니다요. 허지만 늙어 갈비뼈가 드러난 쓸모없는 조랑말같이 되면 이리저리 주인이 보내는 대로 팔려 다닙죠."

"안심하거라. 난 너를 보내지 않을 것이다."

"나리, 쇤네가 목숨 바쳐 모시겠습니다요."

안평이 정효강에게 지금의 말구종을 보낸 것은 쓸모없는 늙은이어서가 아니었다. 안평이 평소에 신임해왔던 정효강에게 충직하고 믿음직한 말구종을 하사한 셈이었다. 입이 가벼운 말구종은 주인에게 언젠가 독이 될 수도 있었다. 주인이 누구를 만나고 어디를 가는지 사사로운 비밀을 다 알 수밖에 없는 말구종이기 때문이었다.

정효강이 대자암에 이르렀을 때는 서녘 하늘에 이미 핏빛 노을이 질펀하게 번져 있었다. 노을 속으로 날아드는 새떼는 마치 검붉은 피딱지처럼 보였다. 산문 앞에는 문지기 군사들이 서성였다. 왕실의 누군가가 대자암에 와 있음이 분명했다. 산문 안으로 들어선 정효강은 원주를 찾아 용건을 말했다. 원주는 얼굴이 통통하고 피부가 백옥처럼 깨끗했다.

"신미 대사님을 뵈러 왔소."

"뉘시라 여쭐까요?"

"정효강이 왔다고 전하시오."

원주는 정효강을 안내했다. 신미가 주석하는 곳은 법당 뒤 조실채였다. 신미는 예전에 함허가 머물던 방을 그대로 쓰고 있었다. 정효강은 신미를 보자마자 무릎을 꿇고 절을 했다. 사헌부의 정5품 벼슬인 지평이 승려에게 절을 하는 것은 매우 드문 일이었다. 그러나 왕실의 원찰 대자암에서는 수양과 안평도 신미에게 왕사의 예를 갖추어 절을 했다. 이를 두고 조정의 유신들 사이에 소문이 나 비웃곤 했지만 수양과 안평은 별로 개의치 않았다.

"정 지평께서 무슨 일로 오셨습니까?"

"대사님께 긴히 드릴 말씀이 있어 달려왔습니다."

신미가 손짓으로 원주를 물리쳤다. 사미승처럼 어린 원주가 나가고 난 뒤에도 정효강은 밖의 동정을 살피듯 방문을 한 번 더 열었다가 닫았다.

"대사님, 큰일입니다."

"말씀해보시지요."

"헌부의 감찰이 저에게 보고한 얘깁니다. 헌부의 대관들이 대사님을 감찰하려 하고 있습니다."

"빈도(貧道)를 왜 감찰한다는 것입니까?"

"집현전 학사가 되신 것을 시기하기 때문이옵니다."

"전하께서 명하신 일이 아닙니까?"

"전하를 독대하는 대사님을 무조건 원치 않는 것입니다."

"빈도 또한 이 나라 백성인데 전하를 친견하는 것이 사특한 일이라도 된단 말입니까?"

신미는 헌부의 대관들을 이해할 수 없었다. 승려를 혹세무민하는 사특한 사람으로 단정 짓고 세종과의 만남을 방해하는 것일 터였다.

"헌부에서는 이미 영동현감에게 대사님의 과거 행적을 조사해 보고하라는 명을 내렸습니다."

"출가한 빈도에게 과거는 없습니다. 오직 지금만 있을 뿐이지요."

"허물을 뒤져 대사님을 탄핵하겠다는 저의입니다."

"허허, 헌부의 대관들이 그리 할 일이 없는 사람들인지 몰랐습니다."

신미는 어이가 없어 낮은 소리로 웃었다. 헛웃음이었다.

"허물이 없다면 어찌할 것 같습니까?"

"허물이 없어도 마침내는 허물을 만들어낼 것입니다. 그리하여 탄핵하고야 말 것입니다."

"전하께서 탄핵을 허락하시지 않을 것입니다."

정효강은 차마 대답하지 못하고 머뭇거렸다. 그러나 신미의 목숨이 위태로워지는 일이기 때문에 숨길 수도 없었다. 정효강은 신미를 바로 보지 못하고 천장을 잠시 응시하다가 어금니를 물었다.

"대사님께 위해를 가할지도 모릅니다."

"빈도에게 달려오신 이유가 바로 그것이라니 서글픕니다."

"대사님, 사실입니다. 옥체를 보존하셔야 합니다."

"걱정하지 마십시오. 빈도는 이 몸이 공(空)한 것을 깨달았는데 무엇을 두려워하겠습니까?"

"그래도 당분간은 입궐하시지 않는 것이 좋을 듯합니다."

"하하하."

이번에는 헛웃음이 아니라 호탕하게 파안대소를 했다. 정효강이 움찔할 정도로 큰 소리로 웃었다. 사헌부 대관들이 음모를 꾸미더라도 상관하지 않겠다는 웃음이었다.

"소문도 아니고 직접 들은 얘기입니다."

"빈도는 전하가 명하시면 불구덩이 속이라도 들어가겠습니다."

정효강은 대관들의 태도를 무시하고 입궐하겠다는 신미 앞에서 더 말을 잇지 못했다. 잠깐 동안 침묵이 흘렀다. 방문에 그림자가 어렸다. 원주가 헛기침을 하고 있었다.

"무슨 일인가?"

"대군님들이 기다리고 계십니다."

"그렇지, 그렇지. 공부하실 시간이지."

"무슨 공부를 하십니까?"

"우리 글자를 만드는 공부로 대자암 비밀입니다."

"대사님, 혹시 전하께서는 우리 글자 만드는 일 때문에 대사님을 부르시는 것입니까?"

"그렇습니다."

순간 정효강은 왜 세종이 신미에게 학사의 벼슬을 내리고 궁으로 불러들였는지 깨달았다. 그러나 정효강은 불길한 예감에 휩싸였다. 만약에 그것이 사실이라면 신미의 목숨은 살았다 할 것이 없었다. 명나라를 섬기는 것이 국시(國是)인데 한자를 버리고 우리 글자를 만들어 쓴다는 것은 국시를 위배하는 일이기 때문이었다. 이와 같은 일은 역모로 몰아갈 수도 있을 만큼 위험했다. 정효강은 몸에 소름이 돋고 머리가 쭈뼛거렸다. 신미가 우리 글자를 만드는 데 간여하고 있음은 과거 행적의 허물과 견줄 바가 아니었다.

"대사님, 저는 듣지 않은 것으로 하겠습니다."

"정 지평께서는 안평대군의 신뢰를 받고 있는 분입니다. 또한 대군께서 누구보다도 좋아하시는 분인데 빈도가 무슨 얘기인들 털어놓지 못하겠습니까? 더구나 불자이신 정 지평께서는 빈도를 위해서 만사를 제쳐놓고 달려온 분입니다. 그런데 무엇을 감추겠습니까? 이는 전하의 명입니다. 동궁, 그리고 수양대군과 안평대군, 정의공주님께서 천학비재한 빈도를 돕고 있습니다."

"대사님, 절대로 이 일이 발설되어서는 안 됩니다. 유신들이 격렬하게 들고 일어날 것입니다."

"고맙습니다. 여기까지 왔으니 대군께 인사드려야지요."

정효강은 신미를 따라 일어났다. 정효강으로서는 대자암에서 불심이 돈독한 수양과 안평을 만나는 것은 큰 행운이었다. 수양과 안평은 대자암이나 홍천사에서 신미와 더불어 우리 글자를 만드는 데 골몰하고 있었던 것이다. 홍천사에서는 동궁(문종)과 정의공주까지 회동하여 궁리하곤 했다. 법당 처마 끝에 달린 풍경이 다급하게 소리를 냈다. 찬바람이 법당을 훑고 지나갔다.

무고

신미의 과거 행적을 조사한 영동 관아의 보고서는 세 달 만에 올라왔다. 대사헌 이숙치(李叔畤)가 서명하여 지시했지만 보고서는 신속하게 올라오지 않았으며 그 내용은 부실하기 짝이 없었다. 현감이 공석 상태였으므로 그랬다. 기생들과 술판을 자주 벌이던 현감 곽순(郭珣)이 충청도 감사 정인지의 건의로 파면되어 한동안 관아의 업무가 마비되었던 탓이었다. 뿐만 아니라 옥구진병마사를 지냈던 신미의 아버지 김훈이 살아 있으므로 아전과 군관들이 서로 눈치 보며 조사를 미루기만 했던 것이다.

보고서는 사실이라기보다는 뜬소문을 옮긴 것에 불과했다. 그것도 이런저런 허물을 상세하게 기록하지 않고 있어 보고서 내용만으로는 탄핵하기가 궁색했다. 이숙치가 허술한 보고서를 한번 훑어보고는 양미간을 찌푸렸다.

"석 달 동안 조사한 것이 고작 이따위란 말인가!"

보고서는 두루뭉술하게 쓴 몇 줄의 문장뿐이었다.

신미는 간사한 중입니다. 중이 되기 전에 일찍이 학당(學堂)에 입학하여 함부로 행동하고 음란하고 방종하여 못하는 짓이 없었으므로 학도들이 그를 사귀지 않고 무뢰한으로 지목하였습니다. 그 아비 김훈이 불효, 불충의 죄를 짓자 폐고된 것을 부끄럽게 여겨 몰래 도망하여 머리를 깎았습니다.

"배 헌납, 읽어보시게. 헌부를 어찌 보았기에 이런 엉터리 보고서가 올라온 것인가?"

사간원에서 파견 나온 헌납 배강이 이숙치의 짜증에 바로 대답하지 못하고 우물쭈물했다. 그러자 지평 권자홍이 배강을 대신해서 말했다.

"대헌(大憲) 나리, 이 정도면 탄핵하는 데 무리가 없사옵니다. 세 살 버릇 여든까지 간다고 했사옵니다. 중 되기 전의 무뢰한을 어찌 입궐시킬 수 있겠사옵니까?"

"학당에서 음란하고 방종한 짓을 했다는데 신미가 무슨 행동을 한 것인지 그 내용이 애매하다는 말일세."

"아비를 보면 그 아들을 안다는 말이 있지 않사옵니까? 신미의 아비 김훈은 맹수를 잡을 만큼 거칠고 무예에 능한 사람이라고 알려져 있사옵니다. 아마도 신미 역시 아비를 닮아 힘이 좋고 행실이 거칠었을 것이옵니다. 또한 김훈은 여색을 좋아하여 수원의 관기 벽단단을 데리고 인덕궁에 출입하곤 했으니 그 아들 역시 음란했을 것으로 사료되옵니다. 그러니 무뢰한이라는 말이 지나치지 않사옵니다."

찻잔을 만지작거리고만 있던 정효강이 나선 것은 바로 그때였다.

"김훈은 이미 사면되어 영동에서 자유롭게 살고 있사옵니다. 전하께서 사면시킨 것은 그만한 이유가 있었을 것이옵니다. 짐승과 달리 개과천선하는 것이 사람이옵니다. 아비의 허물을 아들에게 뒤집어씌우는 것은 지나치고 억울한 일이옵니다."

배강이 찻잔을 소리 나게 놓으며 말했다.

"이보시오, 정 지평. 아비가 곤궁에 처했는데 아비를 부끄러워하며 저만 살겠다고 도망쳐 중 된 사람의 행실이 옳다는 말이오?"

"제가 듣기로는 혼자 살겠다고 도망친 것이 아니라 아비의 홍망을 곁에서 보고 인생무상을 절감해 속세를 떠난 것으로 알고 있사옵니다."

"속세를 떠난 중이 산중에 머물 것이지 왜 궁궐을 들락거린단 말이오?"

"전하께서 부르시니 명을 어찌 거역할 수 있겠사옵니까."

다시청의 회의는 길게 가지 않았다. 이숙치와 배강 사이에 묘한 긴장 관계 때문이었다. 이 년 전, 배강이 이조좌랑으로 있을 때였다. 배강이 일찍이 종이를 관리하던 장흥고(長興庫)의 직장(直長) 권간(權揀)을 길에서 만나 유지(油紙)와 돗자리를 청구했는데 들어주지 않았으므로 마음속으로 원망을 품고 있다가, 권간이 동료의 기첩을 빼앗아 첩을 삼았다고 감찰하여 관직을 빼앗은 일이 있었다. 이때 대사헌 이숙치는 배강이 사사로운 마음으로 권간을 파직시켰으므로 그도 역시 추핵하여 선비의 기풍을 맑게 하자고 세종에게 아뢰었던 것이다.

이숙치가 다시청을 나가자 배강은 분을 참지 못하고 말했다.

“신미는 무뢰한이 분명하오. 관리들도 육조 거리에 들면 말에서 내려 걷는데 신미라는 중은 역마를 타고 드나든단 말이오. 누구를 믿고 그렇겠소?”

배강의 말은 사실이었다. 훗날 『조선왕조실록』 문종 즉위년 7월 16일의 기사로 사헌부의 상소에 다음과 같은 내용이 있는 것이다.

> 선왕(세종)이 승하하심을 당한 처음에 크고 작은 일로 분주하고, 비록 종친과 늙고 병든 대신(大臣)까지도 모두 말에서 내린 뒤 바깥뜰(外庭)을 나오는데, 신미는 편안히 말을 타고 신하(朝士)를 밀치고 바로 궐문으로 들어오니, 보는 사람 중에 누가 통분하지 않겠습니까?

세종이 내준 역마를 타고 궐내까지 드나들었다는 기사였다. 비록 조선을 개국하면서 왕사 제도가 없어졌지만, 이는 임금이 존경하는 왕사에 준하는 예우가 아니라면 불가능한 일이었다. 뿐만 아니라 신하들을 밀치고 가는 신미의 당당한 위의(威儀)도 보기 드문 일이었다.

권자홍이 은근히 맞장구쳤다.

“전하의 신임을 받아 그러는 것이오. 허나 백관의 풍속을 크게 해치는 일이니 스스로 자신의 허물을 보지 못하는 신미는 탄핵받아 마땅합니다. 당장 파직시켜야 하오.”

“전하께서 윤허하시지 않을지도 모르오.”

배강은 수전증 환자처럼 찻잔의 차를 흘렸다. 손이 부들부들 떨리는 모양이었다. 권자홍이 다시 말했다.

"중을 환대하다니 상왕(태종)께서 살아 계셨다면 크게 노하실 일이오."

"권 지평, 어쩌면 신미가 전하의 눈을 어둡게 하는 일을 벌이고 있을지도 모르오. 그러지 않고서야 전하께서 무엇 때문에 신미를 감싸고 돌겠소?"

"맞소이다. 무언가 요상한 일이 있을 것이오."

"권 지평께서 은밀하게 알아볼 수 있겠습니까? 중 하나 없애는 건 간단한 일이니 우선 전하께서 왜 신미를 감싸는지 그것부터 알아봄이 좋을 것 같소."

정효강은 마음속으로 안도했다. 적어도 사헌부와 사간원 관원들은 신미가 세종의 명을 받아 비밀리에 진행하는 일을 전혀 눈치채지 못하고 있었던 것이다. 대간들이 문제 삼고 있는 바는 신미가 집현전 학사를 제수받은 사실과 세종의 신임이 두텁다는 것뿐이었다.

또 하나 다행인 점은 이숙치와 배강이 서로 견제하고 있다는 사실이었다. 신미의 과거 행적을 조사하여 탄핵하는 문제만 해도 이숙치와 배강의 처리 방식은 달랐다. 이숙치는 보고서 내용만으로는 신미를 탄핵하기가 부담스럽다고 했고, 배강은 충분하다는 입장이었다.

그런데 배강은 이숙치와 맞서기라도 하겠다는 듯이 물러서지 않았다. 다시청을 나선 배강은 씩씩거리며 사헌부 맞은편에 있는 사간원으로 건너가 자신의 상사인 좌사간 서성과 우사간 임종선을 찾았다.

"사간 나리, 대사헌께서 무슨 영문인지 신미의 방종한 과거 행적이 드러났는데도 탄핵을 주저하고 있습니다."

"혹시 이 대헌께서 석교를 남몰래 신봉하는 것은 아니오?"

"그럴 리는 없습니다. 교종과 선종의 본산인 흥덕사와 흥천사가 성안에 있다 하여 일종(一宗)으로 혁파하여 진관사로 옮기자고 상소한 분이 아닙니까? 비록 전하의 윤허를 받지 못했으나 누구보다도 불교 혁파를 주장한 분입니다."

"그렇다면 무슨 이유로 탄핵을 미적거린단 말이오."

"아마도 제가 이조좌랑으로 있을 때 저를 파직시키고자 했으나 뜻을 이루지 못한 원망이 있어 그럴 것입니다."

임종선이 웃으며 말했다.

"배 헌납, 그 일은 이미 좋게 마무리된 것이오. 또다시 그 일을 거론하기보다는 간사한 중 신미를 성 밖으로 쫓아낼 방법이 무엇인지 궁리하시지요."

그날 오후, 정효강은 감찰 정현을 사헌부 뒤뜰로 불렀다. 지독한 겨울 가뭄으로 개울과 연못은 검은 바닥을 드러내놓고 있었다. 개울의 한쪽 바닥은 오후 햇살로 살얼음이 녹아 뱀의 허물처럼 하얗게 번득거렸다. 아침에 삼각산 쪽에서 불어오던 찬바람은 잦고 있었다. 정효강은 선 채로 소리를 죽여 말했다.

"아무래도 신미 대사님 옥체가 걱정이오."

"무슨 방도가 없겠습니까?"

"집현전에서 물러나는 것이 가장 좋은 방법이겠으나 대사님은 그럴 분이 아니라서 머리가 무겁소."

"말 그대로 진퇴양난입니다."

"전하의 명이라면 불구덩이 속이라도 뛰어들겠다는 대사님께서 스스로 사직할 리도 없으니 그 말이 맞소."

"지평 나리, 대사님께 충직하고 영리한 종을 하나 붙여드리면 어떠하겠습니까?"

"왜 그렇소?"

"대사님의 옥체를 보호해줄 뿐만 아니라, 지평 나리와도 수시로 연락을 취할 수 있을 것입니다."

정효강은 잠시 머뭇거리다가 밝은 표정을 지었다.

"안평대군께서 하사하신 말구종을 대사님께 보내야겠소. 긴박한 일이 생기면 나와 안평대군께 연락할 수 있을 테니 말이오."

"무예에도 능한지 궁금합니다."

"늙은 것이 흠이긴 하지만 젊은 날에는 힘깨나 쓰는 말먹이꾼이었소. 역참에서 무예를 익혔다는 얘기도 들은 것 같소."

그러나 신미에게 말구종을 하나 붙이는 것이 근본적인 해결책이라고 할 수는 없었다. 골수 유신들이 모인 집현전을 아주 떠나는 것이 최선일 뿐이었다. 정효강은 세종과 독대할 기회가 생기면 바로 그 점을 직언하겠다고 생각했다. 물론 당장에 할 수 있는 일은 자신의 충직한 말구종을 신미에게 보내는 것이었다.

왕의 약속

세종은 두 팔을 뒤로 젖히며 심호흡을 했다. 삼각산 숲에서 들려오는 상쾌한 뻐꾸기 소리가 이른 아침의 신선한 공기와 함께 폐부 깊숙이 와 닿는 느낌이었다. 심호흡을 몇 번 더 천천히 반복했다. 이른 아침에 심호흡을 하면 무언가 충만한 기분이 더 배가되는 것 같았다. 세종은 신하들의 줄기찬 반대에도 불구하고 홍천사 사리전을 대대적으로 중수하게 된 것이 무엇보다 기뻤다. 어머니 원경왕후의 재를 지냈던 홍천사 주지와 신미의 원을 비로소 들어준 것도 마음이 놓였다. 더구나 신미는 세자와 수양, 안평 등과 비밀리에 위험을 감수하면서까지 우리 글자를 만드는 작업에 몰두하고 있는 승려였던 것이다. 가끔씩 심호흡을 하는 세종의 습관을 아는 사람은 내시뿐이었다. 내시가 허리를 구부린 채 자라처럼 고개만 빼고 말했다.

"전하, 기분 좋은 일이 있사옵니까?"

"오늘은 내 뜻대로 홍천사 사리전의 중수(重修)가 시작되는 날이다."

"지지난해에 시작되지 않았사옵니까?"

"과인이 수리를 지시한 것은 팔 년 전이다. 아마도 초봄이었을 것이다. 추위가 풀리자마자 지시했으니까."

세종의 기억은 정확했다. 세종 11년(1429) 2월에 홍천사 주지의 상소를 보고 공식적으로 교서를 내린 적이 있었던 것이다. 그때는 기울어진 지붕을 고치는 부분 수리였는데, 승지에게 다음과 같이 지시했다.

> 홍천사의 사리전은 태조께서 창건하신 전각이다. 이제 들으니 기울어져 위태하므로 중들을 불러들여 일한다고 하니 도첩을 주어 수리하게 하고, 석수와 목공은 선공감에서 주관하고 감역관은 조성도감에서 파견하는 것이 좋겠다.

선공감은 건축과 토목공사를 주관하는 공조 소속의 관청이었고, 조성도감은 선공감과 기능은 같으나 공사가 있을 때만 임시로 설치한 관청이었다. 또한 감역관은 공사를 책임지고 감독하는 종2품의 관원이었다. 세종이 높은 벼슬아치를 감역관으로 정한 것은 그만큼 홍천사 사리전을 중시했던 까닭이었다.

"네 말이 틀린 것은 아니다. 지지난 해에 이르러서야 사리전을 크게 중수하라고 지시했으니 말이다."

사리전을 다시 짓는다는 계획으로 크게 중수할 것을 명했던 것이다. 재작년, 그러니까 세종 17년 5월이었다. 세종은 형인 효령대군을 감역관으로 명하고 승지 권채(權採)에게 세종의 당부가 담긴 권문(勸文)을 지어 백성들이 보게 했다.

> 우리 태조께서 운수에 응하여 나라를 열어서 만 가지 교화가 함께 새롭고, 나라를 넉넉하게 하고 백성에게 은혜롭게 하는 정치가 시행되지 않음이 없었는데, 불씨(佛氏)의 교(敎)도 유명(幽明, 저승과 이승)을 이롭게 할 수 있다 하여 그 도(道)를 폐하지 않았다. 병자년에 흥천사를 정릉 곁에 창건하여 국도(國都)의 서쪽에 두었는데, 규모가 크고 웅장하다. 위에는 (1층 규모) 부도를 세우고 팔면사층의 전당을 지었는데, 까마득하게 높아서 동국 고래(古來)에 일찍이 없었던 것이다. 우리 태조께서 이 절에 뜻을 두고 머무시다가 말년에 이르러 태종에게 정녕하게 부탁하신바, 태종께서 뜻을 이어받아 수리하셨으니, 자손 된 자가 마땅히 삼가 지키어 무너뜨리지 말아야 할 것이다. 그러나 이 탑전은 형세가 높고 위태하여 오랜 세월의 풍우에 기울어지기가 쉽다. 근일에 절의 중이 와서 말하기를 "썩고 기울어진 것이 전보다 더욱 심하니, 만일 층각(層閣)이 갑자기 무너진다면 석탑도 따라서 무너질 것이 뻔합니다." 하였는데, 내가 그 말을 듣고 슬프게 여겼다. 내가 석씨의 설에 대하여 감히 알고 있어 혹신(酷信)하지 않지마는 조종(祖宗)께서 염려하시던 것이 하루아침에 무너지게 되었는데 무심하게 걱정하지 않는 것은 진실로 차마 못할 일이다. 일으켜 수리하려고 생각하여 신하들에게 의논하고 목공에게 물어보니, 모두 말하기를

"이 집이 처음에 지은 이래로 사십 년도 못 되었지만 두 번이나 수리
한즉 무궁하게 전하지 못할 것은 분명한 일이옵니다. 비록 지금 고쳐
수리한다 하더라도 또한 오래 가지는 못할 것이옵니다." 하니, 그 말
이 일리가 있다. 지금 탑 위를 없애고 앞에 새 전각을 지어 대신한다
면 성조(聖祖)의 남긴 뜻을 배반하지 않고 자주 수리하는 폐단도 없을
것이다. 그러나 공역(工役)의 번거로움을 백성에게 미치게 할 수는 없
으니, 만일 석도(釋徒)들의 뜻있는 자만으로도 도모해진다면 탈 없이
이룰 수 있을 것이다. 시종 여일하게 힘을 다하는 중이 있다면 비록
도첩이 없는 자라도 추가하여 발급하겠고, 양식이 부족하다면 내가
보충해주겠으니 내 뜻을 받아 노력하라.

그런데 홍천사 사리전 중수는 신하들의 반대가 심했다. 왕명이 떨
어졌는데도 일 년 동안 수시로 신하들이 반대하는 상소를 올렸으므
로 착공을 못했다. 하는 수 없이 세종은 작년 6월에 승정원의 승지들
에게 강력한 지시를 내렸다.

지금 홍천사의 탑전이 오래되어 장차 무너지려 하므로 내가 개축
하고자 함은 이단을 믿어서가 아니다. 조종의 유훈을 따르려 함인데
전날 개축하고자 했으나 유생들이 반대하는 바가 컸다. 나는 재상 중
에 착한 마음이 있는 자로 하여금 그 일을 주장하게 하고, 중들로 하
여금 사람들에게 시주를 권하도록 할 것이다. 그러니 너희들은 반대
하는 유생의 뜻을 버리고 내가 조종을 따르는 마음을 받아서 재상 중

에 이 일을 맡아서 할 사람을 골라 아뢰어라.

세종은 신하들의 반대 상소에 굴하지 않았다. 오히려 사리전을 관아 건물의 상태처럼 보고하는 관리를 두도록 했다. 공조의 선공감에서 4품 이상의 관원 두 사람이 앞으로도 계속해서 창덕궁의 종루와 같이 석 달마다 돌아가며 사리전의 상태를 직접 가서 점검한 뒤 보고하도록 명했던 것이다.

"전하, 사리전 공사는 언제쯤 끝나는 것이옵니까?"

"매번 수리할 수 없으니 이번에 시일이 걸리더라도 완전하게 개축할 것이니라. 앞으로도 삼사 년은 걸릴 것이다."

물론 세종은 사리전을 개축하는 데 세세한 것까지는 몰랐다. 자잘한 부분은 홍천사 주지의 청원을 참고했다. 홍천사 주지가 세종에게 청원한 내용은 옛 모습대로 5층으로 중수하되 단청은 예전대로 고졸하게 하고, 맨 아래층 처마를 늘리고 벽을 물려 안이 더욱 넓어지는 것이었다. 또한 주지의 원대로 층계와 축대, 난간, 담 등은 태조 때보다 더 정교하게 공을 들였고, 잡인들이 홍천사 안을 엿볼 수 없게끔 바깥담을 높이 쌓았다.

사리전 중수에 반대하는 신하들은 주로 사헌부와 사간원 관원들이었다. 그들은 불교를 요사스러운 이단으로 보아 배척했다. 다행히 효령대군을 비롯한 세자와 수양과 안평은 물론이고, 왕실의 종친과 나들이할 때 승복을 입고 다녔던 정효강 같은 불자 신하들이 있었으므로 세종은 사리전 불사를 밀고 나갈 수 있었다.

"전하, 곧 있으면 수라를 드실 시간이옵니다."

"오늘은 저 명랑한 뻐꾸기 소리를 더 듣고 싶구나."

세종은 흡족한 기분을 더 즐기겠다는 듯이 침전 뒤 숲길로 들어섰다. 그러나 뻐꾸기 소리는 문득 십칠 년 전에 아버지 태종의 냉대 속에서 학질을 앓다가 숨을 거둔 어머니 원경왕후를 떠올리게 했다. 그러자 뻐꾹뻐꾹 하는 소리가 슬픈 울음소리로 바뀌어 가슴을 파고들었다. 세종은 숲길을 더 걷지 못하고 걸음을 멈추었다.

결국 홍천사 사리전 중수 문제는 세종의 의도대로 마무리되었다. 그런데 이번에는 홍천사 사리전에 있던 사리를 궁내에 둘 수 없다며 대간들이 들고 일어났다. 사리전을 중수하면서 임금의 의복을 관장하는 공조 소속의 상의원(尙衣院)에 잠시 보관했기 때문이었다. 원래 홍천사 사리전 사리는 창덕궁 문소전 옆 내원당에 있었는데 문소전을 경복궁으로 옮기면서 홍천사 사리전으로 갔던 것이다. 신하들은 사리를 부처의 뼈라 하여 불골(佛骨)이라고 불렀다. 신하들은 상의원에 사리가 보관된 것을 두고 흉하고 더러운 물건이라 하여 하나같이 용납하지 못했다.

사헌부 권자홍이 엎드려 아뢰었다.

"신 등이 듣자오니 사리탑의 불골을 궁내로 들여왔다 하옵는데, 곰곰이 생각해도 불가한 일이오니 속히 밖으로 내보내시기 바랍니다."

"자홍이는 불골의 내력을 모르는구나. 불골은 원래 궁내에 있었느니라."

"신은 처음 듣사옵니다."

"불골은 원래 창덕궁 문소전 옆의 내원당에 있었느니라. 그러던 것이 문소전을 경복궁으로 옮기면서 도난에 대비하여 홍천사로 갔느니라. 그러니 불골이 궁 안에 있다 해도 이상할 것이 없느니라. 더구나 상의원은 궁내라고 할 수 없느니라."

사리가 어떤 사연으로 홍천사로 갔는지 밝혀지자 권자홍은 아무 말도 하지 못했다. 그러자 며칠 후 사간원 헌납 최수(崔脩)가 나아가 권자홍을 대신해서 아뢰었다.

"불골은 지극히 상서롭지 못한 물건이라 비록 서민의 집이라 할지라도 안으로 들이는 것을 즐겨 하지 않는 법인데, 하물며 궁궐 안이겠습니까? 홍천사 공사를 다 마치지 않았다 하오나 태조께서 창건하신 큰 절이 아직 성안에 있사온즉, 어찌 간직할 만한 곳이 없다고 하겠습니까? 즉시 밖으로 버리도록 하옵소서."

그러나 세종은 최수의 말을 듣지 않았다. 다시 사헌부에서 좀 더 강력하게 '사리전 중수는 태조에 대한 효성의 발로라 할 수 있지만 상서롭지 못한 마르고 썩은 불골은 임금의 의복을 관장하는 상의원에 둘 수 없으므로 승도에게 돌려보내라'고 상소를 올렸지만 세종은 끝내 들어주지 않았다. 이는 홍천사 주지와 신미와의 약속을 지키겠다는 세종의 굳은 의지였다.

계책

정효강 집은 청계천 옆에 있었다. 삼간초가로 사헌부 지평이 사는 집치고는 볼품이 없었다. 말구종의 안내를 받아 온 신미는 정효강 집 앞에서 합장을 했다. 말구종은 정효강이 보내준 노비였다. 삿갓을 쓴 신미의 행색이 신기한 듯 코흘리개 아이들이 말 엉덩이에 붙은 쇠파리처럼 따라와 서성거렸다. 큰 삿갓이 아니더라도 승려가 말을 타고 있는 모습은 보기 드문 풍경이었다. 아이들은 방금 물에서 나왔는지 더부룩한 머리카락이 젖어 있었다. 인왕산에서 발원한 청계천의 물은 한강과 달리 겨우 바닥을 적시며 흐르고 있었다. 얕은 물에서 한두 명의 아이들이 물장구를 치고 있었고, 한쪽 반석에서는 아낙네들이 모여 빨래를 하고 있었다.

정효강은 마당에서 신미를 맞이했다. 땅바닥이었지만 무릎을 꿇고 절을 했다. 벼슬아치가 승려에게 땅바닥에 머리를 숙이고 절한다는 것은 코흘리개 아이들에게는 보기 드문 구경거리였다. 정효강이 흙 묻은 바지를 털고 일어나서 말했다.

"대사님, 기다리고 있었습니다."

"안평대군께서도 오셨습니까?"

"아닙니다. 수양대군마마께서 대신 와 계십니다."

신미는 정효강을 따라 사랑방으로 들어갔다. 사랑방에서는 수양이 먼저 와 밝은 창을 등지고 앉아 있었다. 수양은 신미가 방으로 들어서자 벌떡 일어나 정효강처럼 공손하게 무릎을 꿇고 절을 했다. 수양의 절은 자연스러웠고 스스럼없었다.

신미는 수양의 절을 받을 때마다 늘 미안해했다. 수양은 유생들이 그런 자신의 모습을 보고 비웃든 말든 신미를 마음속으로 흠모한 나머지 절을 했다. 신미도 맞절로 대군에 대한 예를 표했다.

"대군마마, 송구합니다. 빈도가 먼저 와 있는 것이 예인 줄 아오나 낙산에 들렀다 오느라 늦어졌습니다."

"대사님은 저의 스승이십니다. 그러니 미안해하지 마십시오."

신미가 낙산에 들른 것은 예정에 없던 일이었다. 낙산 산자락 갖바치 마을에 사는 말구종의 큰어머니가 갑자기 죽어 극락왕생 염불을 해주러 갔던 것이다. 신미는 말구종을 자신에게 보내준 정효강에게도 고마움을 나타냈다.

"정 지평께서 베풀어주신 호의는 잊지 않겠습니다."

"말먹이꾼은 원래 안평대군마마의 종이었습니다. 그러니 안평대군마마께 고마움을 표하는 것이 옳습니다."

수양이 말했다.

"대사님, 안평 동생도 좋아할 것입니다. 더구나 말먹이꾼의 무예가 출중하다고 하니 안심이 됩니다. 정 지평으로부터 헌부의 음모를 다 들었습니다. 대사님을 호위할 수 있는 사람이 필요한 시기에 참으로 잘된 일입니다."

수양은 볼 때마다 키가 왕대의 죽순처럼 쑥쑥 자라 있었다. 갓 이십 대가 되었지만 풍기는 풍모가 예사롭지 않았다. 날카로운 눈매는 상대를 금세 제압할 것처럼 강렬했고, 호신용 장검을 차고 있는 몸집은 무술을 단련한 무사처럼 단단했다. 말투는 거칠 것이 없다는 듯 시원시원했다.

정효강이 수양의 눈치를 보듯 조심스럽게 말했다.

"오늘 누추한 저희 집에 모신 것은 대사님의 안위를 걱정해서입니다. 제가 깊이 생각한 바가 있습니다만 대군마마의 지혜가 절실합니다."

"정 지평, 그런 말씀 마십시오. 대사님이 계신데 저의 지혜라니요. 저는 아바마마께서 신(信)하시는 대사님 말씀만 따르겠습니다."

수양의 말은 사실이었다. 언젠가 세종이 수양과 안평에게 신미를 의지해서 세상을 살라고 당부했으며, 더구나 신미는 세종의 지시를 받아 우리 글자를 비밀리에 만들고 있는 학사였던 것이다.

"정 지평께서 대사님을 위해 생각하신 바가 무엇인지 그것부터 들어봅시다."

"점심이 늦어졌습니다. 소찬이지만 드시고 난 뒤에 말씀드리지요."

"빈도가 낙산을 들렀다 오는 바람에 늦어진 것입니다. 대군마마께서 시장하실 테니 점심을 먼저 하자는 정 지평의 제의가 마땅합니다."

사실, 사랑방 밖 툇마루에는 이미 점심상이 오방색 상보에 덮여 있었다. 점심상은 바로 들어왔다. 상보를 벗기자 조촐한 점심이 드러났다. 개다리소반 위에는 흰 소금으로 간을 맞춘 메밀수제비 세 그릇과 묵은 간장을 뿌린 두부, 오글오글 마른 오이장아찌가 놓여 있었다. 수양이 소박한 점심을 보고 웃으며 말했다.

"메밀수제비와 두부를 보니 정 지평의 인품을 알 것 같습니다. 그래서 안평 동생이 정 지평을 아바마마께 추천했나 봅니다. 나라에 정 지평 같은 청백리만 있다면 나라의 곳간을 염려하지 않아도 될 것 같습니다."

"대군마마, 소신이 무엇을 탐하지 않고 소욕지족할 수 있음은 집착과 욕심을 버리라는 대사님의 가르침을 따른 결과입니다."

"정 지평, 과찬입니다."

신미가 화제를 돌려서 수양과 정효강을 번갈아 쳐다보며 한마디 했다.

"좀 전에 얘기하겠다는 정 지평의 생각이 무엇인지요?"

"대사님께서 당분간 궁궐 출입을 하지 않으셨으면 합니다."

"전하의 명을 받고 드나드는 것이므로 그것은 전하의 명을 거역하는 것이 됩니다."

"대군마마께도 말씀드렸습니다만 사헌부나 사간원에서 대사님을 탄핵하자는 의견이 계속해서 들끓고 있습니다. 이는 지난번에 제가 대자암으로 찾아가 대사님께 말씀드린 바 있습니다. 대관들이 문제 삼는 것은 전하께서 대사님을 집현전 학사로 제수하셨다는 것입니다."

"그때나 지금이나 빈도는 개의치 않고 있습니다. 전하의 신하이기 때문입니다."

"말씀드리기 송구합니다만 탄핵이 여의치 않으면 대사님을 위해하겠다는 음모까지 꾸미고 있으니 어찌 걱정하지 않을 수 있겠습니까? 그러니 이 일은 무엇보다 화급합니다."

"정 지평, 전하를 위해 일하다가 목숨을 잃게 되더라도 빈도는 결코 후회하지 않을 것입니다."

수양이 다급하게 신미의 말을 잘랐다.

"대사님께서는 아바마마의 명을 받아 큰일을 하고 계십니다. 그러니 옥체를 보전하시는 것도 신하 된 도리입니다."

메밀수제비가 든 사발은 서너 젓가락을 움직이자마자 다 비워졌다. 세 사람 다 맛있게 먹어치웠다. 개다리소반에는 흰 두부 두어 모와 소금덩어리처럼 짜디짠 오이장아찌만 남았다.

"대군마마 말씀이 옳습니다."

"정 지평께서는 무슨 계책이라도 있습니까?"

"대사님께 외람된 일입니다만 집현전을 떠나시는 것입니다. 그렇게 된다면 뜻을 이룬 대관들이 굳이 탄핵하려 들지 않을 것입니다."

정효강이 수양을 보며 말했다. 세종이 사헌부 관원들의 눈치를 보지 않고 신미를 자주 만날 수 있도록 집현전 학사로 추천한 사람이 바로 수양이기 때문이었다. 수양이 깜짝 놀라며 물었다.

"정 지평께서 짜낸 계책이 고작 그뿐입니까? 그것은 아바마마께서 대사님을 만날 수 없게끔 막아버리는 악수입니다."

"제가 말씀드리고자 하는 계책은 더 있습니다. 대사님이 집현전 학사들의 시기와 모함을 받지 않고도 전하를 뵐 수 있는 계책입니다."

"그것이 무엇이오?"

신미는 눈을 지그시 감았고 수양은 눈을 크게 뜨고 고개를 앞으로 뺐다.

"집현전을 떠나는 대신 임시 관청을 하나 만드는 일입니다. 그러면 유신들이 반대할 명분이나 대사님이 그들과 부딪칠 일도 사라져버리게 될 것입니다."

"임시 관청이라니요?"

"나랏일을 할 때 임시로 두는 관청의 예는 허다합니다. 더구나 대사님께서는 전하의 지시를 받아 우리 글자를 연구하고 계시니 그 일이 끝날 때까지 전하의 의지에 따라 임시 관청을 둘 수 있는 것입니다."

"관청 이름을 생각해둔 것은 있습니까?"

"이름이 중요한 것은 아니겠지만 우리 글자를 만드는 일이니 정음청(正音廳)이라 해도 좋을 것입니다."

"임시 관청의 소속은 어디로 해야 되겠습니까?"

"당연히 집현전 아래 두어야 대사님의 학사 벼슬도 유지될 것입니다."

"정 지평, 계책이 놀라울 뿐입니다. 아바마마께 말씀드려 반드시 관철하겠습니다."

수양이 감탄하여 소리쳐 말했다.

"그런데 장애는 또 있습니다. 어찌 보면 가장 큰 문제입니다. 대사님께서 입궐하시는 것을 유신들이 시기 질투한다는 것입니다."

"아바마마의 일을 사사건건 반대하는 유신들을 내 결코 잊지 않을 것입니다. 그자들은 언젠가 엄중한 대가를 치를 것입니다."

수양이 분한 듯 어금니를 꽉 물었다. 그제야 신미가 나직한 목소리로 말했다.

"대군마마, 빈도가 지혜롭게 처신할 터이니 걱정하지 마십시오. 유신들의 모함이 두려워 입궐하기를 주저하는 빈도가 아닙니다."

그때였다. 말구종이 머리를 산발한 거지 행색의 장정 하나를 붙잡아왔다. 거지 행색의 장정이 담벼락 뒤에서 한동안 서성거리고 있었던 것이다. 장정을 마당에 꿇어앉힌 뒤 말구종이 정효강에게 보고했다.

"이놈이 나리 집 안 동태를 살피고 있었사옵니다."

"쇤네는 밥 빌어먹고 사는 거지입니다요."

"거지를 가장한 놈이 틀림없사옵니다."

정효강이 눈을 치뜨며 말했다.

"어디서 많이 본 놈 같구나. 이놈! 누가 보내서 온 놈이냐."

"나리, 죽을죄를 지었습니다요. 사간원에서 얄궂은 일을 하는 쇤네입니다요."

수양의 두 눈에 불이 켜졌다. 양미간에는 내 천(川) 자의 주름이 그어졌다. 살기가 묻어나는 주름이었다. 수양은 칼집에서 휘어진 곡도(曲刀)를 뽑더니 망설이지 않고 거지로 변장한 장정 앞으로 다가갔다. 곧 장정의 목을 베어버릴 듯한 기세였다. 그러나 신미가 자애로운 목소리로 만류했다. 대신 말구종을 시켜 점심으로 먹다 남은 두부를 장정에게 주도록 했다. 장정은 정말 배가 고팠던지 두부 두 모를 허둥지둥 먹어치웠다. 그러더니 눈물을 흘리며 엎드려 수양에게 용서를 빌었다.

술상

세종은 가끔 세자가 거처하는 별궁으로 와서 수양과 안평을 불렀다. 비가 쏟아지던 그날 밤도 세종은 별궁에 들러 수양과 안평이 오기를 기다리고 있었다. 장대비가 별궁의 기왓장을 두들기며 암막새 끝에서 허연 물줄기가 되어 직하하고 있었다. 낙숫물 소리가 제법 크게 들려왔다. 세자가 세종의 눈치를 보며 말했다.

“아바마마, 폭우가 쏟아져 동생들이 좀 늦어지고 있는 것 같사옵니다.”

“낙숫물 소리가 장쾌하여 들을 만하구나.”

가뭄에 농작물이 타들어가고 있으므로 분명 반가운 비였다. 며칠 전에 홍천사에서 기우제를 지냈는데 그 효험 같기도 하여 더욱 흡족했다. 세종은 날이 밝으면 승지를 시켜 기우제를 지낸 홍천사 승려들에게 방물을 하사하리라고 생각했다.

"아바마마, 술상을 들이라 해도 되겠사옵니까?"

세자가 말하자 세종은 바로 허락했다.

"세자는 어찌 그리 나의 마음을 잘 아느냐. 출출하니 술 생각이 절로 나는구나."

"아바마마께서 즐겨 마시는 술로 들이라 하겠사옵니다."

"수라간 궁녀들을 깨우지 마라. 술 한 병만 있으면 족하니 소란 피울 것 없다."

"분부대로 하겠사옵니다."

세자는 내시를 시켜 소박한 술상을 가져오게 했다. 세자는 단출한 술상을 좋아했다. 몸이 약해 많이 마시지도 못했을뿐더러 수라간에서 내오는 잔칫상 같은 술상은 부담스러웠다. 궐 밖의 벼슬아치들도 특별한 날이 아니면 소박하기 짝이 없었다. 요란한 술상을 즐기는 벼슬아치는 사헌부 관원의 탄핵 대상이 되기도 했기 때문이었다.

세종은 상궁이 들고 온 술상을 보더니 매우 만족해했다.

"술상을 보니 세자의 검박한 마음이 보이는구나."

"저뿐만 아니라 궐 밖의 벼슬아치들도 다 이런 줄 아옵니다."

술상 위에는 청자주병이 하나 놓여 있었고 안주는 쌀로 만든 엿과 잘게 찢어놓은 북어포가 전부였다. 세종은 아버지 태종과 달리 폭음 대취하기보다는 한두 잔씩 음미하고 마는 애주가였다. 수양과 안평이 도착한 듯 밖에서 철벅거리는 소리가 났다. 내시가 문을 열어주자 수양과 안평이 들어와 엎드려 절을 했다. 퍼붓는 빗속을 뚫고 왔는지 둘 다 바짓가랑이가 젖어 있었다. 성격이 급한 수양이 먼저 말했다.

"아바마마, 아뢸 말씀이 있사옵니다."

"그렇다면 내가 너희들을 잘 불렀구나."

"다름이 아니오라 신미 대사님에 관한 얘기이옵니다."

"말해보아라."

"정효강이 대사님을 보호하기 위한 계책을 저에게 말했사옵니다."

"그게 무엇이냐?"

수양은 신미를 집현전에서 파직시키는 대신 궐내에 임시 관청인 정음청을 만들어 우리 글자 만드는 일을 계속하게 하자는 정효강의 말을 전했다.

"무슨 말인지 알겠다. 그리해서라도 헌부 관원들의 탄핵을 피해보자는 계책이구나."

"대사님이 집현전 학사가 된 것을 시기하고 질투하니 그렇사옵니다."

"그렇다면 정음청은 어디에 두는 것이 좋겠느냐?"

세종이 술을 한 잔 마신 뒤 물었다. 수양이 대답하지 못하고 머뭇거리자 세종은 안주로 나온 엿을 소리 나게 먹었다. 어금니로 엿을 깨무는 소리가 오도독하고 났다.

"아바마마께서 대사님에게 집현전 학사직을 제수하신 것은 대사님을 수시로 부르기 위한 것이었사옵니다. 그러하오니 정음청도 궁 안에 두시는 것이 어떠하겠사옵니까?"

"옳은 생각이다. 그렇다면 정음청을 내불당에 두면 좋을 것 같구나."

"그렇게 지시하시면 대사님도 불편함이 없을 것이옵니다."

경복궁의 문소전 뒤편에 있는 내불당에 정음청을 둔다면 신미는 세종의 부름에 더 빨리 응할 수 있고, 세종 역시 아무 때나 신하들의 눈치를 보지 않고 갈 수 있었다. 아무 말도 하지 않고 다소곳이 앉아 있는 세자에게도 세종이 물었다.

"너도 말해보아라."

"아바마마, 제 생각도 내불당에 정음청을 두게 된다면 우리 글자를 만드는 일이 더욱 빨라질 것 같사옵니다. 사실 대사님께서 어느 땐가는 아바마마께서 우리말에 입힐 글자꼴의 원리를 알려주셨다며 몹시 격동되어 있었사옵니다."

세자의 말은 사실이었다. 세종은 신미에게 자음은 혀의 모양과 입술 모양과 이 모양으로, 모음은 천지인(天地人)을 기본으로 하여 만들어보라고 상형(象形)의 바탕을 일렀던 것이다. 이를테면 혀뿌리가 목구멍을 막는 소리는 그때의 혀 모양을 본떠 'ㄱ'으로, 혀가 윗니 잇몸에 닿아서 나는 소리는 그때의 혀 모양을 본떠 'ㄴ'으로, 입에서 나는 소리는 입 모양을 본떠 'ㅁ'으로, 이에서 나는 소리는 이 모양을 본떠 'ㅅ'으로, 목구멍에서 나는 소리는 목구멍 모양을 본떠 'ㅇ'으로 만들라고 했으며 모음 글자 모양은 삼재(三才) 중에 하늘은 둥그니까 'ㆍ'이고, 땅은 평평하니까 'ㅡ'이고, 사람은 서 있으니까 'ㅣ'로 해보라고 지시했던 것이다.

사실 신미는 몇 달째 세종이 알려준 글자 원리를 가지고 범자의 자음과 모음처럼 가획(加劃)을 해가며 글자를 만들고 있는 중이었다. 이는 범자에 능한 신미만이 할 수 있는 방법이었다. 말하자면 범자의 칠음체계(七音體系), 즉 아설순치후(牙舌脣齒喉)와 반설반치(半舌半齒)에 근거하여 획을 더해갔다. 마침내 아음(牙音) 즉 어금닛소리는 ㄱ이 가획하여 ㅋ, ㆁ〔옛이응(異體)〕, ㄲ이 되고, 설단음(舌端音) 즉 혀끝소리는 ㄴ이 가획하여 ㄷ, ㅌ, ㄹ〔異體〕이 되고, 순음(脣音) 즉 입술소리는 ㅁ이 가획하여 ㅂ, ㅍ이 되고, 치음(齒音) 즉 잇소리도 ㅅ이 가획하여

ㅈ, ㅊ, ㅿ[반치음(異體)]이 되고, 후음(喉音) 즉 목구멍소리도 ㅇ이 가획하여 여린히읗(ㆆ), ㅎ이 되는 이치였다. 모음도 마찬가지였다. 아래아(·)와 ㅡ, ㅣ를 합용(合用)하니 ㅗ, ㅜ, ㅏ, ㅓ가 되며 아래아(·)가 한 번 더 합쳐지니 ㅛ, ㅠ, ㅑ, ㅕ가 되는 것이었다. 이렇게 만들어진 자음과 모음은 자유롭게 상하, 좌우 교합하여 어떤 소리라도 표현할 수 있게 되는데, 심지어는 닭 우는 소리 등 짐승이 우는 소리까지도 정확하게 표현 가능했다. 그렇다고 완벽한 것은 아니었다. 심한 콧소리 등은 새로 만든 글자로도 담아내지 못했던 것이다.

세종은 안평에게도 물었다.

"우리 글자가 다 되어간다고 하더냐?"

"아바마마께서 지시한 상형으로 만든 자모에 가획과 합용, 교합하여 만드는 중이나 아직도 미흡하여 범자를 참고해 궁리 중이라 하였사옵니다."

"새끼줄처럼 생긴 범자와 발음기관을 본뜨고 오묘한 우주의 원리를 담은 우리 글자가 어찌 같다고 하겠느냐. 비록 입과 혀와 목구멍의 소리를 좇아 글자를 만드는 음운체계는 같으나 발음기관을 본떠 만든 우리 글자 모양은 범자와 하늘과 땅 차이가 날 것이니라."

"발음기관을 본떴기에 글자 모양만 보고도 그 글자가 어디에서 나는 소리인 줄 알 수 있고 외우기도 몹시 쉬울 것 같사옵니다."

"그렇다. 누구나 외우기 쉬울뿐더러 익히기도 쉬울 것이니라. 범자는 오십자모(五十子母)나 되어 익히기 어려우니, 우리 글자는 발음기관과 천지인 삼재(三才)를 근거로 만들되, 범자의 오십자모의 반 정도로 글자 수를 줄여보라고 했느니라."

훈민정음을 만드는 데 범자 자모를 참고했다는 기록은 복천사에 전해지는 『신미당 수암 대선교종사 실기(信眉堂 秀巖 大禪教宗師 實記)』에도 나온다. 실기란 말 그대로 사실을 전하는 기록일 것이다.

> 신미 대사가 세종대왕의 초빙을 받아 집현전에 참석하게 되었다. 신미 대사는 모음과 자음을 범서(梵書)에서 착안하여 훈민정음을 마무리 지었다.

정인지는 『훈민정음 해례본』 서문에서 유신들의 반발을 고려하여 모호하게 '꼴을 만들되 글자가 옛 전자와 비슷하다(象形而字倣古篆)'라고 했지만, 성현(成俔)이 지은 『용재총화(慵齋叢話)』는 보다 구체적으로 '글자체는 범자에 의지해서 만들었다(其字體依梵字爲之)'고 밝히고 있다. 성현은 세종 21년(1439)에 태어나 학동 시절에 김수온 등에게 공부했고 스물여섯 살(세조 10년)이 되어 예문관 관원으로 학문을 연마했던 바, 그의 범자 기원설(梵字起源說)은 당시 선비들 사이에 떠돈 이야기였음이 분명한 것이다. 이와 같은 기원설은 광해군 때까지도 이어졌는데, 이수광(李睟光)이 지은 『지봉유설(芝峯類說)』은 '우리나라 언서의 글자 모양은 모두 범자를 모방했다(我國諺書字樣 全倣梵字)'라고 기록하고 있음이다.

세종은 술병에 남은 술을 기분 좋게 한 잔 더 마시며 말했다.

"중국 글자로 저 빗소리를 어찌 똑같이 표현할 수 있겠느냐?"

"아바마마, 할 수 없사옵니다."

"허나 우리 글자는 중국 글자와 다르지."

세종의 말대로 신미와 함께 만들고 있는 글자로는 이 세상의 어떤 소리도 어렵지 않게 옮길 수 있었다. 봄비처럼 보슬보슬 속삭이듯 내리는 소리나, 소나기처럼 주룩주룩 쏟아지는 소리도 물론이려니와 가을비처럼 추적추적 낙엽을 적시는 빗소리도 가능했다.

"아바마마, 대사님 말씀에 의하면 천축국에서 사용하는 말과 우리말의 뿌리가 같다고 하여 몹시 놀란 적이 있사옵니다."

"나도 신미에게 들어 알고 있다. 일찍이 함허 대사가 대자암에서 신미에게 말했다고 하더구나. 지금 이 넓은 방에 밀랍 촛불이 밝다고 할 때에도 그렇다. '넓다'의 '넓'이나 '밝다'의 '밝'이 천축국에서도 같은 말, 같은 뜻으로 쓰인다고 하는구나."

"아바마마, 다시 들어도 놀랍기만 하옵니다."

"그러니 범자의 칠음체계는 신미 대사가 모방한 것이 아니고 원래 우리 것을 되찾은 것이지."

"그렇사옵니다. 대사님 말씀에 의하면 수미산 산자락에서 같은 언어를 사용하다가 우리는 동쪽으로 이동하여 동이족이 되고, 천축인은 남진하여 천축국을 세웠다고 들었사옵니다."

세종은 신미가 만들고 있는 글자의 원리가 범자의 상형과 가획, 합용과 교합의 원리와 흡사하다는 것을 정확하게 이해하고 있었다. 세종뿐만 아니라 세자와 수양과 안평, 정의공주도 마찬가지였다. 대자암에서 신미에게 범자의 오십자모를 몇 번이나 들은 바 있기 때문이었다.

세자는 부왕과 동생들이 돌아간 뒤 술상에 놓인 엿으로 기본적인 자음과 모음을 만들어 보았다. 이제는 가능한 일이었다. 이윽고 하나하나 소리를 내보았다. 자모의 소리들이 입과 혀와 목구멍에서 나는

데, 그 소리의 위치들이 신미와 함께 공부할 때처럼 다시 한 번 확실하게 짚어졌다. 세자는 술상에 남은 엿과 북어포를 안주 삼아 술병의 술을 비웠다. 장대비는 여전히 기세 좋게 쏟아졌다. 농작물의 해갈에 충분한 비였다. 빗소리는 침상에 누운 세자를 포근하게 감싸주었다.

4장

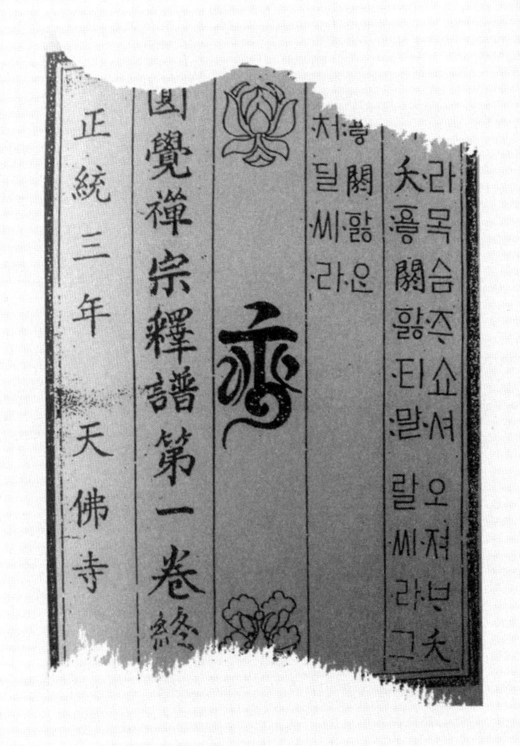

『원각선종석보』. 정통 3년(1438)이란 간행 연도가 보인다.

내불당

내원불당(內願佛堂)은 내원당 혹은 내불당이라고 불렸다. 왕실의 소원을 부처에게 비는 곳이라는 뜻이었다. 세종은 내불당을 보호하는 데 앞장섰다. 창덕궁에 있던 내불당을 경복궁 뒤쪽으로 옮긴 불사도 세종 때의 일이었다. 태조의 첫째 부인이었던 신의왕후의 위패를 봉안한 문소전을 옮기면서 함께 불사했던 것이다.

세종이 내불당을 소중히 여기고 외호했던 이유는 무엇보다 태조의 뜻을 따르기 위해서였다. 할아버지를 향한 효성의 발로인 셈이었다. 문소전을 조성할 때 태조는 신의왕후의 명복을 빌기 위해 내불당을 지었던 것이다. 그리고 또 한 가지 이유가 있다면 어머니 원경왕후의 지친 마음을 위로하기 위해서였다. 원경왕후는 나이 오십이 넘어서부터는 몸이 부쩍 쇠약해져서 동대문 밖에 있는 비구니 사찰 정업원(淨業院)까지도 움직이기가 힘들었다. 그러니 아버지 태종이 혁파했던 궁중의 내불당을 다시 운영하지 않을 수 없었다. 태종 때 유명무실하게 방치했던 내불당을 다시 살려 원경왕후에게 바친 셈이었다. 내불당을 살리고 보니 세종 자신도 더없이 좋았다. 아침저녁으로 궁중에 왕실과 백성들의 안락을 기원하는 내불당의 절절한 독경 소리와 목탁 소리가 울려 퍼졌다. 세종은 즉위 초부터 가끔 내불당을 들르곤 했는데 대부분은 내시 김용기(金龍奇)만을 데리고 갔다. 신하 중에서도 사헌부나 사간원 관원들의 간섭을 받기 귀찮아서였다.

내불당에서 향을 사르고 난 뒤 혼자 앉아 있으면 마음이 편안했다. 잡스러운 나랏일들이 잠시 동안이지만 머릿속에서 씻어졌다. 그때 눈앞에 섬광처럼 번쩍이며 보이는 것은 불단 위의 금불상이었다. 옥에 개금을 한 이 금불상 속에는 부처의 사리가 들어 있었다. 치아 사리 네 과(顆)가 봉안되어 있었던 것이다. 두골 사리와 패엽경 및 가사는 흥천사 사리전에 있었다.

"너도 이리 와 앉아보거라."

"전하, 저는 이곳에 서 있어야 하옵니다."

내시 김용기는 내불당 큰문 옆에서 허리를 숙인 채 서 있었다. 큰문은 임금이 드나드는 문이라 하여 어간이라 했다.

"오늘은 신하들도 모두 일찍 퇴궐하고 없으니 괜찮다. 부처 앞에서는 임금도 신하도 다 평등하다고 하지 않느냐."

"전하, 내불당 안까지 저를 데리고 온 것만으로도 기쁨을 감추지 못하겠나이다."

"너도 석교를 믿느냐?"

"친지 중에는 승려가 된 사람도 더러 있사옵니다."

"그래서 더 기쁜 것이냐?"

"전하의 은혜가 아니라면 어찌 감히 부처님 사리 앞에 설 수 있겠사옵니까?"

"너도 불상 안에 사리가 있음을 알고 있구나."

"내불당에 부처님 사리가 있다는 것은 부처님께서 도솔천에서 내려오신 것이나 다름없사옵니다."

"내불당으로 도솔천의 부처가 내려왔다는 너의 말솜씨가 그럴듯하구나."

"전하, 저는 아무것도 모르옵니다."

"아니다. 이곳을 내불당이라 하는 것보다 도솔사(兜率寺)라 하는 것이 더 거룩하고 아름답구나."

"정말 개명할 것이옵니까?"

"현부의 신하들이 가만히 있지 않겠지. 내불당에 부처의 사리가 있다는 것만으로도 불만이 많은데 말이야. 내불당을 절로 승격시킨다고 하면 불을 보듯 뻔하지 않겠느냐. 상소가 그치지 않을 것이다."

"지당한 말씀이옵니다."

"그러니 도솔사라는 말은 너와 나만 아는 일로 하자꾸나."

금불상 속에 부처의 사리가 들어 있다는 것은 세종에게 몹시 흥미로웠다. 이천오백 년 전에 살았던 부처의 사리가 조선 땅까지 왔다는 것이 신비롭고 자랑스럽기까지 했다. 중국의 사신 중에 석교에 조예가 깊은 사람이 오면 특별히 내불당을 참배하게 했다. 명나라 사신 황엄이 그랬다. 세종은 황엄이 사신으로 오자, 그를 이명덕, 원민생, 원숙에게 안내하게 하여 내불당을 참배시켰다. 세종은 내불당에 있던 부처의 사리 말고도 전국의 사찰에 있는 고승들의 사리 오백오십

과를 내불당으로 가져와 친견하도록 했던 것이다. 사헌부 신하들이 요사한 물건이므로 궐 밖으로 내치자고 상소하곤 했지만 세종은 내불당 부처의 사리로 명나라 사신 황엄에게 아무도 생각지 못한 외교를 했다.

"용기야, 내불당 주지를 불러오너라."

"지금 내불당 문밖에 있사옵니다."

늙은 주지는 내불당 밖에서 두 손을 모은 채 대기하고 있었다. 세종이 부르지 않는 한 내불당 안으로 들어갈 수 없었다.

"불러들여라."

"주지는 안으로 드시오."

그제야 늙은 주지가 내불당 안으로 들어와 고개를 숙이고 엎드렸다.

"너는 다시 홍천사로 돌아가거라."

"전하, 분부대로 하겠사옵니다."

"그동안 내불당 일을 보느라고 고생이 많았다."

내불당 주지는 홍천사와 홍덕사에서 번갈아가며 파견 나오곤 했는데, 왕실의 크고 작은 재를 지낼 때는 홍천사, 홍덕사, 진관사는 물론 대자암 염불승들의 지원을 받았다.

"홍천사로 되돌아가면서 원하는 것이 있느냐?"

"아, 아무것도 없사옵니다."

주지는 마음속으로 은근히 쾌재를 불렀다. 내불당의 소임은 생각보다 까다로웠다. 수시로 왕비나 상궁들이 찾아와 기도를 했고, 왕실의 요청이 있을 때마다 재를 지내야 했다. 더불어 문소전을 관리해야 했는데 아침저녁으로 신의왕후 위패 앞에서 염불을 하는 것도 중요한 일과였다.

"혼자 소임을 다 보았느냐?"

"상주하는 중은 동자승까지 포함해서 세 명이옵니다."

"내불당 작은 요사에서 세 명이 거처했다는 말이냐?"

내불당에서 조금 떨어진 곳에 있는 요사는 열 평 남짓한 작은 건물이었다. 요사는 숲 속에 있었으므로 내불당에서는 보이지 않았다.

"전혀 불편함이 없었사옵니다."

"알았다. 물러가 있거라."

늙은 주지가 나가고 난 뒤 세종이 내시에게 말했다. 세종이 내불당을 찾은 까닭은 때를 보아 신미를 부르기 위함이었다.

"용기야, 주지가 불편함이 없다고 하나 네가 가서 확인해보거라."

"전하, 다음 주지의 방 때문이옵니까?"

"그렇다. 네 눈으로 직접 청결한지 더러운지를 알아보라는 것이다. 신미가 올 것이다."

세종은 내시에게 왜 신미가 내불당에서 살아야 하는지는 이야기하지 않았다. 그것은 세자와 수양, 안평, 정의공주까지만 아는 극비였다. 내불당에 임시 관청인 정음청을 설치한다는 것을 아는 사람은 오직 그들뿐이었다. 세자로부터 우리 글자가 완성되어 가고 있다는 보고를 들은 세종은 더 이상 망설일 수 없었다. 신미가 하루라도 빨리 내불당으로 와서 비밀을 지키면서도 불편함 없이 속도를 내야 했다.

신미가 거처할 요사의 방을 확인하고 돌아온 내시가 말했다.

"대방(大房)은 아니오나 빛이 잘 드는 양명한 방이옵니다."

"알았다."

"전하, 신미 대사가 정말 오는 것이옵니까?"

"너만 알고 있어야 한다."

세종은 흡족한 미소를 지으며 내불당을 나왔다. 신미가 왜 내불당으로 와야 하는지, 그 이유를 모르는 내시 김용기는 세종을 뒤따르면서 고개를 몇 번이나 가로저었다. 내시는 종종걸음으로 뒤따르다가 걸음을 멈추었다. 세종의 곤룡포가 석양빛을 받아 유난히 눈부셨다. 눈부신 것은 내불당의 금불상만이 아니었다. 세종의 뒷모습도 일렁이는 금빛이었다. 내시 김용기는 세자와 왕자들이 존경하는 신미가 내불당으로 온다니 갑자기 가슴이 설레었다. 뿐만 아니라 내불당에서 무언가 상서로운 일 하나가 벌어질 것만 같은 예감이 들었다.

소쩍새 울음소리

세종 20년(1438).

대자암 뜰에 매화나무 꽃이 가지마다 피어나고 있었다. 매화 향기가 법당 안으로 밀려들곤 했다. 대자암 뜰에는 주지의 취향대로 이식해 온 청매, 백매, 홍매가 꽃을 피우고 있었다. 청매는 흰 꽃에 꽃받침이 연둣빛이었고, 백매는 흰 꽃에 꽃받침이 연분홍빛이었고, 홍매는 선홍빛의 꽃에 꽃물이 든 듯 꽃받침도 붉었다. 매화 향기를 맡고 있으면 피로가 풀리고 정신이 맑아졌다. 신미는 이 시기를 일 년 중에 가장 좋아했다.

그러나 이 무렵 신미는 대자암을 떠날 수밖에 없었다. 홍천사에서 임금의 명을 기다리라는 교지를 받았기 때문이었다. 교지의 내용은 두 가지였다. 첫 번째는 집현전 학사를 파직한다는 것이었고, 두 번째는 정음청 학사로 제수한다는 내용이었다. 신미는 드디어 올 것이 왔다고 생각했다. 작년에 청계천변의 정효강 집에서 수양과 회동했을 때 정음청 이야기가 나왔던 것이다. 교지의 내용이 이미 오고간 이야기였으므로 신미의 마음은 담담했다.

올해 신미의 나이는 서른여섯 살이었다. 열네 살에 출가했으니 어느새 승랍이 이십이 년이나 된 셈이었다. 신미에게 홍천사는 어느 때나 감회가 새로워지는 절이었다. 원경왕후 천도재를 지내면서 세종을 친견한 곳도, 스승 함허를 다시 만난 곳도, 세종의 지시를 받아 우리 글자를 처음으로 궁리한 곳도 홍천사였던 것이다.

신미가 홍천사에 온 지 열흘이 되었을 때였다. 마침내 제학 최홍효(崔興孝)가 찾아와 내불당으로 입궐하라는 세종의 명을 전했다.

"내불당에 주석하라는 전하의 명이오."

"알겠습니다."

"내불당은 나와도 인연이 깊은 곳이오."

당대의 명필로 이름을 떨치고 있는 최홍효는 일찍이 세종의 명을 받아 내불당에서 『금자법화경』을 쓴 장본인이기도 했다. 세종이 최홍효를 보낸 것은 그가 비록 유생이기는 하지만 불경을 사경한 인연이 있어서였다.

"나리께서 쓰신 『금자법화경』이 내불당에 봉안되어 있다는 것을 알고 진즉 뵙고 싶었던 차였습니다."

"불씨(佛氏)의 가르침을 모르고 쓴 글씨라 자랑할 만한 것은 못 되오."

"사경의 공덕은 탑을 조성하는 것보다 수승하다고 했습니다. 그러니 나리께서는 크게 복을 지으신 것입니다."

"하하하."

최홍효는 큰 소리를 내어 웃었다. 그러더니 정색을 하며 말했다.

"내불당 불상 안에 불골(佛骨)이 있다는데 기분이 개운치는 않았소. 헌데 전하께서는 귀하게 여기시는 것 같았소."

"전하께서 석가모니 부처님이 어떤 분인지 알고 계시기 때문입니다."

"석가모니 부처님이 누구시오?"

"작은 천축국의 왕자로 태어나 태자 때 출가하여 도를 이룬 성인입니다."

"석가모니 부처님을 알 수 있는 족보가 있소?"

신미는 갑자기 족보를 묻는 최홍효의 물음에 대답을 못했다. 그러자 최홍효가 신미를 몰아붙이듯 말했다.

"석가모니의 선조가 누구인지, 부모가 누구인지, 아내가 누구인지, 형제자매가 누구인지를 밝힌 족보가 있을 것 같아 물어본 말이오."

"석교는 전생과 내생을 믿습니다. 석가모니 부처님의 전생을 얘기하는 경전은 있습니다만 족보는 없습니다."

"왕족 출신이 족보가 없다니 의아하오."

최홍효는 차를 좋아하지 않는지 처음 잔만 마시고 두 잔째는 손사래를 쳤다. 그렇다고 절에서 술을 내올 수는 없는 일이었다.

"족보라기보다는 부처님이 어떤 분인지를 밝힌 경(經)은 있습니다."

"무엇이오?"

"『원각선종석보』라는 경입니다."

"나 같은 석교의 문외한들이 호기심을 가질 만한 경이오."

순간 신미의 머릿속에 불이 하나 켜지는 듯했다. 유생이 관심을 갖는다면 무지렁이 백성들은 말할 것도 없었다. 신미는 최홍효가 알아듣지 못할 만큼 작은 소리로 중얼거렸다.

'그렇다. 부처님 가르침을 알기 전에 부처님이 어떤 분인지를 아는 것이 더 중요하지 않을까. 무지렁이 중생들을 위해 우리 글자로 『원각선종석보』를 만들어보자.'

그날 밤이었다. 소쩍새가 사리전 용마루 위로 날아와 울었다. 경계심이 많은 소쩍새가 사리전까지 가까이 온 것은 아주 드문 일이었다. 신미는 입궐하기 위해 바랑을 정리했다. 옷가지와 범자 서책들과 경전을 챙겼다. 그래도 남은 짐은 날을 잡아 말구종이 나르도록 할 수밖에 없었다.

신미는 잠자리에 들지 않고 방문을 열었다. 그러자 소쩍새 소리가 더욱 크고 구슬프게 들려왔다. 그때였다. 소쩍새 울음이 뚝 끊어지더니 발소리가 났다. 누군가가 신미 방을 향해서 걸어오고 있었다. 걸음걸이로 보아 늙은 말구종인 것 같았다. 말구종은 나이답지 않게 다리에 힘을 주듯 겅중겅중 걸었다.

"사간원 구실아치가 대사님을 뵙겠다고 왔습니다요."

"데리고 오너라."

잠시 후 신미는 말구종을 따라온 사간원 구실아치를 바로 알아보았다.

"아니, 그대는 정 지평 댁에서 보았던 사람이 아니오?"

"그렇습니다요. 대사님께서 수양대군마마의 칼에 죽을 뻔한 저를 살려주었습니다요."

"중의 도리를 다했을 뿐인데 그게 어쨌다는 것이오."

"은혜를 갚고자 찾아왔습니다요."

“이 밤중에 고마움을 잊지 않고 찾아왔으니 됐소. 그러니 돌아가시오.”

“대사님께서 내일 입궐하시는 것을 저는 알고 있습니다요.”

“아니, 그걸 어찌 안다는 말이오. 누구한테 들었소?”

“사간원에서 우헌납을 지내셨던 제학 최홍효 나리와 최수 헌납 나리가 하는 말씀을 들었습죠.”

“뭐라고 했소.”

“대사님이 내불당으로 가는 것을 막고자 홍천사와 육조 거리 사이 숲에 자객을 보낸다고 했습니다요.”

자객이 태조의 두 번째 부인 신덕왕후의 능찰인 홍천사에 들어오지 않은 것만도 다행이었다. 만약 들어온다면 이는 태조를 능멸하는 일이었다. 그래서 홍천사 밖의 숲에서 신미의 목숨을 노리는 게 분명했다.

“한때는 사헌부의 관원들이 나를 탄핵하려고 애를 쓰더니 이제는 사간원 관원들이 내 목숨을 노리는구나.”

신미가 이야기할 때 좀처럼 끼어들지 않는 말구종이 미간에 힘을 주며 말했다.

“대사님 목숨이 위험하니 입궐하시는 날짜를 바꿔야 합니다요.”

“전하의 명을 어찌 거역하겠느냐.”

“내일 입궐하시는 것은 칼잡이에게 목숨을 내놓은 것이나 마찬가집니다요.”

사간원 구실아치도 만류했다.

“대사님은 제 목숨을 구해주신 은인입니다요. 저도 대사님의 목숨을 구하고자 아무도 몰래 이곳까지 달려왔으니 입궐을 미루셔야 합니다요."

"알겠소. 그러니 그대는 돌아가시오."

신미는 사간원 구실아치가 돌아간 뒤 깊은 생각에 잠겼다. 임금의 명을 거역한다는 것은 상상할 수조차 없었다. 목숨을 잃는 한이 있더라도 내불당으로 가야 했다. 그것만이 신하들의 의견과 달리 해인사의 대장경판을 왜국에 보내지 않고 지켜준, 흥천사 사리전을 태조 때보다 더 장엄하게 중건해준, 우리 글자를 만들도록 자신에게 학사 벼슬을 제수한 세종에게 신하 된 도리를 다하는 일이었다.

말구종은 방문 밖에서 물러가지 않았다. 신미로부터 입궐하지 않겠다는 약속이라도 받아두려는 듯 고집을 부리며 시위했다. 소쩍새 울음소리에 잠은 저만큼 달아났다. 하는 수 없이 신미는 말구종을 방으로 불러들였다.

"나는 전하의 명을 어기지 않을 것이다. 불구덩이 속이라도 들어갈 것이다."

"대사님은 나라의 큰일을 하고 계신 분입죠. 그러니 더욱 목숨을 아끼셔야 합니다요."

"그렇다면 내가 어찌해야 하느냐?"

"대사님께서 반드시 내일 입궐하시겠다면 약속을 한 가지 하셔야 됩니다요."

"그것이 무엇이냐?"

"쇤네가 대사님의 삿갓을 쓰고 승복을 입고 역마를 타겠습니다요."

"그건 안 된다."

"쇤네야 다 산 늙은이입죠. 반면에 대사님은 임금님을 도와 나랏일을 하실 분입죠."

순간 신미는 자신을 위해 죽겠다는 말구종의 말에 가슴이 뭉클했다. 그러나 신미의 생각은 말구종과 달랐다.

"비록 신분은 다르지만 네 목숨과 내 목숨의 값은 같은 것이다. 부처님은 미물의 목숨까지도 사람만큼 귀하게 여기신 분이셨다."

"쇤네는 한때 무술을 연마한 적이 있습죠. 한두 명 자객의 칼쯤은 피할 자신이 있습니다요. 적이 어디에 있는지 알고 지나가는 길이니 목숨은 잃지 않을 것입니다요."

말구종은 한밤중이 되었는데도 물러서지 않았다. 결국 신미는 말구종의 의지를 꺾지 못했다.

"네 뜻을 알았으니 이만 돌아가거라."

신미는 말구종이 돌아간 뒤 좌복을 꺼냈다. 눈을 반쯤 감고 좌선에 들었다. 산란한 마음을 가라앉히는 데는 좌선이 최고였다. 얼마나 지났을까. 들끓었던 생각들이 저만큼 달아났다. 머릿속이 허공처럼 텅 비워지는 느낌이었다. 고요한 호수처럼 텅 비워진 머릿속에는 소쩍새 울음소리만 오롯이 남았다. 신미는 자신이 소쩍새 울음소리가 되어버린 듯했다.

자객

육조 거리에 관원들이 하나둘 모여드는 아침이었다. 홍천사 뜰에 날아든 새들의 울음소리가 유난히 시끄러웠다. 새들은 먹이를 찾아 수국의 낭창낭창한 잔가지를 건너뛰며 지저귀었다. 팽나무 그늘에서 작은 부리로 풀밭을 헤집는 까치도 보였다. 뜰에 아침 햇살이 들기 전의 풀밭은 촉촉했다. 밤이슬이 풀잎 끝에서 영롱하게 반짝이곤 했다.

신미는 풀잎 끝의 이슬을 바라보며 잠시 상념에 잠겼다. 풀잎 끝의 이슬이 아름다운 것은 자신의 몸을 미련 없이 던지려 하기 때문인지도 몰랐다. 사라지는 것을 두려워한다면 반짝일 수 없었다.

'그렇다. 비록 내 목숨을 노리는 자가 있다 하더라도 반드시 입궐하여 전하의 뜻을 이루리라. 전하의 명을 받들고야 말리라.'

신미의 모습은 어젯밤과 달랐다. 예리한 삭도로 수염을 밀어버렸기 때문에 나이가 훨씬 젊어 보였다. 옷도 말구종이 입던 옷이었으므로 노비의 모습과 흡사했다. 대신 신미의 가사 장삼을 입고 있는 말구종은 영락없는 승려 행색이었다. 다만 영리한 말은 눈치를 챘다. 말구종을 떨어뜨리려 했다. 말구종이 말 등에 올라타자 화가 난 듯 엉덩이를 치켜들곤 했다. 그러한 말도 잠깐 동안 반항하다가 멈추었다. 말구종은 말을 익숙하게 다루었다. 옆구리를 발로 가볍게 차며 고삐를 몇 번 낚아채자 이내 순해졌다.

홍천사 산문을 나서는 동안 아무도 두 사람의 역할이 바뀐 것을 알아보지 못했다. 일단 두 사람의 변장은 성공한 셈이었다. 산문과 육조 거리 사이에는 관원들이 산책하는 호젓한 오솔길이 하나 나 있었다. 신미는 광화문 대로보다는 오솔길을 이용하여 입궐하곤 했다. 승려가 역마를 타고 다닌다는 유생들의 손가락질 때문이었다. 오솔길을 들어서는 순간 동면에서 깨어난 오소리 한 마리가 광화문 쪽 숲속으로 느릿느릿 사라졌다. 말을 타고 있는 말구종이 말했다.

"대사님, 놈들은 오소리가 튀어나온 숲에 있을 것입니다요."

"어째서 그러느냐?"

"오소리가 먼저 놈들을 피해 도망가는 겁니다요."

"새소리가 멎은 걸 보니 누군가가 숲에 있는 게 틀림없다."

"대사님은 말 오른쪽에 계셔야 안전합죠."

말 오른쪽이라 함은 오소리가 사라진 숲 방향이었다. 신미는 새소리가 멎은 숲 쪽을 경계하며 말고삐를 잡고 걸었다. 단검이 날아온다면 말구종이 위험했다. 힘 한번 써보지 못하고 당할 수도 있었다. 그렇다고 고삐를 쥔 신미를 남겨두고 말을 타고 달릴 수도 없었다.

"일이 여의치 않으면 너 혼자라도 빠져나가거라."

"그럴 수는 없습니다요. 쇤네가 말을 탄 것은 대사님을 보호하기 위해서입죠."

"내가 잡히더라도 말먹이꾼으로 변장한 나를 차마 죽이겠느냐."

"아닙죠. 증거를 없애고자 대사님 목숨도 노릴 것입니다요."

"인과가 분명하거늘 어찌 악행을 숨길 수 있겠느냐."

이윽고 나뭇잎 부스럭거리는 소리에 말이 먼저 주춤거렸다. 순간 말구종이 소리치며 말 등에 붙듯 몸을 낮추었다.

"어떤 놈이냐!"

말구종을 겨냥한 단검 두 개가 연달아 날아왔다. 단검 하나는 말구종의 등을 스치며 빗나갔고 또 하나는 엉뚱한 방향으로 날아갔다. 눈 깜짝할 사이에 벌어진 일이었다. 말구종은 즉시 말에서 뛰어내려 복면을 쓴 자객과 맞섰다. 자객은 칼을 들고 있었고 말구종은 맨손이었다. 말을 사이에 두고 있었으므로 바로 공격하지는 못했다. 그러나 키가 큰 자객이 비호처럼 말을 뛰어넘어 말구종을 공격했고, 또 다른 자객은 말고삐를 잡고 있는 신미에게 다가왔다. 키 큰 자객이 말했다.

"말먹이꾼도 죽이거라."

신미에게 휘두른 자객의 칼이 나뭇가지를 잘랐다. 겁을 줄 뿐 위해할 목적의 칼놀림은 아니었다. 꺾어진 나뭇가지가 자객 앞에 뒹굴었다. 자객이 복면을 벗었다. 신미는 두 눈을 크게 떴다. 일부러 칼을 허공으로 휘두른 자객은 어젯밤에 홍천사로 찾아온 사간원 구실아치였다. 구실아치가 다시 복면을 쓴 뒤 작은 소리로 빠르게 말했다.

"대사님, 어서 말을 타고 피신하십죠."

"그럴 수는 없다."

말구종과 키 큰 자객의 싸움은 일방적이었다. 말구종은 자객의 칼을 피해 나무 뒤로 숨곤 했다. 자객의 칼끝이 말구종의 급소를 노렸지만 그때마다 말구종은 나무를 방패 삼아 요리조리 피했다. 젊은 날 무예를 닦아놓지 않았다면 불가능한 방어 무술이었다. 신미가 소리쳤다.

"내가 신미다!"

"날 속이려들지 말라!"

말구종이 키 큰 자객을 놀리듯 외쳤다.

"나는 죽음이 두렵지 않다."

서로가 신미라고 주장하므로 키 큰 자객이 칼놀림을 멈칫했다. 그러나 말구종은 벌써 지쳐 있었다. 늙은 몸이 자신의 생각대로 따라주지 않았다. 자객의 칼끝을 피하는 몸이 점점 둔해지고 있었다. 신미가 자신의 팔뚝을 보이며 소리쳤다.

"내 팔에 연비 자국이 보이지 않느냐!"

"죽고 싶다면 조금만 기다려라."

키 큰 자객이 칼을 든 채 침을 뱉으며 이죽거렸다. 그러더니 잡목 넝쿨에 걸려 쓰러진 말구종을 향해 칼을 내리쳤다. 그런데 그때였다. 어디선가 한 무리의 복면들이 나타나 키 큰 자객과 구실아치를 공격했다. 바람처럼 나타난 복면 우두머리는 키 큰 자객보다 무예가 훨씬 뛰어났다. 현란한 칼놀림으로 키 큰 자객을 제압해버렸다. 키 큰 자객과 사간원 구실아치는 피를 흘리며 숨통이 끊어졌다. 호위무사처럼 나타난 복면 우두머리가 말했다.

"대사님, 뒷수습은 걱정 마십시오."

"뉘신데 우리를 구해주는 것이오?"

"차차 알게 되실 것입니다."

"저 사람들을 죽일 필요는 없잖소?"

"그것도 차차 알게 될 것입니다. 어서 이 자리를 떠나십시오."

신미와 말구종은 숲 속에서 옷을 바꿔 입었다. 신미가 말 등에 올라타자 말이 진저리치며 움직였다. 오솔길을 다 빠져나와서야 말구종이 말했다.

"대사님, 구실아치가 불쌍합니다요."

"날 죽이려 했던 자객도 마찬가지다."

"그놈은 대사님 목숨을 노렸는데 왜 불쌍한 것입니까요."

"누군가의 사주를 받아 그랬지 나와 무슨 원한을 졌겠느냐."

"그래도 두 사람은 다릅니다요. 구실아치는 대사님을 살리려 했다가 죽었고 자객은 대사님을 죽이려 했다가 죽었습죠."

"어쨌든 지금 내가 이렇게 살아 있는 것은 중으로 변장한 네 덕분이다."

"쇤네가 아니라 저 이상한 복면들입죠."

"알 수 없는 일이다. 저자들이 왜 우리를 살려주었는지 말이다."

"무예가 보통이 아니었습죠."

"오랫동안 무예를 갈고닦은 무인이 틀림없다."

"그렇습죠. 제 목숨을 노린 놈이 복면 대장에게 힘 한번 쓰지 못하고 거꾸러졌으니까요."

"이 일을 아무한테도 말하지 말라."

"대사님 수염만 없어지고 말았습니다요."

"수염은 또 자란다."

육조 거리에 들어서자 말구종이 신미를 올려다보며 말했다.

"고마운 구실아치 천도재는 대사님께서 지내주십시오."

"그뿐이냐. 함께 죽은 사람도 극락왕생시켜 줘야지."

말구종은 신미의 처사를 납득하지 못했다. 자신의 목숨을 노린 이까지도 극락왕생을 빌어주겠다는 말을 이해하지 못했다. 신미는 말에서 내린 뒤 궁문을 들어서면서 중얼거렸다.

'우리를 살려준 이들이 누구인지 알 수 없는 일이구나.'

다음 날, 이른 아침인데도 사간원 솟을대문 앞에 사람들이 삼삼오오 모여 있었다. 아직 대간들이 일과를 시작하기 전이었다. 사람들 앞에는 칼을 맞아 죽은 시신 두 구가 널브러져 있었다. 시신은 복면을 쓰고 있었기 때문에 누구인지 아무도 몰랐다. 시신을 검시하는 형조의 관원이 오기 전에는 함부로 시신에게 손대거나 옮길 수 없었다.

두 구의 시신을 아는 사람은 신미와 말구종뿐이었다. 복면들이 시신을 그곳에 던져두고 사라진 것은 특별한 이유가 있을 것 같았다. 신미를 탄핵하지 말라는 엄중한 경고이기도 했다. 그러지 않고서야 두 구의 시신을 사간원 솟을대문 앞에 놓고 갈 리 없었다. 그들은 신미를 제거하려는 사간원의 음모를 정확하게 아는 사람들임에 분명했다.

진흙탕 연꽃

별궁에 급히 세자와 수양, 안평이 모였다. 내금위장(內禁衛將)의 보고를 듣기 위해서였다. 내금위장은 대조회를 마치고 바로 왔는지 흰 철갑을 두르고 있었다. 병조의 소관인 내금위(內禁衛)의 임무는 임금을 지근거리에서 밤낮으로 호위하는 일이었다. 내금위 군사들은 조회 때만 갑옷을 입고 평소에는 가벼운 복장에 환도만 차고 다녔다. 병조에서 선발한 숫자에다 수양이 지략과 무예가 뛰어난 이를 발견할 때마다 추천하다 보니 내금위 군사는 어느새 이백 명이나 되었다. 육십 명 정도면 삼교대로 임금을 호위할 수 있는데도 많은 군사들이 별로 하는 일 없이 봉급을 받았다.

그런데 수양의 생각은 달랐다. 임금뿐만 아니라 세자와 왕자들도 호위무사의 경호가 필요하다고 생각했다. 남아도는 내금위 군사를 왕실에서 이용하자는 것이었다. 그러나 수양의 이런 생각은 병조의 관원들에게 알게 모르게 견제를 받았다. 실제로 병조에서는 내금위 군사를 현실에 맞게 줄이자고 상소를 올리기도 했다.

별궁 임시 모임은 수양이 주관했다. 수양이 뚱뚱한 내금위장의 흰 갑옷을 보고 말했다.

"갑옷이 무겁지요?"

"수양대군마마, 대조회를 마치고 황급히 달려오느라 옷을 바꿔 입지 못했사옵니다."

내금위장은 비지땀을 흘렸다. 별궁의 방 안은 환기가 원활치 못해 후텁지근했다. 간밤에 불을 들인 듯 방바닥은 미지근했다. 그렇지만 낮말은 새가 듣고 밤말은 쥐가 듣는다고 했으니 방문을 열어젖힐 수도 없는 노릇이었다. .

"대사님께 보낸 군사는 어찌 되었소?"

"대사님은 무사하십니다. 무재(武才)가 뛰어난 내금위 군사 몇 명을 보내 자객을 물리쳤습니다."

"사간원 자객이 도망쳤다는 말이오?"

"두 놈 다 숨통을 끊어놓았습니다."

"시신은?"

"대군마마 지시대로 사간원 문 앞에 던져놓았습니다."

안평이 어두운 표정을 지으며 말했다.

"형님, 시신을 감쪽같이 처리하는 것이 더 좋지 않았겠습니까?"

이에 세자가 말했다.

"안평 얘기가 옳을 수도 있겠구나."

"그렇습니다, 형님. 사건이 일파만파 확대되어 조정이 걷잡을 수 없이 요동칠 수 있기 때문입니다."

"조정이 흔들리면 아바마마의 부담으로 돌아올 수 있어."

그러나 수양은 사건의 결말을 확신하듯 반대 의견을 냈다.

"관원들이 대사님을 제거한 뒤 석교의 싹을 자르려 하고 있습니다. 또한 이는 대사님을 곁에 두려는 아바마마의 존엄을 무시하는 것과 다름없습니다. 그러니 관원들에게 충격을 주어 엄중하게 경고하자는 것입니다. 결국 아무 일 없을 것입니다."

세자가 수양의 말에도 수긍했다.

"수양 얘기도 옳다. 그래서 시신 처리를 그렇게 했다는 말이로구나."

"형님, 시신을 사간원 앞에 두라고 한 것은 제가 내금위장에게 부탁했습니다."

내금위장은 여전히 땀을 뻘뻘 흘리고 있었다. 내금위장이 앞으로 고꾸라질 듯 상체를 숙이며 말했다.

"세자 저하, 소신도 수양대군마마와 같이 사건이 확대되지 않을 것으로 사료되옵니다."

"이유가 무엇이오?"

"살인 사건을 조사하게 되면 사간원 관원들의 음모가 드러나게 될 것이옵니다. 피바람이 조정의 어디로 회오리칠지 모르옵니다. 그러니 사간원 관원들은 조사하는 척하다가 전하의 심기를 살피면서 유야무야 덮어버릴 것이옵니다."

비로소 세자가 안도하며 수양에게 말했다.

"수양 동생이 끝까지 사건을 잘 마무리 지어주게."

"형님, 다시 말씀드리지만 이 사건은 곧 잠잠해질 것입니다. 내금위장 말대로 살인 사건 조사는 확대되지 못할 것입니다. 뿐만 아니라 대사님을 제거하려는 대관들의 기세는 차츰 꺾이고 말 것입니다. 누구라도 대사님을 건드리면 살아남지 못하리라고 경고한 까닭입니다."

수양이 내금위장에게 작은 상자를 하나 내밀었다.

"수고하셨습니다. 대사님을 지켜내셨으니 받으십시오. 제가 마련한 마음의 선물입니다. 거절하지 마시오."

"수양대군마마. 황공하옵니다."

수양이 내놓은 선물은 왜국의 사신이 가져온 은제 단검이었다. 세자가 말했다.

"내금위장, 상자를 열어보시오."

"세자 저하, 그리하겠습니다."

상자를 열자 끝이 뾰쪽한 은제 단검이 드러났다. 단검 손잡이에는 매화가 선명하게 음각되어 있었다. 내금위장이 매우 흡족해하자 수양이 말했다.

"앞으로는 대사님이 내불당에 계신다고 하니 그곳에도 내금위 군사들을 보내주시오."

"수양대군마마, 반드시 내불당을 지키겠습니다."

내금위장이 나가고 나자 수양이 어금니를 물며 말했다.

"형님, 자애로운 아바마마를 인정하지 않으려는 유신들이 득세하고 있습니다. 감찰 김종서 같은 이는 아바마마의 총애를 받고 있으면서도 은혜를 모른 채 젊은 유생들 앞잡이가 되어 무리를 모으고 있습니다. 오죽하면 아바마마께서 백성을 위해 우리 글자를 만드는 일인데도 비밀리에 진행하고 있겠습니까?"

"성리학의 나라가 되었으니 그 흐름을 어찌 거스르겠는가. 흐름을 따르는 것이 순리일 터, 아바마마께서도 유신들을 달래가며 정사를 볼 수밖에 없는 것이네."

"신미 대사님은 진흙탕 속에서 살고 계신 생불입니다. 대사님마저 안 계신다면 누가 아바마마의 대업을 받들겠습니까?"

안평이 물었다.

"수양 형님, 진흙탕이라 함은 어디를 가리키는 것입니까?"

"살아남으려고 몸부림치는 승도와 이미 권위를 잃은 승도마저도 철저하게 짓밟으려는 유생들의 기고만장을 보고 있잖은가. 이것이 바로 어리석은 세상의 진흙탕 수렁이 아닌가."

"아바마마와 대사님이 세상에 알리지 않고 비밀리에 완성해가고 있는 우리 글자야말로 진흙탕 속에서 핀 연꽃입니다."

세자가 한마디 했다.

"아바마마의 뜻대로 어리석은 백성을 위해 우리 글자는 창제되고 말 것이네. 유불(儒佛) 싸움의 진흙탕 속에서 불(佛)이 살아남아 남긴 우리 글자이기도 하겠군."

"형님, 그렇게도 볼 수 있겠습니다."

수양과 안평이 약속한 듯이 함께 맞장구쳤다. 내금위장이 나간 지 한참 뒤에도 세 사람은 돌아가지 않고 세종을 기다렸다. 신하들이 퇴궐한 뒤 별궁 침전으로 오겠다며 내시 김용기를 보냈던 것이다. 세종이 별궁으로 온다면 아마도 내불당에 주석하게 된 신미를 도와 우리 글자를 만드는 데 박차를 가하라고 지시를 내릴 것이 분명했다.

"수양, 차라리 대사님이 내불당에 계시는 것이 잘된 일이네. 무엇보다 궁중이니 안전하지 않은가. 그러니 아바마마의 대업에만 전념할 수 있으실 것이네."

"다행입니다, 형님."

안평도 말했다.

"아바마마께서 대사님을 내불당으로 불러들이신 뜻을 이제야 알겠습니다."

"이제 우리 글자를 만드는 비밀이 밖으로 새어나갈 일은 없을 것이네."

실제로 세종은 글자가 완성되지 않은 상태에서 비밀이 유신들에게 알려지는 것을 몹시 염려했다. 명나라 글자로 된 고급한 성리학이 퇴조할 것이며 황제의 나라인 명나라에 대한 불경(不敬)이라며 유생들이 극렬하게 반대할 것이기 때문이었다. 그런가 하면 세종을 도와온 신미는 임금을 현혹했으며 백성을 혹세무민한 대역죄로 살아남지 못할 것이 불을 보듯 뻔했다.

신미가 사는 방법은 세종의 그림자가 되는 것밖에 없었다. 우리 글자가 완성되는 날에도 세종은 신미의 이름을 드러내서는 안 되었다. 그것은 신미를 죽이는 일이었다. 세종이 신미를 살리는 일은 신미의 이름을 지우는 것이었다. 그런데 신미는 부질없는 공명심에 이미 초탈하여 개의치 않았다. 일찍이 『금강경오가해 설의』를 공부할 때 '마땅히 머무는 바 없이 마음을 내라(應無所住 而生其心)'라는 구절에서 깨달음을 얻었던 것이다. 해인사 대장경판을 지켜내고 홍천사 사리전을 중건했으며 일찍이 신미 자신을 진실로 알아준 세종을 위해 오직 지엄한 명을 이행할 뿐, 무엇을 도왔다는 마음에 집착할 생각이 추호도 없었다.

『원각선종석보』

장맛비가 오락가락했다. 비를 맞아 풀밭에 떨어진 매화나무 매실들이 새알처럼 탐스러웠다. 비에 젖어 싱싱하고 탱탱했다. 까마귀와 까치는 신맛이 나는 매실보다는 단맛이 들고 있는 자두를 부리로 쪼았다. 아직 덜 익은 자두인데도 날카로운 부리로 쪼아 땅바닥에 떨어뜨리기도 했다. 낙과한 자두들이 내불당 요사로 가는 길에 뒹굴었다.

내불당 다모로 온 희우는 불단에 차를 올렸다. 희우로서는 꿈을 이룬 셈이었다. 신미를 가까이에서 시봉하게 된 까닭이었다. 추천한 사람은 사헌부 관원 정효강이었다. 내불당에 재가 많아졌으므로 차를 잘 우리는 다모와 음식 솜씨가 좋은 공양주가 필요했던 것이다. 차를 알고 손맛이 뛰어난 구실아치는 희우뿐이었다. 정효강이 불심 깊은 희우를 사헌부에서 오랫동안 지켜봤기 때문에 가능한 일이었다.

희우는 부처님 사리가 봉안된 금불상에 차를 올리고, 내불당 승려들을 위해 공양주가 된 것을 더없이 기쁘게 여겼다. 아침저녁으로 부처님 사리를 친견한다는 것은 정복(淨福)에 겨운 일이었고, 세자와 대군, 공주가 존경하는 신미를 시봉하는 일 또한 쉽게 가질 수 없는 행운이었다.

다만 내불당은 사헌부와 달리 언행을 극도로 조심해야 했다. 궐내와 궐 밖의 차이만큼 몸가짐을 조신하게 다잡아야 했다. 임금의 정비인 소헌왕후와 후궁인 신빈 김씨, 그리고 상궁과 선배 궁녀들이 자주 드나들기 때문이었다. 사소하고 공연한 일로 구설수에 오른다면 매를 맞거나 큰 화를 부를 수도 있었다.

최근에는 얼굴에 잔주름이 자글자글한 상궁에게 야단을 맞은 적도 있었다. 상궁이 희우를 찾았는데 내불당에 없었던 것이다. 그러나 신미의 심부름으로 궐 밖에 나갔을 뿐 내불당 소임에 태만한 것은 아니었다. 며칠 전이었다. 상궁이 작심한 듯 가자미눈을 하고 희우를 닦달했다.

"공양간을 비우고 자꾸 어디를 싸돌아다니는 것이냐!"

"대사님 심부름으로 궐 밖에 다녀오곤 했습니다."

"내가 너를 찾을 때마다 궐 밖으로 나갔다는 말이 이상하지 않느냐."

"송구합니다."

"네가 내불당을 비우면 지체 높으신 분들의 시중은 누가 들까?"

희우는 구구하게 변명을 하고 싶지 않았다. 안맹담 집을 드나든다는 이야기를 절대로 하지 말라고 신미가 희우에게 함구령을 내렸던 것이다.

"도대체 대사님이 무슨 일로 너를 궐 밖으로 보낸다는 것인지 알 수 없구나."

"대사님 서신을 전하러 홍천사나 진관사를 다녀오곤 했습니다."

희우는 생각나는 대로 둘러댔다. 그제야 상궁이 마지못해 노기를 풀었다.

"명심해라. 비록 내불당 다모로 들어왔지만 너는 왕비마마를 비롯하여 지체 높은 분들을 시중하는 궁녀이다."

"네."

희우는 벌을 서듯 앞으로 두 손을 모으고 고개를 숙였다. 그녀가 신미의 심부름으로 가는 곳은 홍천사나 진관사가 아니었다. 정의공주의 남편인 부마 안맹담(安孟聃)의 집이었다. 안맹담의 집은 절과 흡사했다. 너른 뜰에는 절에서 볼 수 있는 불두화가 만발해 있었고, 석탑과 석등이 있었다. 더구나 안채 뒤에는 승려 십여 명이 기거하는 절이 있었다. 안맹담이 자신의 재산 일부를 처분하여 지은 천불사(天佛寺)였다.

안맹담은 공민왕의 조카이자 함길도 관찰사였던 안망지(安望之)의 아들이었다. 그는 평소에도 승복을 입고 다녔으므로 승려나 다름없었다. 아침저녁에는 개인 절 천불사로 들어가 승려들과 함께 예불을 보았고, 끼니때가 되면 반드시 불경을 먼저 외고 먹었다. 유생들이 비웃거나 말거나 사람을 만나면 공손하게 합장하며 예를 표했다. 안맹담이 부처의 가르침을 신실하게 믿게 된 계기는 신미를 스승으로 삼은 정의공주의 영향이 컸다. 안맹담은 자신이 믿어왔던 유교를 버리고 석교로 개종할 만큼 정의공주를 사랑했던 것이다.

안맹담은 자신의 집에 사람들이 출입하는 것을 엄격하게 막았다. 희우도 처음에는 솟을대문 밖에서 정의공주나 안맹담의 허락이 떨어질 때까지 한참을 기다렸다가 들어가곤 했다. 낯익은 문지기에게 물어봐도 그런 사정을 잘 몰랐다.

"공주마마께 긴히 전해드릴 것이 있으니 어서 전해라."

"함부로 들이지 말라 했습죠. 무얼 가지고 오셨다고 전할깝쇼."

"그건 네가 알 바 아니다."

"쇤네도 귀찮구먼요. 올해부터는 아예 대문 빗장을 걸고 있습죠."

희우가 안맹담 부부에게 서너 번 전했던 것은 비슷한 분량의 종이 뭉텅이였다. 희우로서는 단 한 번도 보지 못했던 글자와 한자, 기묘한 형태의 범자가 쓰인 종이 뭉텅이였다. 그러니 희우로서는 내용을 이해할 수는 없었다. 다만 그 내용을 어렴풋이 들은 바는 있었다. 수양이 내불당을 찾아왔을 때 신미가 "전하께서 창안하여 만든 스물여덟 자를 이용해서 『원각선종석보』를 언해하고 있습니다."라고 말했던 것이다. 언해란 한자를 언문(諺文, 한자가 아닌 글자를 가리킴. 여기서는 한글을 뜻함)으로 번역하고 있다는 뜻이었다.

그런데 희우는 신미가 왜 종이 뭉텅이를 안맹담 집으로 보내곤 했는지 그 이유는 알지 못했다. 희우는 종이 뭉텅이를 손에 들지도 못하고 아기 밴 여인처럼 복대 속에 차고 다녔다. 물론 희우가 신미에게 몹시 궁금하여 물은 적도 있었다. 처음으로 심부름을 나설 때였다.

"대사님, 옷 속에 감추라는 것은 무엇이옵니까?"

그러나 신미는 희우를 나무랐다.

"보살은 알 것 없소. 다만 지극히 중요한 것이니 잘 간수하시오."

"실수할까 걱정되옵니다."

"때가 되면 알 것이오. 그때 말할 것이니 그리 아시오."

"내불당에 왕비마마나 상궁이 오시면 갑자기 제 할 일이 생깁니다. 공주마마 댁에 얼마나 가야 되는지 알고 싶사옵니다."

"장마철 전후로 끝날 것이오."

"공주마마 댁 출입은 무척 까다롭습니다."

"머잖아 그 이유도 알게 될 것이오."

심부름하는 희우에게도 알려주지 않는다면 분명코 비밀리에 진행하는 무슨 일이었다. 그런데 그것은 신미가 언해한 『원각선종석보』를 정의공주나 안맹담이 검토하거나, 수정하는 일이 아닌 듯했다. 희우를 통해서 안맹담 집으로 가는 종이 뭉텅이가 다시 돌아오지는 않기 때문이었다. 아무튼 중요한 무언가를 하고 있는 것만은 분명했다. 문지기를 비롯한 건장한 노비들이 안맹담 집을 철통같이 지키는 것이 바로 그 증거였다.

까마귀 몇 마리가 내불당 뒤 자두나무 가지에 앉아서 날카롭게 울었다. 희우의 신경을 곤두서게 하는 까마귀들이었다. 불단에 올리기도 전에 까마귀들이 열린 자두를 다 쪼아 먹을 수도 있었다. 희우는 일부러 까마귀를 쫓기 위해 자두나무 밑으로 갔다. 장맛비가 고인 땅바닥에는 자두 몇 알이 뒹굴었다. 자두 씨만 남은 것으로 보아 까마귀가 쪼아 먹은 자두였다. 까치는 한두 입 콕콕 쪼고 말았지만 까마귀는 살코기 같은 붉은 과육을 다 발라 먹었다. 까마귀들이 희우를 경계하더니 자두를 부리에 물고 도망치듯 날아갔다. 그때 신미가 희우를 불렀다.

"보살!"

"네, 대사님."

"마지막이오. 공주마마 댁에 다녀오시오."

"다 마치셨사옵니까?"

"그렇소."

신미가 흡족하게 미소를 지었다. 그러더니 두어 마디를 덧붙였다.

"심부름을 잘해왔으니 알려주겠소. 공주마마 댁 절에서는 언해한 『원각선종석보』를 목판에 새기고 있소."

"대사님, 저도 책을 볼 수 있사옵니까?"

"다섯 권이나 되니 완성하려면 여름 한 철은 지나야 할 것이오. 늦어도 제비가 강남으로 가기 전에는 볼 수 있을 것이오."

희우는 바로 안맹담 집으로 가지 못했다. 신빈 김씨와 늙은 상궁이 예고 없이 내불당으로 왔던 것이다. 궁녀 출신인 신빈 김씨는 유난히 희우에게 정을 많이 주었다. 명나라에서 들여온, 젊은 상궁들이 탐내는 화장품을 몰래 주기도 했다. 희우가 신빈 김씨를 따르는 또 하나의 이유는 신빈 김씨의 넉넉한 마음씨 때문이었다. 소헌왕후의 손발이 되어 온갖 시중을 다 들면서도 갓난아기 수양을 업고 길렀다는 이야기를 들을 때마다 희우는 신빈 김씨가 살아 있는 관세음보살 같다는 생각이 절로 들었다.

그해 가을, 신미의 예상대로 초가을이 되자 안맹담 개인 절 천불사에서는 『원각선종석보』 언해본 다섯 권을 목판으로 찍어냈다. 책 끝에 '정통(正統) 3년, 천불사'라고 발간 연도와 장소를 밝혔다. 명나라 연호인 정통 3년은 세종 20년(1438)이었다. 신미의 나이 서른여섯 살 때의 일이었다. 세종이 훈민정음 창제 사실을 직접 집현전 학사들에게 공표하기 오 년 전의 일이었다. 다만 『원각선종석보』 언해본에 신미의 법명은 빠져 있었다. 범자에 능통한 사람이 언해한 것임을 암시하듯 언해본 낱장마다 범자가 한 자씩 들어가 있을 뿐이었다. 그러나 신미가 언해했음을 증명하는 불경이 있었으니, 그것이 바로 훗날 신미가 세조 7년 때 간여한 『능엄경언해』였다. 당시 신미가 지은 『능엄경언해』 발문에 '신미, 한계희(韓繼禧), 김수온 등이 번역하고, 학열(學悅), 학조(學祖)가 교열을 본 뒤 세조가 보았다'라는 내용이 있는데, 놀랍게도 『원각선종석보』와 『능엄경언해』에서 사용한 훈민정음의 표기법이 정확하게 일치하고 있는 것이다.

세종이 창안하고 신미가 만든 스물여덟 자의 훈민정음은 『원각선종석보』를 언해하는 데 조금도 부족함이 없었다. 신통방통하게 적확했다. 진서(眞書)라 불리는 한자와 비교할 수 없을 만큼 세상의 온갖 소리들을 다 표현할 수 있었다. 『원각선종석보』 언해본을 받아 든 세종은 안맹담과 정의공주의 노고를 치하하며 노비 삼십여 명을 하사했다. 이는 조선 개국 일등공신에게 하사했던 예우와 비슷했다.

그러나 세종은 뒷일을 걱정하며 곧 냉정해졌다. 『원각선종석보』의 발간 부수를 제한한 뒤 내불당을 출입하는 왕비와 상궁들에게만 유포시켰고, 궁궐 밖에 『원각선종석보』가 나도는 것을 어명으로 금지했다. 중국 문자인 한자만이 진실한 글자이고 성인의 글자라는 집현전 유신들의 반발을 염려했기 때문이었다. 집현전 유신들은 한자 이외의 글자는 모두 언문이라며 낮추어 불렀던 것이다. 찬반이 극렬하게 갈리는 나랏일을 볼 때마다 자신의 독선을 경계했던 세종은 몇 해를 넘기더라도 집현전 유신들을 설득하리라고 작심했다.

특명

세종 23년(1441).

내불당 기둥에 내걸린 등롱마다 불이 켜졌다. 작은 요사의 방들도 환했다. 큰 재가 있는 날의 밤이 아닌데도 그랬다. 불빛이 자객처럼 숲 속까지 스며들었다. 숲 안팎으로 검은 그림자들이 어른거렸다. 내금위 군사와 어영청 군사들이 삼엄하게 경계를 펴고 있었다.

내불당 요사에는 세자가 와 있었다. 세자가 신미의 안내를 받아 내불당에 들어 참예하고 바로 요사로 왔던 것이다. 병약한 세자는 서늘한 밤기운에 따뜻한 차를 마시고 싶어 했다.

"희우차를 한 사발 마시고 싶소."

"세자 저하께서 희우차를 아시다니 놀랍습니다."

"아바마마께서 차 이름을 지으셨다는 얘기를 들었습니다."

희우는 요사 공양간에서 발효차를 준비했다. 그러나 찻주전자를 잡은 손이 떨려 잠시 호흡을 가다듬었다. 차심부름을 하는 사미승이 공양간 문턱을 넘어와서 재촉했다.

"보살님, 세자 저하께서 차를 기다리고 있습니다."

"아, 네."

희우는 정신을 가다듬고 차를 우렸다. 세자가 희우차를 찾는다는 전언에 가슴이 벅찼다. 양주 시절 강무를 나온 세종이 희우차란 말을 했을 때도 몸 둘 바를 몰랐었는데, 지금도 똑같은 심정이었다. 손에 땀이 나고 얼굴이 상기되었다.

그런데 정작 세자는 덕담처럼 가볍게 한마디 했을 뿐이었다. 희우차를 마시고자 내불당에 온 것은 아니었다. 세자가 내불당을 찾은 이유는 다른 데 있었다. 신미에게 중요한 정보 하나를 알려주기 위해서였다. 세자는 올봄에 치렀던 과거 병과에 뛰어난 실력으로 급제한 신미의 셋째 동생 김수온의 인사(人事) 정보를 가지고 왔다.

"대사님, 수온의 급제를 감축합니다."

"황공하옵니다."

"속가의 형제가 몇이나 됩니까?"

"4남 1녀 중 빈도가 장남이고 수온은 셋째 동생입니다."

"아바마마께서 과거 답안지를 직접 보셨는지 정자(正字) 수온의 문재(文才)를 높이 사고 있습니다."

김수온은 과거에 급제한 뒤 교서관(校書館)의 정자가 되어 관원 생활을 막 시작하고 있었다. 정자란 정9품의 말단 관원 중 하나였다. 세자가 다시 말했다.

"아바마마께서는 김 정자의 재주를 그냥 보고만 계시지 않을 것 같습니다."

"재승박덕이라 했습니다. 동생에게 재주가 많은지는 모르나 덕이 있는지는 더 지켜봐야 합니다."

신미는 동생 김수온에 대한 호평을 경계했다. 그러자 세자가 뜨악한 표정으로 말했다.

"김 정자의 입신양명이 싫습니까?"

"어찌 그렇겠습니까. 다만 동생 이름이 높아질수록 시기하는 자가 많아질 것을 염려해서입니다."

"아바마마께서 대사님을 총애하기 때문에 시기하는 자가 생길 수도 있겠지만 걱정할 것 없습니다."

"시비를 떠나는 것이 지혜로운 일입니다. 동생이 전하를 보필하는 내직으로 들어온다면 빈도는 반드시 내불당을 떠나야 할 것입니다."

"김 정자는 아바마마의 특명을 받을 것입니다. 이미 아바마마께 말씀드렸고 약속을 받았습니다."

신미는 더 이상 이견을 내지 못했다. 세종이 특명을 내린다 함은 김수온의 관직과 품계가 이미 결정된 것이나 다름없었다. 신미는 묵묵히 차만 마셨다. 세자가 웃으며 말했다.

"김 정자는 집현전 부수찬(副修撰)에 제수될 것입니다."

"부수찬이라 함은 5품계나 건너뛰는 것입니다. 집현전 학사들 사이에 반발이 생기지 않겠습니까?"

집현전의 직제는 다음과 같았다. 명예직으로 영전사(領殿事, 정1품), 대제학(정2품), 제학(종2품)이 각 2인이 있었고, 실제로 학문을 연구하는 전임 학사로 부제학(정3품), 직제학(종3품), 직전(直殿, 정4품), 응교(종4품), 교리(정5품), 부교리(종5품), 수찬(정6품), 부수찬(종6품), 박사(정7품), 저작(著作, 정8품), 정자(正字, 정9품) 등이 있었다. 세종 20년에 확정한 집현전 정원은 이십 명이었다. 말 그대로 명예직은 이름만 걸어둔 것이었고, 실제로 집현전의 실무 책임자는 행수(行首)라 불렸던 부제학이었다.

"품계를 건너뛰거나 내려가는 것은 종종 있는 일입니다. 그러니 품계만을 가지고 반발하지는 않을 것입니다."

그래도 신미는 마음이 편치 않았다. 신미 자신이 세종의 총애를 이용하여 특명을 받아냈다고 충분히 오해할 수 있기 때문이었다.

"세자 저하, 빈도는 정음청 학사, 동생은 집현전 학사이니 우리 형제에게는 더없는 영광입니다만, 또 한편으로 생각하면 나라에 인재가 많은데 부담스럽기 그지없습니다."

"대사님, 걱정 마십시오. 정음청은 임시 관청일 뿐입니다. 우리 글자 스물여덟 자가 완성되었으니 내일이라도 없애버릴 수 있는 관청입니다."

"차라리 그래주시면 부담이 덜어질 것 같습니다."

"아바마마께 여쭈어보겠습니다. 다만 제 생각은 우리 글자인 정음(正音)을 만드는 기능이 끝났으니 정음청을 없애는 대신 언문청을 내불당에 설치하면 어떨까 싶습니다."

"언문청이라니 처음 듣는 말입니다. 빈도에게 생각할 여유를 주시면 어떠하겠습니까?"

신미는 정음청이건 언문청이건 말만 다를 뿐 결국 같은 기능을 하는 임시 관청이 아니겠는가 싶어 망설이지 않을 수 없었다. 그러나 세자는 깊이 생각을 해온 듯 물러서지 않았다.

"중국 문자 말고는 모두 언문이라 하지 않습니까? 그러니 집현전 유신들은 천축의 범자와 티베트 밀자, 우리 글자인 정음마저도 모두 언문이라 할 것입니다. 소수의 사람들을 위해 내불당에서 그런 책들을 연구하고 발간하는 언문청이니, 설치하는 데 반대하는 신하는 별로 없을 것입니다. 그런데 이 일을 맡을 분이 대사님 말고 또 누가 있겠습니까?"

신미가 대답을 못하고 있자 세자가 말했다.

"대사님, 사실은 오늘 밤에 온 까닭은 다른 데 있습니다. 긴히 드릴 얘기입니다."

신미가 차심부름을 하던 사미승을 내보냈다.

"차는 됐다. 너는 부를 때까지 밖에 나가 있거라."

사미승이 나간 뒤 세자가 목소리를 낮추어 말했다.

"대사님, 아바마마께 특명을 건의한 이유가 있습니다. 대사님의 동생이기 때문이 아닙니다."

"세자 저하, 무엇이옵니까?"

"사헌부의 정효강과 같은 역할을 생각했습니다. 불심이 깊은 정 지평이 사헌부에 있기에 그나마 관원들의 동향이라도 살필 수 있지 않습니까? 마찬가지입니다. 『법화경』, 『화엄경』에 능한 김 정자가 집현전에 들어 고집 센 학사들의 태도를 부드럽게 누그러뜨려 보자는 것입니다."

"정 지평과 달리 천학비재한 동생이 해낼지 의문입니다."

"김 정자는 병법에도 능하고 유서는 물론이고 불서에도 달통한 선비라는 소문이 자자합니다."

"빈도의 생각으로는 동생은 집현전보다 병조의 훈련원 같은 곳이 어울릴 것도 같다는 생각이 듭니다."

신미의 형제들이 무예에 능한 것은 옥구진병마사를 지냈으며 대마도 정벌 때 이종무 장군을 보좌했던 아버지 김훈의 피를 받았기 때문이었다. 실제로 신미 자신도 출가 전에는 완력이 좋았고 무예를 닦아 또래들을 이끌고 맹수 사냥을 다녔던 것이다.

"병조에는 언제든지 갈 수 있습니다. 지금은 우리 글자를 집현전 학사들에게 이해시켜야 할 때입니다. 그래서 문재(文才)와 무재(武才), 추진력이 뛰어난 김 정자가 필요한 것입니다. 아바마마와 대사님이 창제한 우리 글자 정음이 아닙니까? 김 정자야말로 학사들의 반발을 최소화시킬 적임자로 본 것입니다."

세자가 내불당에 온 이유는 분명했다. 김수온을 집현전 학사로 제수하여 정음 창제를 반대하는 학사들을 회유시켜 보자는 계산이었다. 훈민정음 창제 공개를 앞둔 세종과 세자 간의 빈틈없는 포석의 일환이었다. 병약한 세자는 모처럼 이야기를 길게 했는지 갑자기 피곤해했다. 두어 사발의 희우차를 마시고 나서야 가까스로 기운을 차렸지만, 요사 토방의 계단을 내디딜 때 몸을 휘청했다. 하는 수 없이 세자는 내불당에 걸어서 올 때와 달리 갈 적에는 내금위 군사가 메는 가마를 타고 갔다.

신숙주

세종이 교서관 정자 김수온을 집현전 학사로 제수한 특명은 절묘했다. 김수온의 성격은 문약하지 않고 무인처럼 호방하고 활달했다. 그러면서도 끊임없이 책을 가까이하는 독서광이었다. 책을 빌려 가면 암기를 해버릴 정도였다. 신숙주가 책을 빌려주었는데 암기를 하느라 낱장이 뜯긴 것을 보고는 기겁한 적도 있었다. 김수온은 집현전 학사가 된 지 몇 개월 만에 대여섯 명의 학사들과 친하게 사귀었다. 특히 오 년 전 진사시에서 장원이 되고, 그다음 해에 문과에 급제하여 집현전에 입실한 신숙주와는 날마다 속 깊은 이야기를 나누었다. 두 사람은 정서가 비슷했다. 책과 차를 좋아했다. 무엇보다 신숙주는 다른 학사들과 달리 승려들에게 호의적이었다. 영암 출신 도갑사 주지 수미(壽眉)는 나주 옹기 마을에 살았던 신숙주의 고향집을 들르곤 했는데, 수미는 신미와 동갑 지기이자 도반이었다. 김수온에게 『원각선종석보』를 선물받은 신숙주는 신미를 더욱 존경하지 않을 수 없었다.

"신미 대사님이 전하를 도와 우리 글자를 만들고 계셨군요."

"사실 실험은 다 끝난 셈이고 공개를 선언할 날만 기다리고 계시다네."

신숙주는 어학 실력이 뛰어난 수재였다. 십 대 때 독학으로 왜국말을 독파했고 『원각선종석보』를 여러 번 정독한 듯 벌써 우리 글자인 정음의 장점을 파악하고 있었다.

"부수찬 형님, 저잣거리에 개똥이라는 이름이 얼마나 많습니까? 이를 한자로 표기하면 고작 개동(介同)이라고밖에 쓸 수 없습니다. 그러나 신미 대사님이 만드신 우리 글자는 정확하게 소리 나는 대로 '개똥'이라고 쓸 수 있습니다. 중국말도 마찬가지일 것입니다. 중국말까지도 우리 글자로 더욱 정확하게 쓸 수 있을 것 같습니다."

"형님이 우리 글자를 만든 것은 아니네. 전하께서 창제하신 것을 형님이 실험을 해본 것일 뿐이네."

김수온은 신미를 보호하기 위해 우리 글자가 만들어진 과정을 숨겼다. 신미를 보호하는 길이었기 때문이었다. 실제로 우리 글자 창제(創制)에 있어서 창(創)은 세종, 제(制)는 신미의 몫이었던 것이다.

"전하께서 창제한 우리 글자를 올해는 넘기지 않고 집현전 신하들에게 알리셔야 할 텐데 걱정이 앞서네."

올해라 함은 세종 25년(1443)을 말했다. 『원각선종석보』 언해본이 오 년 전에 발간되었으니 우리 글자가 사실은 세종 20년(1438)에 이미 창제되었다는 뜻이었다.

"시기를 보고 계시다는 말이군요."

"반대가 뻔해."

"외우고 쓰기 쉬운 글자인데 반대하다니 말도 안 됩니다."

"명나라 눈치를 보는 학사들 때문이지. 우리도 고유한 글자를 만들었다고 하면 외교적으로 명나라에 반기를 드는 모양새거든. 또 한 가지는 한자를 배우지 않고 우리 글자만 익히게 되면 한자로 전해지는 성리학이 쇠퇴한다고 주장하는 거지."

"형님, 그럴 리가 있습니까? 한자를 배워 출세하는 기득권 세력의 주장이지요. 우리 글자로 과거를 보게 되면 자신들의 기득권이 사라지는 셈이니까요. 하지만 우리 글자로 중국말을 소리 나는 대로 이해함으로써 한자의 근원을 알게 되지 않겠습니까? 무엇보다 우리가 아는 한자가 중국인의 현지 발음과 같아져 우리 사신들이 외교를 하는 데 큰 도움이 될 것입니다."

김수온보다 일곱 살이나 어린 젊은 신숙주의 거침없는 지적은 옳았다. 한자를 많이 배우고 익힌 유생들이 과거를 보는 데는 유용할지 모르지만 그 한자 발음은 중국 현지 말과 크게 달라 죽은 글자나 다름없는 것이었다.

"허나 집현전 학사들은 우리 글자 창제를 반대할 것이 분명하네. 오죽하면 한자를 진짜 글이라 하여 진서라 하겠는가. 중국의 진서를 놓아두고 왜 우리 글자를 창제하여 아름다운 풍속을 해치느냐고 반대할 것이네. 우리 글자도 몽골이나 천축의 글자처럼 언문 중 하나라는 것이지."

"이제야 형님이 저를 자꾸 만나자고 한 까닭을 알겠습니다. 집현전 학사들 사이에 우리 글자 창제가 필요하다는 여론을 이끌어내 달라는 것이군요."

"바로 그 점이네. 자네의 명민함은 송곳 같아. 여론이 어느 정도 형성되면 전하께서 우리 글자 창제를 바로 세상에 알리실 걸세."

신숙주는 자신과 친분이 두터운 지인들을 먼저 거론했다.

"강희안과 성삼문을 만나보겠습니다. 강희안은 부처를 신봉하는 사람이고 성삼문은 전하께서 총애하는 학사이니 전하의 일에 반기를 들지 않을 것입니다. 형님께서는 과거 급제 동기인 이선로를 만나 설득해보면 어떻겠습니까?"

"이선로는 동갑내기이도 하지. 그렇게 해보겠네."

"교리 최항 형님이나 부수찬 박팽년도 이해시켜 보시구요."

"부수찬 박팽년은 내가 접근하기 힘들 걸세. 석교를 아주 싫어하는 데다 내가 부수찬으로 특명을 받자 억울했는지 집현전을 떠나겠다고 전하께 사의를 표하기도 했거든."

"그렇다면 최항 형님에게 부탁하여 박팽년이나 이개의 생각을 바꾸게 하든지요. 나머지는 알다시피 모두 최만리 행수를 추종하는 학사들이니 꿈적도 하지 않을 겁니다."

집현전 터줏대감 최만리와 뜻을 같이해온 학사들은 유학을 정학(正學)이라고 신봉했던 신석조, 김문, 정창손, 하위지, 송처검, 조근 등이었다. 그들은 아무리 설득해도 최만리와 의기투합하여 요지부동일 것이 틀림없었다.

"방금 거론된 인사들만이라도 전하의 뜻을 따라준다면 전하께서는 더 이상 좌고우면하시지 않고 창제 사실을 공개하실 걸세."

"집현전 전임 학사들만 놓고 보면 우리 글자 창제에 대한 찬반이 반반으로 갈릴 것 같습니다."

신숙주는 차를 여러 잔 마셨다. 그가 차를 좋아하게 된 데는 고향집 어른들의 영향이 컸다. 신숙주가 어린 시절을 보낸 곳은 증조부가 고령에서 이주해 와 살았던 나주였다. 고향집 어른들은 차를 잘 만드는 도갑사 주지 수미와 교유가 깊었는데, 나주 옹기 마을에서 태어난 신숙주는 수미가 보내준 차를 마시며 자랐으므로 일찍이 차맛과 차향을 알았던 것이다.

신숙주는 수미가 신미를 만나고자 한양을 찾아와 자신의 집에 차를 놓고 간 다음 날, 다시(茶詩)를 지었던 일도 있었다.

> 도갑사 작설차와
> 옹기 마을 울타리에 떨어진 눈 속의 매화꽃은
> 마땅히 내게 고향 생각의 뜻을 알게 하니
> 남쪽 마을 옛일들이 떠올라 기뻐하노라.
> 道甲山寺雀舌茶 瓮村籬落雪梅花
> 也應知我思鄕意 說及南州故事多

신숙주가 국사를 처리하면서 극단적인 이분법에 빠지지 않았던 것은 어린 시절에 고향집 어른들 어깨너머로 자주 봤던 수미에게 받은 영향 때문이었다. 수미는 자기 앞에 주어진 인연을 따르라는 달마의 수연행(隨緣行)을 강조했다. 수연행이야말로 진리에 드는 수행법이라고 말하곤 했던 것이다. 그런 태도 때문에 학사들 사이에서 선명하지 못하다는 비난을 받은 적도 있었지만, 아무리 옳은 일이라도 극단적인 처신을 피하여 부처가 말하는 중도(中道)의 입장을 취했다. 중도란

유가의 중용(中庸)과 달랐다. 중용은 치우침이 없는 중간을 뜻했지만 중도는 양극단을 초월하면서도 그것을 포용하는 입장이었다.

그해 겨울 그믐날, 세종 25년(1443) 12월 30일이었다.

세종은 또 한 해를 넘기고 싶지 않았다. 집현전의 분위기도 김수온과 신숙주 등을 통해 어느 정도 균형감 있게 찬반 세력이 정리된 상태였다. 함박눈이 흩날리는 그믐날이었다. 세상이 하나가 된 듯 은세계로 변했고, 궁궐도 함박눈으로 덮여 있었다. 마침내 세종은 집현전 학사들을 모아놓고 훈민정음 창제를 공개했다. 그러자 최만리를 따르는 학사들은 얼굴이 백짓장처럼 변했고, 최항, 김수온, 신숙주 등은 심호흡을 하며 안도했다. 집현전 학사들이 모인 자리에서 세종이 공개한 요지는 다음과 같았다.

> 과인이 친히 옛 전자(篆字)를 모방하여 스물여덟 자를 창제했다. 글자는 초성, 중성, 종성이 합해져 이루어졌다. 과인이 창제한 글자는 무릇 모든 문자와 이어(俚語, 사투리)를 쓸 수 있다. 글자는 비록 간단하고 단순하지만 전환하는 것이 무궁무진하다. 과인은 이를 일러 훈민정음이라 한다.

신미는 동생 김수온에게 집현전의 소식을 전해 듣고는 감격의 눈물을 흘렸다. 그는 내불당에 혼자 들어가 냉기가 뼛속 깊이 파고드는 찬 마룻바닥에 엎드려 소리 없이 곡(哭)을 했다. 세종의 초인적인 인내와 단호한 결단, 그리고 자신의 목숨을 노리는 위협 속에서 창제

된 훈민정음이 사무치게 고마워서 눈물이 났다. 그런 까닭에 훈민정음에 대한 신미의 자부심은 형용할 수 없을 만큼 컸다. 임금에게 올리는 상소문도 한자가 아닌 훈민정음으로 썼다. 『조선왕조실록』 예종 1년(1469) 6월 27일 기사에도 신미가 훈민정음으로 글을 썼다는 기록이 보인다.

> 승 신미가, 임금이 승려들에게 『금강경』과 『법화경』을 강(講)하게 하는 시험을 보아 능하지 못한 자는 환속시키려고 한다는 말을 듣고, 언문(諺文)으로 글을 써서 비밀히 아뢰기를 '중으로서 경을 외는 자는 간혹 있으나, 만약에 강경(講經)을 시키면 천 명이나 만 명 중에 겨우 한둘뿐일 것이니 원컨대 다만 외는 것만으로 시험을 보게 하소서.' 하니…….

신미의 언문 상소문은 훈민정음에 대한 신미의 자부심이 얼마나 대단했는지를 짐작게 했다. 한문에 달통했던 신미가 유신들과 달리 비밀히 아뢰는 상소문까지 훈민정음으로 썼다는 기록인데, 기사 가운데 언문은 두말할 것도 없이 훈민정음인 것이었다.

신미는 불현듯 자신을 불문(佛門)으로 이끌어준 스승 함허가 그리워서 오열했다. 세종이 흠모했던 함허는 애석하게도 훈민정음을 완성했다는 기쁜 소식을 듣지 못한 채 지난 봄에 희양산 봉암사에서 세상 나이 쉰여덟 살로 홀연히 입적했던 것이다.

호불과 배불

집현전 학사들은 삭풍이 몰아치고 강물도 얼어붙는 한겨울에는 출근하지 않고 사가독서(賜暇讀書)를 했다. 사가독서란 관청에 나와 공무를 보지 않고 임금이 휴가를 주어 집이나 절에서 학문 연구와 독서를 하는 제도를 말했다. 추위가 바늘처럼 뼛속 깊이 파고드는 한겨울의 사가독서 기간에는 일직을 하는 학사 한두 명이 집현전을 지킬 뿐이었다.

그런데 부제학 최만리는 사가독서를 거부하고 날마다 고집스럽게 출근했다. 그날도 최만리는 출근하자마자 수염에 달라붙은 살얼음을 떼어냈다. 콧등은 벌써 빨간 딸기코가 되어 있었다. 입김과 콧김마저 바로 얼어버릴 만큼 몹시 추운 날이었다. 최만리는 분풀이할 대상이라도 찾듯 집현전으로 출근하곤 했다. 작년 섣달 그믐날부터 세종의 훈민정음 창제 사실을 받아들이지 못했던 그는 일직을 하는 젊은 학사를 붙들고 하소연하는 날이 많았다. 그날 일직 당번은 하위지였다.

하위지가 그를 위로했다.

"행수께서는 이제 현실을 받아들여야 마음이 편하실 겁니다."

행수란 집현전의 실무 총책임자를 가리켰다. 대제학은 명예직으로 집현전 공무에는 간여하지 않았다. 그러니까 부제학 최만리가 집현전 수장인 셈이었다.

"언문을 창제하여 나라의 풍속이 바뀌려고 하는데 자네는 걱정이 되지 않는가?"

"행수께서 모르시는 말씀입니다. 저라고 왜 걱정이 되지 않겠습니까? 하지만 전하의 뜻이 워낙 완강하니 때를 기다리자는 것이지요."

"자네는 전하를 몰라. 겉으로는 부드러운 것 같으시지만 한번 결심하면 결코 양보하시지 않는 분이라는 것을."

"타협할 수 있는 방안이 없겠습니까?"

"이미 끝났어. 언문을 창제하셨으니 때를 보아 세상에 반포하실 걸세."

"그래도 언문 반포를 늦출 수 있는 방법을 찾아는 봐야 할 것 같습니다."

최만리를 따르는 학사들은 하나같이 훈민정음을 굳이 언문이라고 칭했다. 중국 문자인 한자가 있는데 공연히 우리 글자를 만들어 평지풍파를 일으킨다고 보았던 것이다.

"언문 반포를 지연시키는 방법 중에 상소 말고 또 무엇이 있겠나."

"혹시 행수께서는 이미 상소문을 작성해놓으신 것입니까?"

"여러 학사들과 상의해 작성한 상소문 초안이네."

최만리가 소매 속에서 상소문 초안을 꺼내 하위지에게 건넸다. 그때 신발에 묻은 흙을 터는지 발 구르는 소리가 났다. 누군가가 집현전 문을 열고 있었다. 하위지는 재빨리 두루마리에 적은 상소문 초안을 접었다. 가슴이 철렁했고 머리끝이 쭈뼛거렸다. 뜻밖에 김수온이 허연 입김을 내뿜으며 들어오고 있었다. 김수온은 두루마리를 흘깃 본 뒤 하위지에게 말했다.

"하하하, 무얼 감추시는가?"

"형님은 저를 감시하는 것입니까? 아무 연락도 없이 갑자기 나타나시게 말입니다."

"오늘 언문청 회의가 있어 나왔네."

그제야 김수온은 헛기침을 하고 있는 최만리에게 다가가 깍듯하게 인사했다. 최만리는 김수온보다 상급자인 데다 나이도 아홉 살이나 많았다.

"그동안 강녕하셨습니까?"

"강녕하지 못하네."

최만리가 고개를 돌리며 퉁명스럽게 말했다. 김수온은 최만리의 불편한 심기를 잘 알고 있었으므로 더 이상 묻지 않았다. 성품이 강직한 최만리는 자신의 심기를 숨기지 못했다. 김수온을 보더니 당장 양미간을 찌푸리고 있었다.

"언문청 회의 장소는 어디인가?"

"내불당입니다."

최만리는 언문청을 집현전에 두지 않는 것만도 다행으로 여겼다. 앞으로 훈민정음 보급을 언문청에서 한다는 소식을 들었기 때문이었다. 잠시 후에는 최항과 신숙주가 나타났다. 두 사람 모두 한글 창제를 찬성한 학사들이었다. 최만리는 부담스러운지 인사만 주고받은 뒤 곧 집현전을 나가버렸다. 하위지는 일직이었으므로 자리를 뜨지 못하고 안절부절 못했다. 그러나 김수온 일행은 곧 집현전을 나갔다. 하위지는 그들이 사라진 뒤에야 안도했다. 잠시 후 최만리가 다시 들어왔다.

"행수께서는 저만 남겨두고 어디로 가신 겁니까?"

"꼴 보기 싫은 먹물들이 들어와 밖에서 찬바람 좀 쐬고 들어왔네."

"이 엄동설한에 밖에 계셨단 말입니까?"

"열불이 나 견딜 수 있어야지."

"행수께서는 너무 강직하셔서 탈입니다. 지금은 전하께서 저들에게 힘을 실어주고 계시지만 언젠가 우리 쪽으로 마음을 주실지 모릅니다."

"방금도 보았지 않나. 세상이 어떻게 돌아가는지 모르고 저들이 경거망동하는 것을 말이네."

최만리의 불만은 생각보다 컸다. 그의 불만은 세종이 훈민정음을 창제한 데 있는 것만도 아니었다. 불만의 근원은 그보다 다른 데 있었다. 세종이 석교에 호의적인 후배 학사들을 총애하고 있다는 점이었다. 최만리는 그것이 못마땅했다.

"전하께서 훈민정음 창제를 공개하시고 난 뒤부터 집현전 분위기가 이상하게 흘러가고 있어. 나는 그것을 더 걱정하고 있네. 이러다가 집현전이 석씨(釋氏)를 신봉하는 불당이 되어버릴 수도 있으니 말이네."

"행수께서 요즘 과민해지신 것 같습니다. 어찌 집현전의 분위기가 김수온 같은 자들의 뜻대로 변하겠습니까? 승도를 혁파하고 흥천사 사리전 중수와 경찬회(慶讚會)를 줄기차게 반대했던 형님을 따르는 학사들이 아직은 많습니다. 정창손 선배님도 변함없이 따르고 의지하지 않습니까? 훈민정음 창제를 찬성했던 박팽년도 사실은 누구보다도 불당 혁파를 주장하고 있습니다."

"전하의 속마음은 이미 숭불(崇佛)로 기울어버렸어. 간사한 중 신미의 농간 때문이야. 언문 창제도 유불 갈등에서 우리가 밀린 거네. 언문을 창제하고 공개한 것이 바로 그 증거네."

"그 말씀도 일리가 있습니다. 그러나 우리가 전하와 맞서기만 한다면 화를 자초할 수도 있습니다."

훈민정음 창제를 찬성하는 학사들 면면을 보면 대부분 호불(好佛)하는 이들이었다. 김수온은 말할 것도 없었고 최항, 신숙주, 성삼문 등은 세종을 받들고 있는 신미를 현실적으로 인정했고, 부처를 신봉하는 강희안은 세종의 명을 받아 불당에서 불경을 사경한 적이 많았다.

"어서 상소문 초안을 읽어보게."

최만리의 상소문 초안은 최만리 혼자만의 주장은 아니었다. 신석조, 김문, 정창손, 송처검, 조말생의 아들 조근 등과 상의한 결과였다. 상소문 초안에는 훈민정음 창제를 반대하는 여섯 가지 이유가 쓰여 있었다. 요지는 다음과 같았다.

> 첫째, 조선은 개국 때부터 대대로 중국 문물을 본받고 섬기며 살아왔는데, 한자와 다른 언문을 만드는 것은 사모하는 중국에 대해서 부끄러운 일이다.
>
> 둘째, 한자와 다른 글자를 가진 몽골, 서하, 여진, 서번(西蕃, 티베트) 등은 오랑캐들이니 지금 언문을 만드는 것은 스스로 오랑캐와 같아지려는 것이다.

셋째, 이두로도 불편하지 않게 생활할 수 있다. 그러나 언문을 사용해 출세할 수 있게 되면 어려운 한자로 된 성리학을 멀리할 것이다. 그것은 학문과 문화의 수준을 떨어지게 할 것이다.

넷째, 백성들에게 송사의 불공평함이 생기는 것은 한자를 잘 알고 쓰는 중국에서도 흔히 있는 일이다. 그것은 옥리의 자질이 문제이지 언문을 만들어야 할 이유가 되지 못한다.

다섯째, 언문을 만드는 것은 풍속을 크게 바꾸는 일이다. 그러니 훗날 고침이 없도록 성급히 추진해서는 안 된다. 그런데 일부 찬동하는 이들만으로 추진하고 있고 상감은 몸을 해쳐가며 지나치게 정성을 쏟고 있다.

여섯째, 동궁이 성리학에 정진해야 하는데 언문에 정력을 소모하는 것은 옳지 않다.

상소문 초안을 읽어본 하위지는 두말없이 찬동했다.

"이는 제가 하고 싶었던 말입니다. 저도 행수께서 나서는 일에 적극 동참하겠습니다."

"상소를 올리게 되면 전하께서 주동한 나를 벌하실 걸세. 그러나 어찌하겠나. 언문 창제는 그저 신기한 재주일 뿐이네. 성학(聖學)을 위해서도 손해가 되고, 정치에 있어서도 이로움이 없으니 되풀이해서 생각해봐도 아닐세."

결국 최만리는 초안을 더 보완해서 자신을 추종하는 학사들과 함께 상소문을 올렸다. 그러나 세종은 지체하지 않고 상소문에 가담한 학사들을 정전으로 부른 뒤 이례적으로 길게 질책했다.

"설총이 이두를 만든 근본 취지가 백성을 편안케 하는 일이었다면 지금의 언문도 백성을 편안케 하는 일이 아니냐? 너희들이 설총은 옳다고 하고 과인이 한 일은 옳지 않다고 하는 것은 무슨 까닭이냐?

너희들이 운서〔韻書, 모든 한자를 압운(押韻)에 근거해 분류한 발음자전〕를 아느냐? 사성〔四聲, 한자를 소리의 높낮이와 장단, 강약에 따라 평성(平聲) · 상성(上聲) · 거성(去聲) · 입성(入聲)으로 나눈 것〕과 칠음〔七音, 음의 발성 위치에 따라 '아음', '설음', '순음', '치음', '후음', '반설음', '반치음'으로 분류한 성음(聲音)〕을 알고 자모가 몇인지 아느냐? 지금 운서를 바로잡지 않는다면 누가 바로잡겠느냐?

과인이 나이가 들어, 세자가 국가의 자잘한 서무를 도맡아 하고 있는데 하물며 언문을 말해서 무엇하겠느냐? 만일 세자로 하여금 동궁에만 있게 한다면 환관이 이 일을 맡아서 해야겠느냐? 너희들은 과인의 신하로서 내 뜻을 분명히 알고 있을 터인데도 상소문에 이런 말을 하고 있으니 옳은 일이라고 할 수 있겠느냐!"

이에 최만리는 떨리는 목소리로 변명했다. 이두는 한자의 음과 뜻을 빌려 썼지만 언문은 그것이 아니고, 동궁은 급하지 않은 일에 시간을 허비했다고 변명했다. 다만 운서에 대해서는 아무런 대답을 못했다.

세종은 또 김문과 정창손을 지목하여 질책했다.

"과인이 '언문으로 『삼강행실(三綱行實)』을 번역하여 민간에 퍼뜨리면 어리석은 남녀가 모두 쉽게 깨달아서 충신, 효자, 열녀가 반드시 무리로 나올 것이다.'라고 말한 적이 있다. 그때 문은 '언문을 제작함에 불가할 것은 없습니다.'라고 말하였다. 그런데 지금은 '불가하다'라고 말하고 있다. 또 창손은 '『삼강행실』을 번역하여 퍼뜨려도 충신, 효자, 열녀의 무리가 나오지 않을 수도 있는 것은 사람이 행하고 행하지 않는 자질 여하에 달려 있기 때문입니다. 어찌 꼭 언문으로 번역한 후에야 모든 사람이 본받을 것입니까?'라고 말하니 이따위 말이 어찌 이치를 아는 선비의 말이겠느냐? 아무짝에도 쓸모없는 용속(庸俗)한 선비일 따름이니라."

김문은 부들부들 떨었고 정창손은 고개를 푹 떨구었다. 정창손이 모기만 한 소리로 말했다.

"신 등은 보잘것없는 재주를 가지고 전하를 뫼시고 있는 죄가 크옵니다."

"과인이 너희들을 부른 것은 처음부터 죄주려 한 것이 아니다. 소(疏)를 본바 한두 가지를 물으려 했던 것인데, 너희들은 사리를 돌아보지 않고 말을 바꾸어 대답하는구나. 그러니 너희들은 죄를 벗어나기 어렵다."

세종은 도승지에게 부제학 최만리, 직제학 신석조, 직전 김문, 응교 정창손, 부교리 하위지, 부수찬 송처검, 저작랑 조근을 의금부에 가두라고 명했다. 그런 뒤 다음 날이 되어서야 석방하라고 지시했다. 다만 그중에서 정창손은 파직시키고 김문은 앞뒤 말이 바뀐 사유를 국문하라고 의금부에 전했다.

의금부에서 석방된 최만리는 집현전으로 복귀하지 않고 고향으로 떠나버렸다. 의금부에서 하룻밤 국문을 당한 모멸감 때문이었다. 그런 충격 탓에 심병을 얻은 최만리는 사십 대 중반을 넘기지 못한 채 숨을 거두고 말았다. 무당의 아들이었지만 각고의 정진 끝에 출세했던 김문 역시 갑자기 중풍에 걸려 두어해 동안 시름시름 앓다가 눈을 감았다.

소헌왕후

내불당에 온 지 삼 년 만이었다. 신미는 그동안 홍천사를 한 번도 가지 못했다. 세종의 심부름으로 세자와 수양, 안평 등의 대군이 아무 때나 내불당에 오므로 자리를 비울 수 없기 때문이었다. 그런데도 신미는 홍천사에 빚을 진 것 같아 늘 마음 한구석이 무거웠다. 자신이 내불당으로 거처를 옮긴 뒤 바로 회암사 주지였던 노승 만우(卍雨)가 세종의 명을 받아 홍천사에 주석하게 된 것도 마음을 불편하게 했다.

만우는 중국 두보(杜甫)의 시, 즉 두시(杜詩)에 조예가 깊은 시승(詩僧)이었다. 세종은 노승 만우를 극진하게 예우했다. 붉은 비단으로 지은 가사를 하사하고 예빈시(禮賓寺)에서 3품 관직에 해당하는 녹(祿)을 주도록 명했다. 만우는 두시에 정통했던 이색, 이숭인과 논할 정도의 시승이었으므로 세종은 집대성한 두시를 주해함에 있어서 집현전 학사들에게 그를 찾아서 의심나는 점을 묻도록 지시했다.

신미는 홍천사에 들러 바로 만우의 방으로 갔다.

"노스님, 신미가 왔습니다."

"어서 들어오시게."

만우가 환하게 웃으며 신미를 맞아들였다. 만우의 흰 눈썹과 두 눈이 경련하듯 가늘게 떨렸다. 소매 사이로 드러난 팔뚝이 작대기처럼 말라 있었고, 얼굴은 무말랭이같이 쭈글쭈글했다. 예전에 회암사에서 보았을 때와는 너무 달랐다. 그러고 보니 만우는 세수 구십 세를 바라보고 있었다. 신미는 공손하게 오체투지 하듯 삼배를 올렸다.

"늦게 찾아뵈어 송구합니다."

"무슨 말씀인가. 내불당 일이 분주할 텐데."

"노스님께서 홍천사에 오셨다는 소식은 진즉 들었습니다. 헌데도 이제야 시간을 냈습니다."

"상감마마께서 명을 내려 이곳 홍천사로 왔네만 이 늙은이는 회암사가 좋다네."

"두시 주해를 하시고 계시다는 얘기를 전해 들었습니다."

"이 늙은이가 다 하는 것은 아니네. 나는 선비들에게 조언만 해줄 뿐이네."

만우는 세종의 명으로 홍천사에 왔지만 회암사를 그리워하고 있었다. 두시를 주해하고 언해하는 일 때문이었다. 고령인 만우의 나이를 고려하여 실무는 시승 월창(月窓)과 의침(義砧), 충청도 서산 출신으로 선대의 죄에 연좌되어 평민이 된 유휴복과 유윤겸, 그리고 집현전의 몇몇 학사들이 맡았다. 물론 인원 선발은 만우가 아니라 세종이 손수 했다. 세종은 벼슬아치나 평민, 승려를 가리지 않고 두시에 일

가견이 있는 사람들을 추천받아 선발했던 것이다.

"잘 왔네. 언해할 인재가 필요했어. 언해라면 신미 스님 말고 또 누가 있겠는가?"

"제 힘이 닿는 데까지 하겠습니다만 지금은 내불당 일이 너무 바쁩니다."

"일단 두시를 모으고 주해를 먼저 해나가겠네. 상감마마께서는 나라에서 두시를 잘 아는 사람들을 모두 선발하셨네. 신분을 불문하고 추천받으셨어. 상감마마께서 얼마나 두시를 애송하시는지 짐작할 만하지 않은가. 두시를 언해하여 백성들에게 읽히고 싶은 상감마마의 마음까지도 짐작이 되네."

"두시의 대가인 이색 대감이나 그분의 문인(門人)인 이숭인 대감이 계시지 않는 것이 유감입니다."

"나도 처음에는 이색 대감한테 두시를 묻곤 했어. 허나 두 분 모두 태조 때 돌아가셨으니 애석한 일이 되고 말았네."

신미는 곧 자리에서 일어났다. 생각 같아서는 만우 노승과 밤이 깊도록 정담을 나누고 싶었지만 누가 불시에 내불당으로 찾아올지 몰랐다. 뿐만 아니라 언문청에 떨어진 일도 적지 않았다. 유서(儒書)를 옮겨 적는 일은 물론 내명부(內命婦)에서 부탁하는 불경을 언해하는 일도 맡아야 했다. 내명부는 상궁이나 궁녀들을 관장하는 관청이었다.

신미는 두시를 언해하는 만우의 일을 적극적으로 돕지는 못했다. 자신에게 쏟아진 내불당의 많은 일들 때문에 잠깐 동안도 홍천사에 머물 수 없었던 것이다. 뿐만 아니라 두시언해는 만우가 고령이었으므로 가시적인 성과를 낼 수 없었다. 그럼에도 불구하고 세종의 명으로 홍천사에서 유생들이 애독하는 두시를 주해하고 언해를 시도했다는 것만으로도 의미가 컸다. 불경이 아닌 서책으로서 최초의 언해였기 때문이었다.

훈민정음 반포는 자꾸 뒤로 미뤄졌다. 세종의 선대 여섯 분의 공덕을 찬양한 『용비어천가』를 지어 시험해보기도 했지만 훈민정음 반포는 삼 년도 더 지연되었다. 신숙주 등에게 지시하여 시작한 중국의 한자음 사전의 일종인 『운회(韻會)』를 훈민정음으로 언해하는 작업도 흐지부지되고 말았다. 그나마 다행인 것은 훈민정음 창제를 찬성했거나 호의적인 유신들이 훈민정음으로 『용비어천가』를 편찬한 사실이었다. 먼저 정인지, 안지, 권제 등이 악장을 짓고, 이후 집현전 학사 성삼문, 박팽년, 이개 등이 주석을 달았다. 그리고 간행 전에 서문은 정인지가, 발문은 최항이 썼다. 물론 자문은 훈민정음 창제에 오랫동안 간여했던 신미가 했다. 훈민정음 창제를 반대했던 최만리 등은 세종의 총애를 잃은 채 『용비어천가』를 편찬하는 데는 참여하지 못했다.

중궁(中宮, 소헌왕후)의 병환도 훈민정음 반포를 늦추는 요인이었다. 봄에 갑자기 병환이 든 중궁은 세자와 대군들의 지극한 간병을 받았지만 내전(內殿)의 병석에서 일어나지 못했다. 세종은 부처의 가피로 중궁이 병환에서 벗어나기를 바랐다. 그래서 이따금 내전으로 신미를 불러 설법을, 정효강에게는 염불을 요청했다. 정효강은 자신의 집에 절을 지어 아침저녁으로 염불하고 때때로 홍천사에서 수행할 정도로 신심이 돈독했던 것이다. 내전에서 신미가 중궁을 위해 법문한 불경은 주로 『약사경』이었다. 신미가 법문하는 동안에는 세자는 물론이고 수양과 안평, 정효강 모두 무릎을 꿇고 합장한 채 귀를 기울였다.

“약사여래는 12대원을 서원하신 부처님이십니다. 약사여래 부처님의 일곱 번째의 대원은 이렇습니다. ‘병들어 온갖 고통을 당하는 유정들이 내 이름을 한 번만이라도 듣게 된다면 온갖 병이 없어지고 심신이 편안하고 위없는 깨달음을 얻는다.’는 것입니다.”

신미의 설법이 끝나면 세자는 늘 다음과 같이 말했다.

“대사님이 설법하신 바를 아바마마께 그대로 전해드리겠습니다.”

세종은 또 중궁의 쾌유를 위해 집현전 수찬 이영서와 돈령부 주부 강희안에게 명하여 성녕대군의 옛집에서 금을 녹인 금물로 불경을 쓰게 했다. 금괴는 수양과 안평이 조달하고 감독했다. 이 일 역시도 승려와 다름없는 정효강이 주관했고, 신미는 내불당으로 옮겨 온 금자 불경의 오탈자를 감수했다.

금자 『약사경』은 두 달 만에 완성되었다. 『약사경』 표지에는 금물로 그려진 용이 살아 있는 듯 꿈틀거렸다. 금자 『약사경』을 대자암으로 옮기기 전날이었다. 세종은 신미를 세자가 거처하는 별궁으로 불렀다. 신미가 별궁 침전으로 들자마자 세종이 물었다.

“대사, 중궁의 병환이 깊소. 금자 『약사경』을 대자암으로 이운한 뒤 법석을 크게 연다면 부처의 영험이 있을 것 같소? 과인은 반드시 감통한 점이 있을 것이라고 믿고 싶소.”

“전하, 법석을 연다고 해서 중궁마마께서 병환을 떨치시고 일어나시지는 못할 것이옵니다.”

“금자 『약사경』까지 만들어 대자암에 시주했는데도 중궁이 쾌유치 못한다는 말이오?”

“금자 『약사경』을 시주하여 법석을 여는 것은 복을 짓는 일임에는 틀림없사옵니다. 하오나 신분 고하를 막론하고 사람들은 저마다 전생의 빚이 있는 법입니다. 전생에 지은 빚은 반드시 금생에 병고나 우환으로 나타나는 것입니다. 따라서 중궁마마의 병환은 전생 빚을 갚는 일이기도 하니 오히려 빚 갚을 기회라 여기고 기쁜 마음을 갖는 것이 더 지혜로운 일이옵니다."

"얼마 전 세자가 전하는 말에 의하면 약사여래부처가 한 대원의 말을 귀에 스치기만 해도 병고가 사라진다고 했다는데 그것은 또 무엇이오?"

"생로병사가 인간의 모습인데 찾아든 병고가 어찌 쉬이 사라지겠습니까? 다만 병고가 나아지기를 바라는 약사여래부처님의 대원을 알고 마음이 편안해지거나 병고로 인한 공포에서 벗어난다는 뜻이옵니다."

신미는 병석에 누운 중궁이 일어나지 못할 것이라고 이미 짐작하고 있었다. 어쩔 수 없는 일이었다. 병마에 시달리는 중궁이 할 수 있는 것은 백성들에게 덕을 베풀고 죽음으로 인한 두려움을 떨치는 일이었다. 복을 지으면 그 덕화의 그늘은 살아 있는 사람들을 향해 알게 모르게 드리워지는 법이었다. 지금 걱정해야 할 사람은 중궁이 아니라 몰라보게 야윈 세종이었다. 몇 년 전부터 세종은 눈이 침침해지는 눈병에다 물을 마셔도 점점 갈증이 심해지는 소갈증과 소변을 볼 때 급통(急痛)이 생기는 석림(石淋, 요도결석)을 심하게 앓고 있었던 것이다.

"대자암에서 법석을 여는 것이 중궁에게 어떤 도움이 되겠소?"

"전하, 아뢰옵기 외람된 말씀이오나 이 세상에 죄 없는 사람이 어디 있겠사옵니까? 또 그 죄를 부처님께 고한 뒤 한 그릇 밥과 과일을 불단에 올린다고 해서 어찌 그 죄가 사라지겠습니까? 다만 불단에 올린 공양물을 주린 백성들이 먹고 허기를 면한다면 그것이 바로 덕을 쌓는 적선이 되는 것이옵니다. 부처님은 죄를 묻고 벌하는 분이 아니고 복을 짓게 하는 복전일 뿐이옵니다. 옛말에 선을 쌓는 집에는 반드시 경사가 있다고 했사옵니다. 전하께서 계시는 궁도 마찬가지이옵니다."

세종은 집현전 응교로 복직한 후 집의가 된 정창손 등이 '법석을 열게 되면 불씨(佛氏)를 신봉하는 백성들이 많아질 것이며 그로 인한 폐단과 허탄함이 심해질 것'라고 반대했지만 대자암에서 법석을 열 것을 명했다. 세종 28년(1446)의 일이었다. 세자, 수양과 안평, 정의공주는 세종의 명을 받아 즉시 법석을 추진했다.

신미는 법석을 증명하는 법사가 되었다. 소식을 들은 백성들이 대자암으로 구름처럼 몰려들었다. 대자암으로 가는 산길마다 백성들이 개미 떼처럼 줄을 이었다. 금자 『약사경』의 경찬회를 연 지 삼 일이 되자, 농사짓는 양인은 말할 것도 없고 팔도의 거지들까지 무리 지어 나타났다.

법당의 불단 말고도 대자암 뜰에는 떡과 과일이 산처럼 쌓였고, 야외에 설치한 여러 개의 가마솥에서는 밥 익는 구수한 냄새가 진동했다. 궁에서 파견 나온 장설 내시들은 대군 주변에 모이는 사람들을 밀치느라 분주했다. 법당 안은 물론이고 뜰도 발 디딜 틈이 없을 정도로 사람들로 북적였다. 전국의 절에서 달려온 승려만도 이천여 명이나 되었다.

신미가 주지에게 신신당부한 바는 결코 고상한 가르침이 아니었다. 백성들에게 베푸는 공양물에 정성을 다하라는 것이었다.

"대군마마나 공주님은 장설 내시들이 잘 알아서 할 터이니 스님들은 백성들을 잘 챙기시오. 모두가 생불이라 여기고 공양해야 합니다. 주린 이들부터 밥과 떡, 과일을 나눠주어 배가 불러야 합니다. 관원과 양인들도 줄을 서되 앞서지 말고 주린 이들 뒤에 서서 기다려야 합니다."

이 같은 신미의 당부는 경찬회가 열리는 칠 일 동안 지켜졌다. 경찬회를 파회하는 날 정효강은 합장하며 눈물을 흘렸다.

"우리 화상(和尙)이 공자, 맹자와 같이 거룩한 묘당(廟堂)에 드시더라도 무슨 부족한 점이 있겠는가!"

대군들도 모두 신미를 찬탄했다.

"백성들이 구름처럼 모여든 것은 모두 대사님의 거룩한 법문을 듣고자 함입니다."

"아닙니다. 모두 병석에 계신 중궁마마의 덕입니다. 백성들은 결코 중궁마마의 덕화를 잊지 않을 것입니다. 이곳 대자암의 공양 소식은 나라 안 백성들 사이에 번개처럼 빠르게 퍼질 것입니다."

대자암은 이름만 절이지 실제로는 왕실 행궁이나 다름없었다. 따라서 경찬회는 백성들을 직접 상대하는 왕실 정치와 다를 것이 없었다. 물론 구병이나 극락왕생을 빌고자 경찬회나 수륙재를 왕실 후원으로 열기는 했지만 또 하나의 목적은 사사건건 반대만 하는 신하들을 거치지 않고 직접 백성들을 만나 그들의 소리를 듣고 마음을 사는 것이었다.

중궁은 신미의 예감대로 대자암에서 법석을 연 지 한 달이 조금 못 되어 수양의 별궁에서 편안하게 눈을 감았다. 빈소는 수양의 별궁에 차려졌고, 수양은 조문객들을 맞아 몇 달째 밤낮으로 슬피 곡을 했다. 소갈증으로 수척해진 세종과 원래 병약한 세자의 심신은 더욱 약해졌다.

슬픈 훈민정음

예조판서이자 집현전 대제학인 정인지는 세종의 지시를 받고 퇴궐하지 못했다. 정인지는 잠시 눈을 질끈 감았다. 조금 전에 신하들에게 면박을 주고 꾸짖는 세종의 모습이 떠올라서였다. 여러 가지 지병으로 신경이 날카로워진 까닭이라고 하지만 최근에 세종은 무슨 일이든 조급해했다. 중궁이 별세한 뒤부터 더욱 그랬다. 그런가 하면 곧잘 언성이 높아지기도 하고 연민에 빠져 눈가를 적시기도 했다. 신하들 중에서 누구보다도 지근거리에서 보좌하고 있는 승지들이 가장 난감해했다.

"세상을 떠난 중궁을 위해 세자와 수양과 안평이 불경을 간행한다고 하는데, 신하들이 싫어하는 것을 알고 있지만 과인이 허락했느니라. 그대들의 생각은 어떠한가?"

"전하, 중궁마마께서 병환이 계셨을 때에는 사정이 급하여 아뢰지 못했습니다. 원하옵건대 불경을 간행하지 마옵소서."

세종이 미간을 찌푸리며 우부승지 이사철(李思哲)에게 화를 냈다. 예전에는 볼 수 없었던 세종의 모습이었다.

"그대들은 불경 간행을 그르게 여기는구나! 어버이를 위하여 불사를 하지 않는 사람이 누구인가!"

"백성들이 눈으로 보고 배우는 것이오니 행하지 마시옵소서. 불경을 간행한다 해도 중궁마마께 조그만 도움도 없을 것이옵니다."

이사철뿐만 아니라 좌승지 황수신(黃守身), 좌부승지 박이창(朴以昌), 동부승지 이순지(李純之) 등이 반대를 하자, 세종은 굽히지 않고 다른 신하들을 불러오도록 명했다.

"과인은 그대들이 생각하는 것처럼 도리를 알지 못하는 사람이 아니다. 그대들과 잘못 의논했으니 사간과 집현전의 관원을 불러오라."

그러나 세종 앞에 나타난 사간 변효경(卞孝敬)과 집의(執義) 정창손, 교리 하위지는 승지들보다 더욱 완강하게 극언(極言)을 했다.

"신하들이 싫어하는 것은 옳지 않기 때문이옵니다. 옳지 않을 것을 아시면서 어찌 하려고 하십니까? 지금 또 불경을 간행하신다면 그 폐단은 이루 말할 수 없을 것이옵니다. 성학의 나라에 어찌 불교를 신봉하는 사람들이 많아지기를 바라시는 것이옵니까?"

세종은 끝내 그들의 의견에 굴하지 않았다. 그들이 나가자 실망하여 정전 안이 울릴 만큼 큰 소리로 나무랐다.

"아무짝에도 쓸모없는 선비들 같으니! 자기 머리도 하나 간수하지 못하는 더벅머리 선비 같은 자들이로구나!"

잠시 자리를 떠났다가 돌아온 세종은 풍채가 듬직한 정인지를 보고 나서는 평정심을 되찾았다. 정인지는 훈민정음 창제도 그랬고, 세종이 하는 일에 별로 맞서본 적이 없었다. 세종이 정인지에게 나직하게 말했다.

"예판 대감, 술 한잔 생각이 나서 남으라고 했소."

"성은이 망극하옵니다."

"『용비어천가』를 편찬한 공이 큰데 중궁의 일로 과인이 챙기지 못했소. 그러니 오늘은 과인이 술 한잔 내겠소."

세종은 정인지를 데리고 내전으로 갔다. 내전은 주인이었던 중궁이 없었으므로 빈 방들이 더욱 휑했다. 대방에는 이미 술상이 준비되어 있었다. 안주는 세종이 좋아하는 닭고기, 돼지고기와 과일들이었다. 세종은 비린내 나는 생선보다는 고기를 더 좋아했다. 백자 그릇에는 붉은 앵두가 한가득 담겨 있었다.

"예판 대감, 세자가 과인을 위해 별궁 뜰에 심은 앵두나무에서 딴 앵두라오. 과인을 괴롭히는 눈병과 소갈증에 앵두를 복용하면 효험이 있다 해서 세자가 앵두나무를 심었다 하오."

"효성스러운 세자마마이십니다. 앵두는 피를 잘 돌게 하고 오장육부의 기운을 돋워주는 열매라고 들었사옵니다."

세종도 자식 자랑을 하는 데는 인색하지 않았다. 정인지가 세자를 치켜세우자 흡족하게 미소를 지었다.

"수양과 안평도 뒤지지 않소. 수양은 중궁의 명복을 빌기 위해 용문사를 원찰 삼아 불상을 조성한다고 하오."

"세상에 드러내 백성들이 본받을 만한 대군마마의 효성이옵니다."

"과인의 마음을 알아주는 이는 정 대감뿐인 듯하오!"

세종이 건네는 술잔을 받아 든 정인지가 황공한 표정으로 말했다.

"전하, 성은이 망극하옵니다."

"예판 대감, 술을 한 잔 더 받아야 할 이유가 있소."

"전하, 하교하여 주시옵소서."

"자, 과인이 아끼는 이 앵두를 먹어보구려."

세종이 갑자기 묘기를 부리듯 앵두를 위로 던졌다가 입으로 받아 먹었다. 그 바람에 정인지는 크게 웃었고, 임금 앞에 독대하고 있다는 긴장감이 사라졌다.

"대감, 방금의 술잔은 과인이 그대에게 부탁이 있어 권한 것이오."

"하교하여 주시옵소서. 소신이 혼신의 힘을 다해 명을 받들겠사옵니다."

"가을에 훈민정음을 반포할 것이오. 더 미룰 이유가 없어졌소. 예판 대감이 훈민정음 창제를 찬성한 최항 등에게 훈민정음을 해설하게 하고 예를 지어 서술하여 보는 사람으로 하여금 스승 없이도 깨달을 수 있게 해주시오. 물론 서문은 예판 대감이 써야 하오."

"신 등은 『용비어천가』를 편찬하면서 훈민정음의 원리와 과정을 낱낱이 이해했사옵니다. 신숙주, 성삼문 등은 훈민정음 창제 이후 전하의 명을 받고 요동으로 가서 명나라 한림학사 황찬(黃瓚)을 만나 음운을 연구한 바도 있사옵니다. 전하께서 품으신 임금으로서의 원(願)과 백성을 사랑하는 어진 마음을 서문에 다 담겠사옵니다."

"예판 대감."

"네, 전하."

정인지는 머리를 조아리며 귀를 기울였다.

"과인이 만든 우리 글자를 왜 '훈민정음'이라 한 줄 아시오?"

"전하, 예부터 '한자의 바른 소리'를 '정음(正音)'이라 했사옵니다.

그러니 전하의 마음과 달리 '훈민정음'이라 하면 '백성을 가르치는 한자의 바른 소리'라는 뜻이 되옵니다."

"그렇소. 중국은 물론이고 우리 글자 창제를 반대하는 신하들을 생각해서 '훈민정음'이라 했소. 마음 같아서는 '훈민정자(訓民正字)'로 하고 싶었지만 말이오."

"이제야 신은 전하의 깊은 뜻을 이해하겠사옵니다. 오직 백성들을 위해 우리 글자를 창제하셨지만, 한자의 바른 소리를 가르치고자 스물여덟 자를 만드셨다고 하니 어느 누가 시비하겠사옵니까?"

"과인의 마음과 달리 중국의 심기를 살펴야 하니 슬픈 일이오."

"전하, 그렇지 않사옵니다. 오히려 뒷사람들은 시비를 경계한 전하의 지혜로움을 찬탄할 것이옵니다. 우리 글자 창제를 반대한 신하들은 두고두고 비난받을 것이옵니다."

정인지는 초저녁 시간을 알리는 고루(鼓樓)의 북소리가 나기도 전에 대취했다. 취기를 빌어 용기를 내 한마디 했다.

"전하, 훈민정음 반포를 기념하여 소신이 춤으로 감축드려도 되겠사옵니까?"

"하하하."

세종이 너털웃음으로 허락하자 정인지가 술상 뒤로 물러나 스스럼없이 춤을 추었다. 학이 날개를 치며 날아가듯 정인지는 두 팔을 들고 두 다리를 들었다 놓았다 하며 덩실덩실 춤을 추었다. 세종도 취한 탓에 눈을 게슴츠레하게 뜨고 있었다. 잠시 후 정인지가 방 안을 몇 번 돈 다음에야 앉았다. 세종이 장난스러운 말투로 정인지에게 말했다.

"대감, 저고리를 벗어 과인에게 가져올 수 있소?"

"소신은 어떤 지시라도 다 받들겠다고 이미 맹세했사옵니다."

"여봐라, 아무도 없느냐!"

"전하."

"벼루와 붓을 가져오너라."

장번내시가 가져온 붓은 노란 황모필이었다. 벼루에는 흑룡이 양각되어 있었다. 세종은 정인지의 저고리를 펼친 뒤 붓에 먹물을 듬뿍 묻혔다. 그러고는 훈민정음을 써내려 갔다.

"과인이 창제한 훈민정음 스물여덟 자를 대감에게 먼저 하사하는 것이오."

"전하, 지난날이 떠올라 눈물을 참을 수 없사옵니다."

세종이 정인지의 말에 씁쓸하고 허허로운 표정을 지었다.

"대감은 과인을 춤으로 즐겁게 해주더니 지금은 눈물로 슬프게 만드는구려."

정인지는 훈민정음을 대하는 세종의 진심과 열정이 새삼 느껴져 가슴이 울컥했다. 집현전 학사와 대간들의 반대가 얼마나 심했는지 알고 있기 때문이었다. 정인지는 세종에게 훈민정음 스물여덟 자가 쓰인 자신의 저고리를 돌려받으면서 끝내 눈물을 떨어뜨렸다.

세종이 내준 가마를 타고 밤늦게 집으로 돌아온 정인지는 잠을 이룰 수 없었다. 자신의 저고리에 쓰인 훈민정음 스물여덟 자가 눈을 감지 못하게 했다. 보름달 빛이 창호에 어릴 때쯤에는 훈민정음 스물여덟 자가 발광하는 듯했다. 금쪽 같은 달빛이 방 안 깊숙이 들자 훈민정음 스물여덟 자도 환해졌다. 정인지는 혼잣말로 소리쳤다.

'아, 이보다 아름답고 거룩한 글자를 나는 일찍이 본 적이 없다!'

정인지는 새벽녘까지 잠을 이루지 못하다가 아침을 맞았다. 훈민정음 스물여덟 자에 홀린 듯 뜬눈으로 밤을 새워버렸다. 그런데도 피곤함은 조금도 없었다. 피로하기는커녕 정신은 점점 더 초가을의 못물처럼 맑아졌다. 정인지는 아침 일찍 집현전으로 나가 최항 등에게 세종의 명이라며 훈민정음의 해설을 쓰게 했다. 그리고 자신은 곧바로 집으로 돌아와 서문을 쓰기 시작했다. 물론 서문은 한자였다.

천지와 자연의 소리가 있다면 반드시 천지와 자연의 글자가 있어야 하는 것이다. 그러므로 옛사람들은 소리에 따라 거기에 맞는 글자를 만들어 만물의 정을 통하였고, 삼재(천지인)의 도리를 책에 실었으니 후세의 사람들이 능히 이를 바꾸지 못하였다.

그러나 사방의 기후와 토질이 다르며, 소리의 기운이 또한 이에 따라서 다르다. 그런데 대개 중국 이외의 말은 소리는 있으나 글자는 없어서 중국 글자를 빌려서 사용을 같이하고 있는데, 이는 마치 가는 구멍에 모난 괭이를 맞추어 넣는 일과 같은 것이다. 어찌 능히 통달해서 막힘이 없겠는가? 요컨대 글자란 각자가 살고 있는 곳에 따라 정할 것이지, 억지로 같게 할 수는 없는 것이다.

우리나라는 예악(禮樂)과 문장에 있어서 중국의 찬란했던 하나라와 견줄 만하나, 다만 우리의 지방의 말과 사투리가 중국과 같지 않아서 글 배우는 이는 그 뜻을 깨우치기 어려움을 근심하고, 그 뜻을 아는 데 힘들게 여기고 있다. 옥사를 다스리는 사람은 그 곡절을 서로 통하기가 힘들고 옛날에 신라의 설총이 처음으로 이두를 만들어 관청과 부처와 민간에서 지금까지도 사용하고 있다. 그러나 모두 한자를 빌려 사용하므로 어떤 것은 어색하고 어떤 것은 들어맞지 않는다. 속되고 이치에 맞지 않을 뿐만 아니라 우리말을 적는 데 만분의 일도 통달하지 못하는 것이다.

계해년(세종 25년) 겨울에 우리 전하께서 처음으로 정음 스물여덟 자를 창제하시고, 간략하게 예(例)와 뜻을 들어 보이시고 이름을 훈민정음이라 하시었다. 꼴을 만들되 글자가 옛 전자와 비슷하고, 소리의 원리를 따랐으므로 음은 칠조(七調)에 맞고, 삼극(三極)의 뜻과 음양의 묘가 다 들지 아니함이 없다. 스물여덟 글자는 옮기고 바뀌는 것이 무궁하여 간단하고 요긴하고 정묘하고 통하는 까닭에, 슬기로운 사람은 아침을 마치기도 전에 깨우치고, 어리석은 이라도 열흘 정도면 배울 수가 있는 것이다. 이 글자로써 한문을 풀면 그 뜻을 알 수 있고, 이 글자로써 송사를 심리하더라도 그 실정(實情)을 알 수 있는 것이다. 한자음의 청탁을 능히 구별할 수 있고, 노래는 곧 음률이 고르게 되며, 쓰는 데 갖추어지지 않은 것이 없고, 어떤 경우라도 통달하지 않음이 없는 것이다. 바람 소리와 학의 울음소리와 닭 우는 소리와 개 짖는 소리도 모두 이 글자로 쓸 수가 있다.

전하께서는 자세한 해석을 더해서 여러 사람들을 가르치라고 분부하시니라. 이에 집현전 신하들 응교 최항, 부교리 박팽년, 부교리 신숙주, 수찬 성삼문, 돈령부 주부 강희안, 부수찬 이개, 부수찬 이선로 등이 여러 가지 해설과 예(例)를 짓고 그 개념을 서술하여 보는 사람으로 하여금 스승이 없어도 스스로 깨우치도록 하였으나

정인지는 다음 문장에 이르러 호흡을 가다듬었다. 비록 서문을 쓰고 있지만 훈민정음 창제에 자신과 집현전 학사들은 아무런 수고도

하지 않고 이름만 올린다는 송구함이 솟구쳤기 때문이었다. 집현전 대제학으로서 자신을 되돌아보는 양심의 가책이었다. 다른 집현전 학사들도 자신과 같은 심정일 것 같았다. 정인지는 자신은 물론이고 집현전 학사들이 훈민정음 창제에 간여하지 않았고, 또 그럴 만한 실력이 없었다는 것을 고백하는 문장을 단 한 줄이라도 서술하리라고 결심했다. 그러자 마음이 편안해졌다.

> 그 깊은 연원과 정밀한 뜻이 묘연하여 신 등은 (정음을 창제함에 있어서) 능력을 발휘한 것이 아니다(若其淵源精義之妙 則非臣等之所能發揮也).

집현전 학사들은 훈민정음이 어떤 문자를 근거해서 만들어졌는지 그 깊은 연원과, 또한 훈민정음의 글자마다 정밀한 뜻이 미묘하므로 창제에 간여할 능력이 없었다는 고백이었다. 집현전 학사들이 중국의 『운회』를 번역하고 훈민정음으로 『용비어천가』 등을 지었던 것은 모두 훈민정음 창제 이후의 보완 작업이었다. 그러니 훈민정음 창제의 모든 공덕은 세종에게 돌아가야 했다. 정인지는 그렇게 믿었다. 그에게 신미의 존재는 없었다. 신미는 훈민정음 창제에 있어서 세종은 물론이고 대군들과의 묵계에 따라 자신의 이름을 지워버린 지 이미 오래였다. 그것이 신미의 목숨을 부지하는 길이기 때문이었다.

정인지는 붓을 다시 들었다.

공손히 생각하옵건대 우리 전하께서는 하늘이 내신 성인으로서 지으신 법도와 베푸심이 백왕(百王)을 초월하시니, 정음을 지으심도 선대의 것을 이어받음이 없으며 자연으로 이룩하신 것이다. 어찌 그 지극한 이치가 이르지 아니한 데가 있으리오. 이는 사람이 사사로이 이룬 업적이 아니니라. 대저 동방에 나라가 있음이 오래되지 않음이 아니지만 만물을 여시고 힘써 일을 이룩하신 큰 지혜는 대저 오늘을 기다리고 있었음이랴!

정인지는 끝으로 자신의 품계와 관직, 그리고 이름을 남겼다.

정통 11년(세종 28년) 9월 상한(上澣, 상순). 자헌대부, 예조판서, 집현전 대제학, 지춘추관사, 세자우빈객, 신 정인지는 두 손 모아 절하고 머리를 조아려 삼가 글을 올리다.

이때 정인지가 절한 대상은 자신의 저고리에 쓰인 훈민정음 스물여덟 자였다. 간밤에 세종이 친히 써준 중국의 진서보다 우수하고 아름다운 우리 글자 스물여덟 자였다. 마침내 세종은 정인지의 서문과 집현전 학사들의 해례(解例)를 여러 번 독회한 뒤, 9월 29일이 되어 우리 글자 훈민정음을 세상에 반포했다. 세종의 나이 쉰 살 때의 경사였다.

5장

月印千江之曲第七

釋譜詳節第七

소리微妙ᄒᆞ야苦空無常

無我와여러波羅蜜올

너펴니르며또諸佛ㅅ相好

를讚嘆ᄒᆞᄉᆞᄫᅧ如意珠

세종이 지은 우리나라 최초의 찬불가인 『월인천강지곡』

괴이한 글자

세종이 양주 묘적사로 강무를 떠난 사이에 전대미문의 사건이 벌어졌다. 그믐날 컴컴한 한밤중에 누군가가 광화문을 향해 화살을 쏘고 달아난 흉악한 사건이었다. 화살에는 길게 접힌 종이가 꽂혀 있었다. 새벽에 보고를 받은 내금위장은 아연실색했다. 꿩의 깃털을 꽂은 조우관(鳥羽冠)을 쓴 궁문지기 수문장도 부들부들 떨었다. 그는 손에 두 개의 화살을 쥐고 있었다.

"대장 나리, 광화문 앞에서 수문 중에 화살을 발견했습니다."

"궁문지기가 발견했다는 것인가? 종이에 뭐라고 쓰여 있더냐?"

"경황이 없어 펴보지 않았습니다."

"음."

뚱뚱한 내금위장의 얼굴은 이미 일그러져 있었다. 신음을 뱉어내자 턱을 감싼 긴 수염이 움찔거렸다. 광화문에 누군가가 화살을 쏘았다는 것은 임금의 심장을 겨냥한 것이나 다름없었다. 나라의 지존을 협박하는 있을 수 없는 불경스러운 패악질이었다. 수문장은 말할 것도 없었고 내금위장은 자신에게 덮쳐올 가혹한 문책을 걱정했다.

"화살을 본 사람이 또 있느냐?"

"날이 밝기 전이라 궁문지기 두 군사와 저만 보았습니다."

"이 일은 없었던 일로 하는 것이 좋겠다. 상감마마께서 강무를 떠나신 것이 우리에겐 불행 중 다행이다."

"대장 나리, 궁문지기 군사는 제가 책임을 지고 입단속을 하겠습니다."

"소문이 돌면 너와 나는 다 죽는다. 알겠느냐?"

"절대로 소문이 새어나가지 않도록 조치하겠습니다."

내금위장은 수문장에게 입단속을 지시했고 수문장은 조우관이 벗겨질 만큼 머리를 조아렸다. 세종이 강무를 떠난 까닭은 군사훈련 목적만은 아니었다. 소갈증과 석림 같은 지병으로 몇 해 동안 궁궐을 떠나지 못하고 시달리다가 작심하고 결정한 강무였다. 강무 장소를 비구니 사찰인 양주 묘적사로 정한 것은 두 가지 목적 때문이었다. 하나는 세종이 지친 몸과 마음을 회복하기 위해 궁궐 밖의 절에서 잠시라도 요양하려는 목적이었고, 또 하나는 세종을 호위하는 내금위 군사를 비밀리에 훈련시키고자 하는 목적이었다. 예전에도 묘적사에서 강무를 한 적이 있었는데, 신하들에게 알리지 않고 주로 비밀리에 훈련을 시키는 것이 특징이었다. 강무 책임자는 병조정랑에 오른 김수온이었다. 다른 강무 때도 대개는 병조정랑이 임금을 시종하는 군사들의 수장을 맡아왔던 것이다. 세종이 김수온을 병조정랑으로 제수한 까닭은 어쩌면 이번의 묘적사 강무가 자신에게 마지막이 될지도 모른다는 예감 때문이기도 했다.

"화살의 종이를 펴보아라."

"네."

"아니, 아무런 문장도 없지 않은가!"

한 종이에는 임금 군(君) 자 한 자만 쓰여 있었다. 다른 종이도 마찬가지였다. 올챙이 두(蚪) 자 한 자만 쓰여 있었다.

"수문장, 그대는 어찌 생각하는가?"

"도대체 무슨 의도인지 모르겠습니다."

"어떤 미친놈이 한밤중에 장난질을 했다는 말인가? 괴이한 일이다."

"겁박하려면 그 내용이 적혀 있어야 할 터인데 이건 아무 내용도 없으니 망측할 뿐입니다."

"허나 가볍게 볼 일도 아니다. 궁문에 화살이, 그것도 두 개나 꽂혀 있었으니 적어도 수문(守門)을 소홀히 했음은 사실인 것이다."

"대장 나리, 얼굴을 들지 못하겠습니다."

"군(君) 자와 두(蚪) 자가 무엇을 가리키는지 도무지 알 수가 없으니 답답하구나. 그렇다고 누구에게 물어볼 수도 없지 않겠는가. 비밀이 새나가면 안 될 테니까."

세종은 강무 중에 급통을 견디지 못하고 돌아왔다. 묘적사 큰방에서 아픈 배를 움켜쥐고 데굴데굴 굴렀던 것이다. 시종한 어의의 침술이 아니었더라면 위급할 뻔했던 사태였다. 세종을 따라 갔던 수양과 안평, 김수온은 가슴을 쓸어내렸다.

강무를 마치고 궁으로 돌아온 뒤에는 고생한 대군이나 군사 수장들이 뒤풀이를 하는 것이 관례였다. 이번에는 수양의 집에서 모였다.

수양은 내금위장도 불렀다. 아무 탈 없이 궁을 지킨 수고를 치하하기 위해서였다. 세자만 빠졌는데, 그 시각 세자는 세종에게 며칠 동안 섭정한 결과를 보고하고 있었다.

"대군마마, 어의를 시종하지 않았더라면 큰일 날 뻔했습니다."

"아바마마의 옥체가 해마다 다릅니다. 이제는 등창이 생기고 있습니다."

"훈민정음을 창제하신 다음 해에 안질을 치료하기 위해 초정약수를 찾아 청원 땅을 밟으신 적이 있습니다."

"허나 지금은 멀리 행차하시기에는 무리입니다."

등창이란 등에 난 종기를 말했다. 초정약수로 등창을 치료할 수 있다면 굳이 행차하지 않고 충청도 관찰사에게 진상하게 하면 될 일이었다.

"그때 열 살 난 영응 동생이 아바마마를 따라갔지요."

"늦둥이라 아바마마께서 지금도 우리들 중에 가장 사랑하는 동생입니다."

소헌왕후가 나이 사십에 아들을 낳았으니 그가 바로 영응대군이었다. 세종은 왕자들 중에 어린 영응을 유독 귀여워했다. 아홉 살 때 벌써 영응을 사냥터에 데리고 다닐 정도였고, 강원도 관찰사에게 날다람쥐와 독수리 두 마리를 영응의 장난감으로 바치게 했는데, 이는 막내아들을 즐겁게 해주기 위해서였다.

술이 몇 순배 돌고 난 뒤였다. 내금위장이 몸을 좌우로 뒤뚱거리며 입을 비쭉거렸다. 김수온이 눈치를 채고 말했다.

"대감, 하실 말씀이 있습니까?"

"김 정랑, 뒤풀이하는 좋은 날에 이런 얘기를 하기가 난감하오."

성미가 급한 수양이 나섰다.

"대감, 말해보시오. 궁을 비운 사이에 무슨 일이 있었던 겁니까?"

"사실은 덮고자 했으나 숨길 일이 아닌 것 같사옵니다."

내금위장이 소매 속에서 주섬주섬 종이를 꺼냈다. 그런 뒤 수양에게 내밀고 머리를 조아렸다.

"이게 어찌 되었다는 것이오?"

"궁문에 꽂힌 화살에 접혀 있었습니다."

"어느 궁문이고 어느 시각이었습니까?"

"야심한 밤이라고 사료되옵니다. 새벽에 광화문 궁문지기가 궁문 앞을 지나다가 발견했습니다."

"헌데 이게 무슨 뜻이오?"

"신은 도대체 왜 이런 종이를 날렸는지 모르겠사옵니다."

수양이 안평과 김수온을 쳐다보며 다시 물었다.

"이게 무슨 뜻인지 모르겠소?"

김수온이 임금 군(君) 자와 올챙이 두(蚪) 자를 뚫어지게 쳐다보더니 말했다.

"수양대군마마, 이것은 괴상한 괴자(愧字)입니다."

"어째서 괴자라고 하는 것이오?"

"군(君)은 윤(尹) 자와 구(口) 자가 합해진 글자입니다. 윤(尹) 자에서 세로로 내려간 획은 붓이고, 가로 획들은 손입니다. 즉, 붓을 잡은 손이므로 다스린다는 뜻입니다. 구(口) 자는 명령한다는 뜻입니다. 명령하여 다스리므로 결국 한 나라의 임금님이라는 뜻입니다."

"물론이지요. 군(君) 자를 모르는 이는 아무도 없을 것입니다."

"헌데 이 요망한 종이에 쓰인 군(君) 자를 자세히 보셔야 합니다.

손 모양의 획이 하나 없습니다. 일부러 없앤 듯합니다. 우리 전하께 위해를 가한 것입니다."

그제야 수양과 안평, 내금위장이 사색이 되었다. 수양이 탄식하며 말했다.

"아, 감히 아바마마를 능멸하다니!"

수양의 차가운 살기에 김수온은 머리끝이 쭈뼛했다. 내금위장이 진땀을 흘리며 안절부절 못했다.

"대군마마, 놈들을 잡지 못해 천추의 한이 되옵니다."

"그렇다면 이 올챙이 두(蚪) 자는 무엇이오?"

수양의 물음에 김수온은 대답을 망설였다.

"차마 입에 올리기조차 민망하옵니다."

"얘기해보시오, 어서."

김수온은 마지못해 말했다.

"임금의 아들을 뜻하는 규룡 규(虯) 자를 일부러 올챙이 두(蚪) 자로 써서 비아냥거린 것 같습니다."

"아바마마를 능멸하고 우리 형제를 조롱하다니 내 반드시 놈들을 잡아내고야 말겠소."

수양이 이를 부드득 갈았다. 충격을 받은 안평이 겨우 모기만 한 소리로 김수온에게 물었다.

"김 정랑, 어떤 자의 소행인 것 같소?"

"전하를 능멸하고 대군마마를 조롱한 것을 보면 훈민정음 창제와 반포에 불만을 품은 무리인 것이 틀림없습니다."

"방금 나도 그런 생각을 했소. 이 일은 결코 그냥 덮고 지나갈 사건이 아니니 아바마마께 말씀드려야겠소."

내금위장이 마치 고목이 둥치째 쓰러지듯 엎드려 말했다.

"궁문을 지키지 못한 신을 벌하소서."

"대감, 아바마마의 명을 기다리시오. 이 자리에서 내가 무엇을 결정하겠소."

결국 수양과 안평은 세종을 만나러 자리에서 일어났고, 내금위장은 격려를 받기는커녕 진땀을 흘리며 돌아갔다. 그리고 김수온은 궁 밖으로 나가지 않고 내불당으로 신미를 찾아갔다. 김수온은 경복궁 뒤편에 있는 내불당으로 가는 길목에서 문득 걸음을 멈추었다. 탄식하는 수양의 살기 어린 소리가 귓가에 맴돌았다. 도대체 사건이 어디로 번질지 가늠이 되지 않았다. 김수온은 두려움에 몸을 떨었다.

세종의 찬불가

수양에게 '광화문 괴자(愧字) 사건'을 보고받은 세종은 즉시 의금부 판사를 불러 한 점 의혹 없이 수사하도록 명했다. 의금부에서는 정2품의 지사(知事)가 종4품의 경력(經歷)을 대동하고 나와 화살과 괴자가 쓰인 종이를 수거해 갔다. 수사 대상은 의금부의 수사관들이 논의 끝에 결정했다. 두말할 것도 없이 훈민정음 창제를 반대한 집현전 학사들과 불교를 혁파하자는 사헌부와 사간원의 유신들을 먼저 수사 대상으로 올렸다. 같은 필체를 찾아내기 위해 그들의 집을 낱낱이 압수 수색하기로 했다.

그러나 관가에 수사의 칼바람이 회오리친 지 이틀 만이었다. 세종이 무슨 영문에선지 수사를 종료하라는 명을 내렸다. 가장 반발한 사람은 당연히 수양이었다. 아버지를 겁박하고 자신을 조롱한 자들을 잡아들여 직접 친국하려던 계획이 수포로 돌아갔기 때문이었다. 수양은 신하들이 퇴궐한 뒤 내전에 들었다. 세종에게 읍소라도 하기 위해서였다. 내전은 세종의 남다른 총애를 받아온 후궁 신빈 김씨가 어느새 주인이 되어 있었다. 신빈 김씨는 어린 수양을 업어 키운 바 있어 양모나 다름없었다. 수양은 내전 큰방 앞에서 걸음을 멈추었다. 상궁이 귀띔을 해주었다.

"대군마마, 안에는 상감마마와 대사님이 계시옵니다."

"알았네."

방 안에서 병색이 완연한 세종의 목소리가 들려왔다.

"어젯밤 대사가 한 말을 곱씹다 보니 화가 누그러졌소."

"전하, 신의 무슨 말에 화가 누그러졌는지 알고 싶사옵니다."

세종이 혼잣말처럼 중얼거렸다.

"원망은 원망을 낳는다."

"전하, 그것은 신의 말이 아니라 부처님의 가르침이옵니다."

신미는 예전처럼 자신을 낮추어 빈도라 하지 않고 자신의 이름 앞에 신(臣) 자를 붙였다. 비록 임시 관청이지만 언문청 학사이니 신하가 된 것이었다.

"수양의 얘기를 듣고는 화가 나 견딜 수 없었으나 대사의 '원망이 원망을 낳는다'는 말에 놀랍게도 화의 불길이 꺼지는 것 같았소."

"설령 괴자 사건의 주범을 잡아 율(律)에 따라 죄를 준다 하더라도 또 다른 괴자 사건이 일어날 것이옵니다. 어느 시대나 반대하는 무리가 있기 마련이옵니다."

"대사의 말이 맞소. 백성들은 엄한 율로 다스림을 받기보다 따뜻한 마음으로 다스리는 세상을 더 바라는 것 같소."

"훈민정음 창제를 반대하는 집현전 학사들도 나라를 위하는 마음은 있었을 것이옵니다. 또한 전하께서 숭불(崇佛)하신다고 상소를 올리는 신하들도 마찬가지라고 생각되옵니다. 괴자 사건을 일으킨 것은 분명 죄가 크지만 나라를 위하는 마음에 있어서는 의심할 바가 없으니 이만 잊어버리시는 것이 좋을 듯싶사옵니다."

"화엄의 바다에는 맑은 물, 탁한 물이 섞여 있다고 했지요? 그래서 화엄의 바다가 넓고 깊다고 했지요?"

"허공과 같은 마음이옵니다. 마음이 좁아지면 바늘 하나 꽂을 자리도 없고, 넓어지면 허공과 같다고 했사옵니다. 부디 허공과 같은 마음을 잃지 마시옵소서."

"과인은 대사를 만나 많은 가르침을 받았소. 도교는 신선이 되라 하니 공허하고, 유교는 사람 간의 약속으로 옥죄니 답답하지만, 불교는 집착하지 말고 걸림 없이 살라 하니 마음을 편안하게 해주는 것 같소."

수양이 내전 마당에서 서성거리고만 있자 상궁이 나직이 말했다.

"대군마마, 어서 드시지요."

"아닐세. 그냥 돌아가야겠네. 오늘은 아바마마께 드릴 말씀이 없네."

"이미 상감마마께 대군마마가 오셨다고 말씀을 드렸사옵니다."

상궁의 말이 끝나자마자 세종의 목소리가 들렸다. 세종과 신미의 스스럼없는 담소가 끝났는지 세종이 내시에게 말했다.

"수양을 들라 하라."

방으로 들어서는 수양의 얼굴은 조금 전과 달랐다. 얼굴에는 분노가 사라지고 없었다. 세종과 신미가 나눈 담소를 귀에 담은 덕분이었다. 어느새 분노 대신 대군으로서의 위엄과 패기가 흘렀다. 두 눈은 부리부리했고 콧날은 날카로웠다. 세종은 병색이 짙어지고 있었지만 수양은 건강미가 넘쳐났다. 그런데 세종이 수양을 좋아하는 것은 그런 패기나 건강미 때문이 아니었다. 수양이 지닌 각별한 불심 때문이었다.

"수양은 누구보다도 불심이 깊소. 대사, 그렇지 않소?"

"수양대군마마는 불심이 돈독하고 효심도 깊사옵니다. 대군마마께서 펴낸 『석보상절(釋譜詳節)』을 보면 더욱 그런 생각이 드옵니다."

석가모니 부처님의 가계와 일대기를 서술한 『석보상절』은 수양의 순수한 창작은 아니었다. 양나라 때 승려 승우(僧祐)의 『석가보(釋迦譜)』와 당나라 때 승려 도선(道宣)의 『석가씨보(釋迦氏譜)』를 편역한 책이었다. 신미가 수양의 효심을 찬탄한 것은 수양이 어머니 소헌왕후의 명복을 빌기 위해 『석보상절』을 펴냈음을 알고 있기 때문이었다.

"부끄럽습니다. 『석보상절』의 글은 대부분 김수온이 쓴 것이옵니다. 다만 저는 대자암에서 들었던 대사님의 팔상도 법문을 잊지 못하고 그것에 따라 서술하자고 했을 뿐입니다."

정작 신미 자신은 수양이 대자암에서 들었다는 팔상도 법문을 까마득히 잊어버리고 있었다. 그러나 수양은 신미의 팔상도 법문이 자신의 불심을 뿌리내리게 했으므로 결코 잊을 수 없었던 것이다.

"아, 이 『석보상절』도 우리 대사가 수양에게 인연의 씨앗을 심어주었구려. 대사의 은혜를 무엇으로 갚았으면 좋겠소."

"부처님은 무엇을 했다는 생각에 집착하지 말라고 가르쳤사옵니다. 그러니 신은 전하와 대군마마를 위해 아무것도 한 일이 없사옵니다."

"그렇다고 훈민정음을 창제하는 데 기여한 대사의 공이 어디로 사라지겠소."

"신은 이미 이름도 지우고 공도 내려놓았사옵니다. 전하의 공덕을 세세생생 높이는 데 허물이 되고 싶지 않사옵니다."

"수양은 어머니의 명복을 빌기 위해 용문사에 보낼 불상을 조성하고 있소. 과인도 중궁을 위해 대사가 주석할 절에 불상을 조성하여 시주하고 싶소."

"전하, 중궁마마를 위한다면 가까운 경기도에 절이 많사옵니다. 신이 돌아갈 절은 너무 먼 심심산골에 있사옵니다."

수양이 세종의 말을 거들었다.

"대사님, 아바마마의 청을 들어주시오. 대사님이 출가했던 절이 복천사라고 했습니까?"

"그렇사옵니다. 출가했던 절도 복천사이고 돌아가 입적할 절도 복천사이옵니다."

"아바마마, 대사님이 주석하실 복천사에 삼존불을 조성하여 시주하시면 좋을 것 같사옵니다."

"수양의 말이 옳다."

신미는 더 이상 거절하지 못했다. 다만 세종에게 청을 하나 했다.

"전하, 신은 소원이 하나 있사옵니다."

"무엇이오? 말해보시오."

"전하께서 『석보상절』을 참고하시어 부처님의 가르침을 찬탄하는 찬불가를 훈민정음으로 지으시면 어떠하겠사옵니까?"

"달이 천 개의 강에 비치듯 석가모니 부처의 교화가 온 백성에게 드리우는 노래이니 글자 그대로 『월인천강지곡』이 되겠구려."

"수승하시옵니다. 석가모니 부처님의 가르침이 모든 중생에게 두

루두루 미친다는 노래이니 아마도 전하께서 지으신 『월인천강지곡』을 보거나 듣게 되는 백성마다 불교에 귀의하고자 하는 마음이 솟구칠 것이옵니다. 백성은 우리나라 최초의 찬불가로 길이길이 기릴 것이옵니다."

신미는 밤이 깊어 내전의 큰방을 나왔다. 그때 신빈 김씨가 다가와 신미에게 보자기 하나를 건넸다. 내불당을 자주 찾는 신빈 김씨는 신미를 극진히 예우했다. 한 궁녀에게는 보자기를 들게 하고, 또 한 궁녀에게는 내불당까지 청사초롱을 밝히도록 당부했다. 신미는 내불당으로 돌아와 보자기를 폈다. 보자기 속의 대나무 상자에 든 것은 왕실에서 야참으로 만들어 먹는 두꺼비처럼 복스럽게 생긴 두텁떡이었다. 신미는 희우를 불러 내불당 승려들에게 나눠주도록 했다.

세종은 신미와의 약속을 지켰다. 신미와 김수온의 도움을 받아 오백팔십여 장(章)의 『월인천강지곡』을 몇 달 만에 지었고, 관세음보살과 대세지보살이 아미타부처를 협시하는 금동 아미타삼존불을 조성하여 복천사에 시주했다. 소헌왕후를 추복하는 뜻도 있었지만 훈민정음 창제에 기여한 신미의 노고에 대한 보답이었다. 세종이 한양에서 멀리 떨어진 충청도 속리산 복천사에 금동 아미타삼존불을 조성하여 시주하는 뜻을 아는 신하들은 별로 많지 않았다. 수양과 안평, 정의공주, 김수온, 정효강 정도만이 세종의 마음을 알 뿐이었다.

또한 세종은 『월인천강지곡』을 짓기 시작한 데 이어 이 년 뒤 안평대군을 총감독 삼아 내불당을 궐 밖의 인왕산 산자락에 큰 건물로 지어 초겨울에 낙성식을 한바, 그날 사용할 일곱 곡 아홉 장의 찬불가를 손수 짓고 작곡했다. 이 찬불가는 일곱 장소에서 아홉 번의 설법이 행해지는 이른바 칠처구회(七處九會)의 설법 장면이 나오는 『화엄경』에 의거한즉, 세종이 『화엄경』을 얼마나 깊이 이해하고 있었는지를 짐작게 하는 것이었다.

세종이 작곡한 일곱 곡 아홉 장은 낙성식을 하는 날 단순히 신도들의 찬불가로만 불린 것은 아니었다. 불상을 봉안하고 사리를 안치하는 동안의 봉불 공연(奉佛公演)에서 궁중 악기 연주는 물론이고 바라춤과 조화를 이루었다. 악기가 스물아홉 종, 악공(樂工)이 마흔다섯 명, 그리고 죽간(竹竿)을 든 사람이 두 명, 노래하는 사람〔歌者〕이 열 명, 꽃을 들고 춤추는 무동〔執花舞童〕이 열아홉 명으로 총 일흔여섯 명이 움직였던 것이다. 통솔자는 박연(朴堧) 등 다섯 명이었고, 세종의 명을 받아 내불당으로 악보를 받들고 간 사람은 수양이었다. 세종 31년(1449) 12월 6일의 일이었다.

세종이 불단에 곤룡포 두 벌과 침향 한 봉을 올렸던 것도, 신미와 김수온이 삼존불(석가모니불, 약사불, 아미타불) 예참문을 지어 바쳤던 것도 바로 그날이었다. 세종이 불단에 친히 곤룡포를 올리는 모습은 내불당 마당에 도열한 이백육십일 명의 신하들을 놀라게 했다. 신하들은 잠시 웅성거렸다. 고개를 돌리지도 못한 채 어찌 할 바를 몰랐다. 유신들이 경악한 것은 당연한 일이었다. 임금이 공개적으로 부처에게 귀의하는 장면이기 때문이었다. 실제로 세종이 지은 일곱 곡 아홉 장 중에서 아홉 장 일 절의 찬불가 가사는 부처에게 귀의한다는 내용이었다.

시방 세계에 항상 계시는 삼보님

수승한 공덕 끝이 없어라

크나큰 평온과 대자대비로

중생들을 이익되게 하시네

나 이제 마음 바쳐 귀의하오니

전도된 업장 소멸케 하소서.

낙성식이 끝나갈 무렵에는 더욱 놀라운 일이 나타났다. 삼존불의 불상이 등롱의 불빛처럼 환하게 방광(放光)을 했다. 영롱한 사리 두 과(顆)도 출현했다. 대군들과 신미는 세종의 신심에 부처가 응답한 이적이라고 믿었다. 한때 마음속으로 세종을 비방했던 몇몇 신하들이 참회하기도 했다. 크게 감동을 받은 세종은 이때의 일을 기록으로 남기도록 김수온에게 명했다. 김수온이 심혈을 기울여 세종에게 지어 바치니 그 책이 바로 『사리영응기(舍利靈應記)』였다.

낙성식 전후로 성 안 백성들이 장사진을 이루었다. 백성들은 세종이 작곡한 거룩한 찬불가를 부르면서, 장엄한 봉불 공연을 보면서, 신미의 법문을 들으면서 극락정토에 와 있는 듯 모두가 환희심(歡喜心)을 냈다.

우국이세(祐國利世)

눈보라가 앞을 분간하지 못할 만큼 거셌다. 신미는 잠시 주석하고 있던 진관사 산문을 나섰다. 말이 눈보라 때문에 눈을 잘 뜨지 못했다. 긴 속눈썹에 눈송이들이 벌 떼처럼 달라붙어 있었다. 말은 미끄러운 내리막길에서는 아예 움직이려고 하지 않았다. 말구종이 고삐를 잡아당겼지만 앞발을 들어 올리며 버티고 있었다. 하는 수 없이 신미는 말구종에게 말을 진관사로 데리고 가 묶어두라고 일렀다. 눈보라 치는 눈길이었지만 인왕산 내불당까지 그리 먼 길은 아니었다. 신미는 희우가 있는 내불당에 들러 쉬었다가 세종이 부르면 내전으로 갈 요량이었다.

폭설이 내린 데다 눈보라가 치고 있었으므로 한길인데도 인적은 뚝 끊어져 있었다. 눈보라는 상수리나무 언 잎들을 눈 쌓인 길에 흩뿌리곤 했다. 고목 가지에서 배고픈 까마귀 한 마리가 먹이를 찾는지 두리번거리다 음산한 소리로 깍깍 소리쳤다.

'광풍(狂風)이로구나.'

신미는 눈썹과 수염에 얼어붙은 눈송이들을 떼어내며 중얼거렸다. 울부짖는 미친바람이었다. 눈발도 미친바람에 휩쓸려 창궐하듯 날뛰었다. 신미가 인왕산 내불당으로 돌아왔을 때에야 눈보라의 기세가 잦아들었다. 신미는 짚신을 벗느라 애를 먹었다. 짚신과 젖은 버선이 통째로 얼어버렸기 때문이었다. 희우가 놀라 쫓아 나왔다.

"대사님, 눈길에 혼자 오신 것입니까?"

"오늘 밤 전하를 뵙기로 했소. 조금 휴식을 취하다 내전으로 갈 것이오."

"대사님 방에 불을 들이겠습니다."

신미는 요사로 가지 않고 내불당으로 들어가 불상 앞에서 참배했다. 내불당을 경복궁에서 인왕산으로 크게 신축하여 옮긴 것은 세종이 '궁 안에서 성현들의 명복을 비는 불당이 제대로 선용되지 않아 선왕의 발원이 실추될까 두렵다.'며 발원했던 까닭이었다. 또 하나의 이유는 훈민정음 창제 공표 이후 다섯째 광평대군과 일곱째 평원대군에 이어 정비 소헌왕후를 일 년 간격으로 잃어 그들을 추복하고 싶은 마음이 날로 간절했기 때문이었다. 그리하여 작년 7월 28일에 시공하여 11월 20일에 회향하고 11월 28일부터 재계(齋戒)를 베풀었으며 12월 3일에 불상을 봉안하고 12월 6일에 낙성식을 했던 것이다.

신미는 삼배를 한 뒤 차가운 마룻바닥에 그대로 앉아 잠깐 자신을 되돌아보았다. 내불당을 떠나 진관사로 간 까닭은 유생들의 질시가 컸기 때문이었다. 이제 유생들은 신미를 일러 간사하다 하여 간승(姦僧) 신미, 세종의 총애를 받는다 하여 총승(寵僧) 신미로 비아냥댔다.

세종이 불교로 기울어진 까닭은 오직 신미 탓이라고 비난했다. 조그만 내불당을 인왕산 산자락에 26칸으로 그 규모를 키워 옮긴 것도 신미의 주청을 세종이 들어주었다고 비난했다. 신미는 시비의 중심에서 영원히 떠날 것을 스스로 맹세했다. 돌이켜보니 자신이 이룩한 것들이 결코 적지 않았다. 세종과의 깊은 인연으로 훈민정음을 창제하는 데 조력했고, 왜국으로 갈 뻔했던 해인사 팔만대장경을 지켰고, 태조가 발원했던 흥천사 사리전을 중수하는 데 일조했고, 궁중의 내불당을 인왕산 산자락에 대규모로 신축하는 불사를 세종에게 조언했고, 세종이 우리나라 최초의 찬불가인 『월인천강지곡』을 짓도록 주청한 것이 복을 짓는 분명한 일들이었다.

"대사님, 방에 군불을 들였습니다."

"보살, 잠깐 불당 안으로 들어오시오."

신미가 희우를 불러 세웠다. 희우가 불당 문을 열자 사나운 바람소리가 들렸다. 다시 눈보라가 몰아치고 있는지 눈송이들이 법당 문을 두드렸다. 희우가 무릎을 꿇고 신미 앞에 앉았다.

"보살, 이제 다시는 내가 내불당으로 돌아올 일은 없을 것이오."

"대사님, 진관사에서 또 떠나시렵니까?"

"그렇소. 함허 스님을 모셨던 현등사로 갔다가 복천사로 돌아갈 것이오."

"대사님, 저는 어디로 가야 합니까?"

"어디로 가고 싶소?"

"모르겠습니다. 대사님께서 저를 부르셨으니 제가 갈 곳도 알려주십시오."

"속가로 돌아가시오."

"돌아가지 않겠습니다. 제가 설 자리가 속가에는 없습니다."

신미는 잠시 침묵했다. 그렇다고 희우를 현등사나 복천사로 데리고 다닐 수도 없었다. 그것은 순리를 거스르는 일이었다. 만나서 좋은 인연을 맺었다 하더라도 반드시 헤어지는 것이 순리였다. 절에서 이성이 헤어지지 못하는 것은 애욕일 뿐이었다. 부처님은 애욕이란 수승한 법을 태워버리는 불꽃과 같아서 모든 공덕을 없애버린다고 했던 것이다.

신미는 내불당으로 찾아온 신빈 김씨의 고백을 떠올렸다. 신빈 김씨는 세종이 승하하면 궁을 떠난 뒤 양주 묘적사로 출가하여 남은 생 내내 세종의 극락왕생을 빌면서 살겠다고 말했던 것이다. 후궁이 출가한다고 하면 유신들은 왕실의 수치라며 반대하겠지만, 그녀는 세종이 외롭고 고단할 때마다 마음으로 의지했던 불사(佛舍)에 들어 비구니가 되겠다고 고백했던 것이다.

실타래 같은 크고 작은 인연을 끊으면 그만큼 번뇌의 불길은 사그라질 터였다. 그러나 차마 신미는 희우에게 출가를 권하지 못했다.

"대사님 옆에서 시봉하고 싶습니다."

"내 손발이 나를 시봉하는데 누구의 시봉을 받는단 말이오?"

"대사님을 시봉하면서 꿈을 이뤘다고 행복해했습니다. 헌데 이제 대사님은 제 꿈을 깨뜨리고 계십니다."

"보살……."

"네."

"출가하시오. 그것도 나를 시봉하는 길이오."

희우가 대답을 못하고 눈물을 보였다. 신미는 내불당을 나와 요사 큰방으로 갔다. 눈보라가 목덜미로 파고들었다. 눈송이들이 침인 듯

목덜미를 따끔거리게 했다. 신미로서는 어쩔 수 없는 일이었다. 희우가 측은했지만 그것이 희우에게는 가장 행복한 길인 것이었다. 부처님은 갖가지 은애와 애정과 탐심과 음욕이 있어 생사에 윤회한다고 했던 것이다.

신미는 요사 큰방에서 잠시 좌선에 든 뒤 단전까지 내려온 흰 수염을 가지런히 매만졌다. 초로에 접어든 마흔여덟 살의 나이였지만, 하얗게 변해버린 수염은 모진 바람 속에서 부대낀 억새꽃 같았다. 방을 나온 신미는 바로 동별궁으로 향했다. 엊그제 내시가 진관사로 올라와 세종이 부른다는 명을 전했던 것이다. 내시는 임금의 근황을 자세히 알려주었다. 한겨울인데도 소윤(少尹) 정효강을 용문산 상원사로 보내 쾌유를 빌기 위해 구병 수륙재를 베풀게 했고, 『불정심타난리(佛頂心陁難哩)』를 찍어내어 그곳 승려들이 독송하게 했다는 소식이었다. 또한 『미타관음(彌陀觀音)』 등의 경문을 강희안과 성임(成任)에게 쓰게 한 뒤 도승지 이사철에게 발문을 짓게 하여 칠 일 동안 궐내에서 열람토록 지시했다는 이야기까지 했다. 이는 병이 더욱 깊어졌다는 반증이었다.

세종은 위독해지자 아예 동별궁으로 거처를 옮겼다. 동별궁은 소헌왕후가 낳은 여덟 번째 아들, 즉 막내아들인 영응대군의 집이었다. 세종이 가장 사랑하면서도 안쓰러워한 대군이 바로 영응대군이었다. 신미는 내시의 안내를 받아 동별궁 침전으로 갔다. 젊은 영응대군이 침전 밖에서 신미를 맞았다.

"전하의 옥체는 어떠하십니까?"

"다행히 오늘은 조금 호전되셨습니다."

신미는 침전에 들자마자 누워 있는 세종을 향해 엎드려 절을 했다.

세종이 희미하게 미소를 지으며 신미를 맞았다.

"전하, 신은 오직 기도할 뿐이옵니다."

"과인은 얼마 남지 않았소. 극락왕생을 위해 기도해주시오."

"전하께서 계시는 곳이 바로 극락이옵니다."

"왜 그렇소?"

"전하께서는 생불이시기 때문이옵니다."

"대사, 과인을 일으켜주시오."

영응이 다급하게 만류했다.

"아바마마, 심신을 고정하시옵소서."

"아니다. 대사는 과인의 스승이시니라."

그제야 영응이 세종에게 다가가 부축했다. 숭유억불의 나라에서 승려가 임금의 침전에 든 것은 지극히 이례적인 일이었다. 유생들이 알면 조정이 발칵 뒤집힐 사건이었다. 그러나 『조선왕조실록』 세종 32년(1450) 1월 26일의 기사는 다음과 같이 밝히고 있는 것이다.

> 임금의 병환이 호전되고 있음에도 정근(精勤)을 파하지 않고 그대로 크게 불사를 일으켰다. 승 신미를 부른 뒤 침전 안으로 맞아들여 법문하게 하였는데 높은 예절로써 예우하였다.

이 기사에서 '정근을 파하지 않고 불사를 일으켰다'고 한 것은 용문산 상원사의 구병 수륙재와 『미타관음』 등의 경문을 궐내에서 신하들에게 칠 일 동안 열람토록 한 세종의 명을 뜻함이었다.

신미는 내불당으로 돌아오면서 무상감에 가슴이 한없이 먹먹했다. 생로병사를 피할 수 없는 인간사가 허망했다. 영응은 세종의 병세가 호전되었다고 안도했지만 신미는 받아들일 수 없었다. 촛불이 바람에 꺼지기 바로 직전에 가장 밝아지는 이치였다. 병세가 호전되고 있는 양 보이는 것은 몸 안의 모든 기운을 모아 마지막으로 소진하고 있음이었다.

'차라리 전하의 소식이 들리지 않는 먼 곳으로 떠나자.'

신미는 내불당으로 돌아와 바로 요사 큰방으로 갔다. 눈보라가 몰아치자 마룻바닥까지 눈송이들이 뒹굴었다. 방 안은 희우가 군불을 지펴 따뜻한 온기가 돌았다. 하루 종일 몸을 움직여 몹시 피곤했지만 정신이 또렷했고 의식도 팽팽했다. 그때였다. 희우의 목소리가 들렸다.

"대사님."

"무슨 일이오?"

"대사님 말씀대로 출가하겠습니다."

신미가 뜻밖의 말에 놀라 방문을 열었다. 희우가 땅바닥에 무릎을 꿇고 앉아 합장하고 있었다. 희우의 얼굴과 어깨는 비장했다. 차갑고 아름다운 결기가 느껴졌다. 이마를 덮은 희우의 머리카락이 눈보라에 흩날렸다. 신미를 향한 그녀의 시선은 조금도 흔들림이 없었다. 아, 희우 보살이 나를 또 깨닫게 하는구나! 신미는 자신도 모르게 목이 멨다. 모든 것을 결연히 내려놓은 희우의 모습에서 신미는 늘 잊지 않으려고 했던 출가자로서의 초심(初心)을 보았던 것이다.

"보살, 신빈마마를 따라 묘적사로 가시오."

"묘적사는 고향 땅에 있는 절이옵니다."

"무슨 상관이 있겠소. 자애로운 신빈마마와 도반으로 사는 일도 복된 일이오."

신미의 예감은 그대로 적중했다. 세종은 아들과 딸, 신빈 김씨의 간병에도 불구하고 신미가 문병한 지 한 달 이십여 일 만에 쉰넷의 나이로 승하했다. 그 사이에 세종은 신미를 다시 부르지 못했다. 신미에게 '선교종 도총섭(禪敎宗都摠攝) 밀전정법(密傳正法) 비지쌍운(悲智雙運) 우국이세(祐國利世) 원융무애(圓融無礙) 혜각존자(慧覺尊者)'라는 왕사와 같은 승직(僧職)을 주고 싶었지만 병이 깊어져 부르지 못했던 것이다. 세종이 신미에게 하사하고 싶었던 심중의 말은 우국이세(祐國利世)였다. 우국이세란 '국왕을 도와 세상을 이롭게 했다'는 뜻이었다. 신미를 존경했던 세종의 마음을 아는 이는 소헌왕후와 신빈 김씨, 세자와 수양, 안평, 정의공주, 김수온 등뿐이었다. 세종은 숨을 거두기 전에 숨겨온 진실을 고백하고 싶었던 것이다. 세종이 신미에게 주려 했던 우국이세의 실체는 단 한 가지밖에 없었다. 그것은 훈민정음 창제였다.

신빈 김씨와 희우는 양주 묘적사로 출가했고, 신미는 가평 현등사로 가 머물다가 속리산 복천사로 내려가 은둔했다. 그리고 마침내 문종은 선왕인 세종의 유언에 따라 신미에게 세종이 주려 했던 호(號)를 내렸다. 사호(賜號)를 준 이때의 일은 『조선왕조실록』 문종 즉위년(1450) 7월 6일의 기사에 나와 있다.

> 문종은 등극 이후 처음으로 인사를 단행했다. 승(僧) 신미를 선교종 도총섭(禪敎宗都摠攝) 밀전정법(密傳正法) 비지쌍운(悲智雙運) 우국이

세(祐國利世) 원융무애(圓融無礙) 혜각존자(慧覺尊者)로 삼고, 임금이 사용하는 종이에 교지를 써서 붉은 비단보에 담아 사람을 보내어 주었는데, 우리나라의 시조 이래로 일찍이 이러한 승직은 없었다.

한글은 절에서 태어났다

새벽이다. 방문을 열자 밤안개에 눌려 있던 꽃향기가 와락 다가온다. 무슨 일인지 작년보다 한 달쯤 늦게 피어난 옥잠화 꽃향기다. 선가(禪家)에서는 옥잠화를 해탈꽃이라고 부른다. 선객들 여름 공부 기간인 하안거가 끝날 무렵에 피기 때문이다. 이번에 펴내는 소설 『천강에 비친 달』은 때마침 옥잠화 개화 시기와 함께하고 있다. 원컨대 내 소설이 사람들에게 다소곳이 다가서는 향기가 되었으면 좋겠고, 잘못 알고 있는 사실들을 바르게 깨닫는 해탈꽃이 된다면 더 바랄 것이 없을 듯하다.

『천강에 비친 달』은 참으로 늦게 결실을 본 소설이다. 지금으로부터 십팔 년 전 중앙의 한 일간지에 『암자로 가는 길』을 연재하고 있을 때였다. 속리산 복천암을 취재차 올라갔다가 어느 선승(禪僧)으로부터 한글 창제의 공이 많은 신미 대사 이야기를 난생처음으로 들었던 것이다. 선승은 오래전부터 누구를 만나건 간에 차를 우려주며 신미 대사 말씀만 하시는 듯했다. 2002년도 월드컵 열기가 한창일 무렵 나는 또 그 일간지에 『선방 가는 길』을 연재하게 되어 또다시 복천암을 찾았는데, 그때도 스님은 신미 대사의 자료들을 보여주면서 그 말씀만 하셨던 것이다. 여기서 말하는 선승은 속리산 복천암에 주석하시는 운수납자 월성 스님이다.

이후 세종의 명을 받은 신미 대사가 비밀리에 복천사와 홍천사, 진관사, 대자암에서 한글을 창제했다는 이야기는 어느새 나의 관심사 중 하나가 되어버렸다. 마침내 나는 작년 8월에 월성 스님을 찾아뵙고 『천강에 비친 달』을 집필하겠다고 말씀드렸다. 굳이 스님을 찾아갔던 까닭은 무슨 도움을 얻기 위해서가 아니었다. 작가로서 소설 작업 이전에 이제는 다리도 불편한 노선객이 되어버린 스님의 절절한 소원을 풀어주고자 하는 마음의 소리가 내면에 울렸던 것이다. 일 년 뒤, 그러니까 지난 8월 초 나는 완성된 원고를 들고 복천암으로 올라가 먼저 신미 대사 부도 앞에서 삼배를 한 뒤 월성 스님이 계시는 나한전으로 갔다. 나를 맞이하는 스님이 "평생 동안 내가 신미 스님을 노래 부르듯 했더니 결국 해내는 사람이 있네."라고 말씀하며 환하게 웃으시던 모습이 지금도 눈앞에 어른거린다. 그러고 보니 월성 노스님이야말로 신미 대사의 후신(後身)이 아닐까 하는 느낌마저 든다.

『천강에 비친 달』은 한마디로 범어(梵語)에 능통했던 신미 대사가 어떻게 세종의 한글 창제에 가담하고 있는지를 낱낱이 추리해간 소설이다. 신미 대사가 도대체 어떤 인물인지, 어떤 학식을 가진 고승이었는지 궁금한 사람들이 많을 것으로 짐작된다. 대사의 위상과 위의(威儀)는 생각보다 높고 당당하다. 태조 이성계 곁에 무학 대사가 있었다면, 세종 곁에는 신미 대사가 있었다고 보면 틀림없다. 왕사 제도가 사라진 시대에 세종은 신미 대사를 왕사에 준하는 예우를 했다.

대사는 유신들의 시기를 무시한 채 궁궐까지 역마를 타고 드나들었으며, 한글 창제가 완성될 무렵에는 집현전 정음청 학사로 제수받기도 했다. 『영산 김씨 세보』는 신미 대사를 학사로 임명하여 집현전의 학사들에게 범어의 자음과 모음 체계를 설명했다고 기록하고 있다. 또한 『문종실록』은 대사와 정음청의 관계를 언급하고 있다. 세종이 병환 중일 때 신미 대사가 침전에 들어 법문했다는 기록이 『세종실록』에 나오고, '선왕(세종)이 신미 대사를 존경했다'고 문종이 신하들에게 말하는 『문종실록』의 기록을 보면 두 위인의 관계가 얼마나 돈독했는지 알 수 있다. 아무튼 우리들은, 나 역시도 집현전 학사들이 세종을 도와 한글을 창제했다고 학교에서 배운 바 있지만 이 소설은 그런 사실을 단호히 부정해버린다. 한글이 비밀리에 창제될 때까지 집현전 학사들은 어느 누구도 그 사실을 몰랐고, 또 창제에 참여할 만한 능력이 모자랐던 것이다. 이는 떠도는 야사나 나의 상상력이 아니라 『훈민정음 해례본』 서문을 쓴 정인지의 문장에 정확하게 드러나고 있는 사실이다.

> 그 깊은 연원과 정밀한 뜻이 묘연하여 신 등은 (정음을 창제함에 있어서) 능력을 발휘한 것이 아니다(若其淵源精義之妙 則非臣等之所能發揮也).

정인지는 서문에서 집현전 학사들은 한글이 어떤 문자를 근거로 하고 있는지 그 깊은 연원과, 또한 한글의 글자마다 정밀한 뜻이 미묘하므로 창제에 간여할 능력이 없었다고 고백하고 있는 것이다. 정인지는 또 서문에서 한글 창제를 반대하는 세력을 배려하여 '꼴을 만들되 글자가 옛 전자와 비슷하다(象形而字倣古篆)'라고 모호하게 말했지만 동시대 인물이었던 성현(成俔)은 자신의 저서 『용재총화(慵齋叢話)』에서 보다 구체적으로 '글자체는 범자에 의지해서 만들었다(其字體依梵字爲之)'고 밝히고 있음이다. 성현은 세종 21년(1439)에 태어나 스물여섯 살(세조 10년)이 되어 예문관 관원으로 학문을 연마했던바, 그의 범자 기원설(梵字起源說)은 당시 선비들 사이에서 은밀하게 회자된 이야기였음이 명백한 것이다.

세종이 재위 25년(1443)에 한글 창제를 전격적으로 공개한 뒤부터 집현전 학사들은 김수온, 신숙주, 성삼문 등을 비롯한 찬성파와 최만리, 김문, 하위지 등등 반대파로 갈려 갈등을 일으켰다. 그런데 이는 어디까지나 한글 창제가 공개된 이후의 일이었다. 창제하기까지의 과정에는 오직 세종과 신미 대사, 그리고 신미 대사에게 귀의한 세자(문종), 수양, 안평, 정의공주만이 알고 있었을 뿐이었던 것이다. 그래서 나는 한글 창제를 유불 갈등 및 왕권과 신권이 대립한 결과물이라는 관점에서도 바라보았는데, 이는 강단의 학자들이 앞으로 종교적 · 정치적 관점에서 더 연구해야 할 과제라고 생각한다.

한편, 세종의 진면목에 대해서도 나는 이 소설에서 『조선왕조실록』을 근거로 소상하게 밝혔다. 어느 방송에서 국내의 한 저명한 사학자가 세종을 억불 군주였다고 단정하며 그 인과응보로 자손들이 골육상쟁을 겪었다고 강의하는 것을 보고 충격을 받은 바 있다. 이는 잘못된 해석인 것이다. 혹시 세종이 대관들의 극렬한 상소를 받아들여 다양한 불교 종파를 선교 양종으로 혁파, 축소한 것을 두고 한 말인지는 모르나 세종은 지혜롭게도 선종 본사를 흥천사에, 교종 본사를 흥덕사에, 그리고 비구니 본사를 낙산의 정업원에 두게 함으로써 승려들의 도성 출입을 예전과 같이 자유롭게 했던 것이다. 또한 세종은 태조의 유지를 받들어 흥천사 사리전을 중건했고, 유신들이 무용지물이니 왜국에 주어버리자는 해인사 팔만대장경을 지켜냈으며, 우리나라 최초의 찬불가인 『월인천강지곡』을 한글로 지었고, 궁궐의 내불당 낙성식 때 곤룡포 두 벌을 바침으로써 신하들에게 숭불의 군주임을 선언했던 것이다.

더 자세한 이야기는 소설을 정독해보면 앞에서 언급한 의문점과 아쉬움들이 해소될 수 있을 것이라고 믿는다. 이 소설은 아직 끝나지 않았음을 밝힌다. 시절인연이 오면 후편을 쓸 것이다. 신미 대사의 전성기는 세조 때였다. 세조는 스승인 신미 대사가 은거하고 있는 복천사를 찾아가기도 했다. 충청도 보은의 정2품 소나무가 그때의 전설을 말하고 있다. 수양대군 시절에 신미 대사에게 귀의한 세조는 신미 대사의 조언에 따라 참회의 정치를 한다. 그에 따라 『능엄경』을 비롯하여 수많은 불경 언해를 지시한다. 물론 간경도감의 총책임자는 신미 대사였다.

작가의 군말이 너무 길어진 듯하다. 이제 군더더기 말을 절제해야 할 것 같다. 지금 이 순간 맨 먼저 떠오르는 것은 고마운 이의 얼굴들이다. 안국선원 수불 스님과 홍천사 정념 스님은 소설이 아무 탈 없이 회향되도록 물심양면으로 도와주셨고, 한승원 선생님, 조정래 선배님, 정호승 선배님 세 분은 추천의 글을 흔쾌하게 써주셨다. 옛 선비들의 문집을 보면 천 리 길을 마다 않고 달려가 서문을 받아 실었다. 그 고졸한 전통을 잇겠다는 생각을 해봤고, 이 시대의 한 모퉁이를 동행했다는 증표로 남기고 싶은 마음이 들어 세 분에게 부탁했던 것이다. 〈미디어붓다〉 이학종 대표는 마음고생이 컸고, 책을 낼 때마다 독자와 소통하는 문제에 대해 자문을 구했던 후배 오정우와 윤제림 시인과의 도타운 정도 잊지 못할 것이다. 사진을 보내준 유동영 사진작가도 마찬가지다. 끝으로 소설을 집필하는 내내 기도해주었던 무량광 보살과 어려운 출판 현실에도 불구하고 정성을 다해 책을 만들어준 작가정신 박진숙 대표와 수고한 출판사 여러분에게도 지면을 빌려 고마운 마음을 전하고 싶다.

2014년 가을에 이불재에서

벽록 정찬주